LA LUNA EN TUS MANOS

La luna en tus manos

© 2016 Rita Morrigan

© de esta edición: Libros de Seda, S.L.
Paseo de Gracia 118, principal
08008 Barcelona
www.librosdeseda.com
www.facebook.com/librosdeseda
@librosdeseda
info@librosdeseda.com

Diseño de cubierta: Mario Arturo
Maquetación: Rasgo Audaz, Sdad. Coop.
Imagen de la cubierta: Elena Zidkova / Detroit Publishing Company

Primera edición: marzo de 2017

Depósito legal: B. 2.466-2017
ISBN: 978-84-16550-79-1

Impreso en España – Printed in Spain

RITA MORRIGAN

LA **LUNA** EN TUS **MANOS**

Para toda mi gente de Vilachá,
el lugar donde encuentro
mi ventana al mar
y el faro que me guía.

Y para Juan. Gracias por prestarme el Audaz.

CAPÍTULO 1

Inglaterra, 1870

María Lezcano estaba radiante. Observó su reflejo en el gran espejo de su cuarto antes de hacer un gesto apreciativo. Parecía una princesa. El vestido que su madre había diseñado para su cumpleaños era precioso; la seda color azul noche caía con delicadeza sobre la curva de su cadera hasta cubrir por completo la puntera de sus zapatos plateados y la cintura se marcaba a la perfección con una cinta de terciopelo del mismo azul que el resto, aunque un poco más oscuro. María se giró de medio lado comprobando que la cola se adaptaba perfectamente a la crinolina trasera y no arrastraba más de lo debido. Regresando a la posición anterior, tocó el delicado bordado con hilo de plata del escote que dejaba al descubierto el inicio de los senos. Esperaba que su padre aprobase la prenda y no la obligara a cambiarse a tan solo unas horas de la fiesta de su diecinueve cumpleaños. El vestido había sido ideado por su madre, mucho más moderna y menos restrictiva que su progenitor.

Con un largo e impaciente suspiro, María elevó los hombros para que la tela del escote quedara más holgada; no para disimular y conseguir la aprobación de don Diego Lezcano, sino para ver cómo sería si aquella parte de su anatomía se pareciera a la de sus hermanas y amigas inglesas. Su ascendencia española la había dotado de una serie de rasgos físicos muy distintos a la moda londinense: su larga melena era tan

9

negra como el ébano, lo que la hacía realmente visible en cualquier baile entre todas las cabelleras rubias, castañas y pelirrojas; su estatura era media, pero lo que hacía realmente especial su cuerpo eran aquellas curvas que durante los últimos años habían transformado su cuerpo. Sus piernas, esbeltas, firmes, desembocaban en unas caderas tan generosas que su cintura parecía ínfima hasta que volvía a abrirse a la altura del pecho, que ahora trataba de ocultar en un vano intento de que la tela de su vestido creciera.

Se parecía mucho a su padre, salvo en el «mal genio», como él mismo decía cuando quería molestar a su madre o, simplemente, arrancarle una sonrisa. Porque en realidad no era así. No por el carácter, que sí lo tenía, sino porque también poseía otros muchos rasgos de su madre; los más destacables eran los felinos ojos color azul violáceo que tanto le gustaban.

—¿Puedo entrar?

La suave voz de su madre desde la puerta la arrancó de su contemplación.

—Claro, pasa, mamá —contestó, volviéndose hacia ella.

Lady Mary Lezcano abrió del todo la puerta para poder entrar con su silla de ruedas. Como hija y hermana de un conde, pudo haber conservado el apellido de su familia tras el matrimonio pero, como esposa profundamente enamorada, decidió ponerse el de su marido, el socio y mejor amigo de su hermano, Diego Lezcano. Sin embargo, el tratamiento de «*milady*» había permanecido unido a su nombre como una costumbre, y como demostración del enorme respeto que todos le profesaban.

—¡Qué bien te sienta! —exclamó *lady* Mary cuando llegó a su lado—. A ver, date la vuelta.

La madre detuvo la silla a unas pulgadas de María. Al volverse, esta pudo ver la aprobación en sus ojos expertos. Aquel gesto le hizo ganar confianza, no en vano estaba ante la obra de una de las más famosas y reputadas diseñadoras de moda de Gran Bretaña. De hecho, aquel vestido era su regalo de cumpleaños. El de su padre había sido un hermoso corcel negro, y sus hermanos le habían regalado una caja de música, libros y un juego de té. También había recibido presentes de sus tíos, los condes de Rohard, y de su primo John. Todo el mundo, incluso los sirvientes de Lezcano's House, la había agasajado de alguna forma.

—¿Tú crees que papá aprobará este escote? —preguntó María, regresando a su preocupación más inmediata.

Se inclinó un poco hacia delante para que su madre contemplara el posible problema.

—Bah, no te preocupes —descartó ella con un gesto de la mano—, mi vestido es aún más escotado; eso distraerá la atención de tu padre.

María sonrió con aquella ocurrencia. Siempre le había llamado la atención el sentido del humor de su madre. Pese a que jamás había podido caminar, nunca permitió que aquel problema le agriara el carácter. María no recordaba un solo día en que su casa no estuviese llena de risas. Todo el tiempo con una palabra amable en los labios, *lady* Mary demostraba amor a todos los que la rodeaban, sobre todo a su esposo y a sus hijos.

Los Lezcano se habían constituido como una de las parejas más apreciadas y admiradas del país; y no solo por la personalidad jovial y divertida de *lady* Mary, sino por la generosidad que habían demostrado a lo largo de los años. A pesar de haber tenido una única hija biológica, habían formado una encantadora familia numerosa con la adopción de siete huérfanos a los que habían educado y amado de una forma atípica entre las ricas familias británicas. Y es que no era propio que los miembros de la alta sociedad atendiesen personalmente a sus hijos, los cuales se pasaban la infancia rodeados por una corte de niñeras e institutrices que desfilaban por sus vidas sin el menor sentimiento de apego.

—Creo que ya es hora de que bajemos —dijo *lady* Mary tras colocar la cola del vestido a su hija—, ya sabes lo poco que les gusta esperar a tu padre y a tus hermanos.

Levantando ligeramente la falda, María se encaminó hacia la puerta entreabierta de su cuarto. No pudo evitar que una sonrisa se le asomara a los labios al imaginarse a sus hermanos paseando con impaciencia mientras eran saludados por los invitados, muchos de los cuales seguro que no eran de su agrado. Su madre era hija de un conde y su padre un rico empresario que, con el tiempo, y su parentesco con el conde de Rohard, se había hecho un hueco en la alta sociedad inglesa. Sin embargo, aquella rara tendencia a no tener hijos propios y a adoptar niños de la calle se había visto con recelo entre sus iguales; porque las pequeñas obras de beneficencia estaban bien vistas, mucho más si servían de pretexto para dar una fiesta en la que poder alternar, pero la filantropía de los Lezcano era considerada por muchos como una mera ostentación de su poder económico. Lástima que ninguno de ellos mirara más allá, para apreciar a la familia tan feliz que habían formado.

A sus diecinueve años, María estaba segura de que su infancia no se había parecido en nada a la de otras herederas. Había recibido todos los conocimientos propios de una dama de su clase relacionados con las obligaciones de una buena esposa y madre, pero también sabía de música y leía casi todo lo que llegaba a sus manos. Sus padres siempre habían sido permisivos con las lecturas porque creían que todos los seres humanos, hombres y mujeres, debían generar y ser dueños de sus propias ideas. Aunque lo más especial de su infancia eran sus hermanos. Aquellos que, a pesar de no ser hermanos de sangre, sí eran los mejores compañeros de vida que cualquiera podría desear.

En primer lugar estaba Martha, la mayor y también la más responsable. Puede que porque le llevaba más de diez años, María la recordaba desde siempre como una segunda madre. Les abrazaba y arrullaba a todos por las noches mientras les cantaba canciones irlandesas, y como María era la más pequeña, siempre la protegía cuando alguno de los demás se enfadaba. Gracias a ella sus padres jamás necesitaron los servicios de una institutriz, y únicamente contrataron a un profesor para que les instruyera.

Martha era hermosa e inteligente y, pese a no poseer linaje, hacía ya cuatro años que se había casado por amor con el capitán Adam Howard, unión que hizo feliz a toda la familia y que se celebró por todo lo alto en Lezcano's House. Y aunque la veían menos desde que se había mudado a la casa de su marido, la mansión del capitán no se encontraba muy lejos de Sweet Brier Path, la región en la que también se hallaba su hogar.

Los más cercanos a María en edad eran Robert, al que no sabía por qué todos llamaban Magpie, y que le enseñaba todas las trampas para ganar a las cartas, y Lizzie, quien, junto con Martha, había compartido vestidos, muñecas y demás juguetes. A sus veintidós años, Lizzie les había dado una sorpresa el pasado invierno al prometerse nada menos que con un vizconde. El señor Christopher Stewart, lord Castlereagh, y ella se habían conocido en una velada musical durante uno de los viajes de la familia a Londres, donde él se había enamorado nada más verla. Su boda se había anunciado para ese mismo verano en la catedral de Saint Paul.

Los tres chicos del medio, Peter, Paul y Archie, tenían la misma edad, lo que les facilitó ser grandes compañeros de travesuras. Les encantaba cazar bichos en el campo para después dejarlos entre los objetos de las criadas. María siempre quiso formar parte de su pequeño club de fechorías, pero ellos jamás la admitieron; puede que porque si lo hubieran hecho, Eric les habría matado.

Eric era algo así como el guía de aquella extraña tribu. Por eso en todos los recuerdos que María tenía de su infancia ella aparecía pegada a sus talones mientras le perseguía a todas partes tratando de obtener su atención. Todos respetaban a Eric porque durante la época en que vivieron en la calle, antes de conocer a sus benefactores, él fue el encargado de mantenerles a salvo. Eric no solo era el mayor y más fuerte, sino también el más valiente e inteligente de todos. Su habilidad infantil para birlar monederos sin que sus ricos dueños apenas percibieran su presencia había sido substituida por una inusual destreza en los negocios, un talento del que su padre se había valido en numerosas ocasiones, y que en la actualidad le convertía en una estimable pieza en el ingente entramado empresarial de la familia.

Al contrario de lo que todos creían, María nunca había pensado en Eric como en un hermano. El sentimiento fraterno que le inspiraba el resto de su familia no se parecía nada a lo que sentía por Eric. María soñaba con él desde antes incluso de saber lo que significaba soñar. Le admiraba cuando tan solo era un muchacho y ella una niñita traviesa, y la admiración había arraigado en su interior como una intensa pasión por el hombre en que se había convertido.

—¿Bajamos ya, cariño?

La apremiante voz de su madre la trajo al presente. Asintiendo, María se permitió un último vistazo al espejo. Todo estaba en su sitio, y seguro que a su padre le agradaría el vestido. Pero ¿qué pensaría Eric? Su relación había cambiado tanto que ya no sabía qué esperar; había pasado de guía y cómplice en la infancia a casi un desconocido en la actualidad. Ni siquiera recordaba cuándo había sido la última vez que hablaron a solas.

María atravesó la estancia para reunirse con su madre, que la esperaba sonriendo junto a la puerta de su cuarto. Se percató entonces de que las personas que más quería la aguardaban para celebrar una fiesta en su honor y una enorme sonrisa creció en sus labios para corresponder a la de su progenitora.

Mientras recorrían el largo pasillo del primer piso, María acomodó su paso a la velocidad de la silla de ruedas. Una doncella se aproximó a ellas, pero *lady* Mary rechazó su ayuda.

—¿Te gustaría empujarme hasta el elevador?

María observó el cariñoso orgullo con el que su madre la miraba y sonrió ampliamente antes de asentir. Sabía cuánto valoraba su independencia y que nunca pedía ayuda, por lo que cada rincón de la mansión estaba adaptado a su discapacidad. Sin embargo, en aquel momento su madre quería que la empujara porque ansiaba aparecer junto a ella. ¿Cómo explicarle a aquella maravillosa mujer que sentía exactamente el mismo orgullo? ¿Cómo decirle que no podía estar más feliz de tener a la madre más generosa que existía bajo el cielo?

María la contempló con amor.

—Será un verdadero honor empujarte hasta la fiesta —contestó, en un tono tan formal que las hizo reír a ambas.

El lacayo encargado del elevador cerró las puertas cuando las dos se hubieron acomodado en la cabina y comenzó a tirar del cable que accionaba su movimiento descendente. El aparato estaba compuesto de un compartimiento que se desplazaba arriba y abajo a lo largo de un hueco vertical por medio de un mecanismo de polea y contrapesos. Su padre había importado la idea de su empresa constructora de Norteamérica para que la casa resultara lo más cómoda posible para su esposa. De esta forma, *lady* Mary podía moverse libremente por toda la mansión.

El elevador se detuvo y el lacayo se apresuró a abrir las puertas. *Lady* Mary empujó la silla para salir en primer lugar y no robar protagonismo a su hija.

—Feliz cumpleaños, *milady* —dijo el criado con timidez antes de que María abandonara el habitáculo.

Ella le sonrió ampliamente.

—Muchas gracias, Edward. Bueno —suspiró, alisándose la falda y encarando la puerta—, allá vamos.

En el vestíbulo de la mansión la esperaba toda su familia. Su padre, que se había acercado a besar a su esposa, fue el primero en reparar en ella.

—Cariño, ¿no podías haber sido un poquito más conservadora?

—Oh, por el amor de Dios —interrumpió *lady* Mary, reconociendo el tono de censura en la voz de su esposo—, no seas antiguo. Tu hija es una mujer preciosa, deja que todos esos nobles rancios te envidien.

—No creo que sea envidia lo que sientan al verla con ese vestido —refunfuñó.

La reprobación de su padre hizo que la seguridad de María disminuyese varios grados.

—Diego —susurró su madre, observando a su esposo con aquella insondable mirada violeta—, tu hija está preciosa, y está ahí de pie aguardando a que se lo digas.

Diego Lezcano suspiró, señal clara de que, como de costumbre, su esposa había ganado la discusión. Inclinándose sobre la silla de ruedas, tomó su delicada cara entre las manos y le plantó un beso en los labios. La presencia de sus hijos no fue impedimento para que aquel beso durase más de lo necesario, pues jamás habían escondido las muestras del amor que se profesaban.

—Hija mía —dijo al fin su padre, irguiéndose y volviéndose hacia ella—, estás absolutamente radiante. Debes disculparme, pero me cuesta hacerme a la idea de que ya eres toda una mujer. De hoy en adelante tendremos que empezar a prepararnos para la turba de admiradores que se amotinará a nuestra puerta.

Aquella ocurrencia hizo reír a María. Tras abrazar y besar a su padre en la mejilla, sus hermanos fueron acercándose para felicitarla.

—Muchas felicidades, hermanita —exclamó Martha, que fue la primera en abrazarla, seguida por su esposo—. Estás arrebatadora, y creo que hoy varios herederos van a caer rendidos a tus pies.

—Dios mío, espero que no —respondió ella horrorizada, lo que las hizo reír a las dos.

María suspiró aliviada. Habiendo obtenido la aprobación de su padre, ahora solo faltaba otra opinión trascendental. Su mirada se movió con avidez por todo el vestíbulo en busca de Eric Nash, el héroe de su infancia. Y el dueño de su corazón.

CAPÍTULO 2

—¡Quieres estarte quieto! —exclamó el señor Lezcano.

Eric Nash miró a su padre adoptivo con una mueca de fastidio antes de apartar las manos de su desastrosa corbata.

—Eric, hijo, ¿por qué no aceptas de una buena vez un ayuda de cámara que te eche una mano con las corbatas? Así dejarías de ir por ahí con estos nudos espantosos.

—Me visto solo —gruñó el joven como respuesta.

Diego Lezcano terminó de arreglarle el lazo sin apenas poder disimular la sonrisa pues, aunque Eric se reservaba su opinión, sabía exactamente lo que pensaba en aquella ocasión: que un ayudante para vestirse no era más que otra de las tantas invenciones estúpidas que los ricos se permitían..., a pesar de que ello implicara ir siempre con el nudo de la corbata hecho un completo desastre.

Eric observaba al señor Lezcano desde arriba, ya que a sus veintisiete años le superaba en estatura en varias pulgadas. Miró la expresión divertida en el rostro maduro y se sorprendió al comprobar lo poco que había cambiado desde que le había conocido, aquel día en que trató de robarle la cartera en una de sus aventuras de ratero por las calles londinenses; tan solo unas canas plateadas en las sienes y apenas unas arrugas junto a las pestañas eran los únicos signos con los que el tiempo había marcado el aspecto de aquel hombre formidable.

—Ya está —informó satisfecho—. Y ahora, no tires de él o lo estropearás otra vez.

Estirando el pescuezo, Eric introdujo un dedo en el alto y rígido cuello de su camisa de gala.

—¿Quién inventaría algo tan absurdo?

La carcajada del padre atrajo la atención de todos sus hermanos, congregados en el vestíbulo mientras esperaban a que su madre y María se les unieran.

—No lo sé —contestó el señor Lezcano con la voz afectada por la risa.

Mientras su poco usual familia esperaba a dos de sus miembros más importantes, la mayor parte de la alta sociedad británica disfrutaba ya de la música de la orquesta en el salón de Lezcano's House, la mansión que el señor Lezcano había construido después de su matrimonio con *lady* Mary en la finca en la que residía el hermano de ella, y también su socio. Aunque las dos mansiones estaban en la misma propiedad, el bosque de Sweet Brier Path se alzaba entre ambas casas, permitiendo a las dos familias mantener cierta intimidad.

Eric permaneció de pie en el vestíbulo mientras Martha supervisaba el aspecto de todos los hombres de su familia, incluidos su marido y su padre. Cuando le tocó el turno, su hermana le observó de arriba abajo con gesto apreciativo.

—Vaya, Eric, hoy estás francamente elegante.

Él bajó la cabeza observándose a sí mismo; su traje de gala estaba impecable.

—¿Quiere eso decir que normalmente no soy elegante? —preguntó con una sonrisa.

La cantarina risa de Martha se elevó sobre el sonido de la música y las animadas charlas de sus hermanos.

—Eric, sabes que te quiero —aseguró ella antes de darle un fraternal abrazo—, pero normalmente tu aspecto se parece más al de un mendigo que al de un exitoso hombre de negocios.

Sonriendo, él no pudo evitar pensar con ironía que jamás había dejado de parecer aquello que en realidad era: un chico de la calle. Su hermana regresó al lado de su marido y lo tomó del brazo. Eric observó el rostro de hombre enamorado del capitán Howard y exhaló un suspiro de sosiego. Porque aquella muchacha que había cuidado de todos ellos durante los duros años de supervivencia en las calles de Londres se había convertido en una radiante dama, feliz al lado de un compañero que la cuidaba y con quien pronto formaría su propia familia.

Los ojos de Eric recorrieron el resto de la comitiva que se reunía en el vestíbulo. Vestidos con sus mejores galas, Peter, Paul y Archie se esforzaban en mantener la compostura mientras se lanzaban pullas en voz baja. Lizzie se movía inquieta junto a ellos, impaciente por comenzar el primer baile junto a su prometido. Y Magpie, que parecía igual de intranquilo que Lizzie, tenía sus mismos problemas con el lazo de la corbata.

Todo aquello terminó por arrancarle otra sonrisa a Eric. Siempre le había encantado la familiaridad que se había dado entre ellos, incluso cuando su vida no era nada fácil y malvivían en las calles de Londres. Cuando tan solo eran unos niños, cada uno con una historia triste a la espalda, que celebraban a diario que seguían vivos. Eric los había conocido durante una fría noche de invierno en la que debió refugiarse en una fábrica abandonada para no morir congelado, un lugar que llevaba varios meses ocupado por ellos; el mismo tiempo que el grupo había tardado en formarse, tras descubrir que la supervivencia era más sencilla si permanecían juntos.

Lizzie trabajaba de criada en una buena casa en la que no le pegaban; Peter era el ayudante de un deshollinador que lo maltrataba, hasta que decidió abandonarlo y comenzar a limpiar las chimeneas londinenses en solitario; Paul y Archie ayudaban a descargar los pesados fardos que los barcos traían a la capital, y Robert, al que antes de la adopción de los Lezcano conocían como Magpie, había desarrollado un excepcional talento para el hurto.

Todos acogieron a Eric como a uno más, sin juicios ni preguntas; quién era o de dónde venía les traía sin cuidado, pues ninguno hablaba de su vida antes de llegar a la fábrica. Lo único que le pedían a cambio de guarecerse junto a ellos era que contribuyera con sus ganancias; y desde que había llegado a Londres, sus ganancias habían aumentado de forma considerable. Eric era perfecto conocedor de su habilidad para vaciar los bolsillos de los caballeros desde mucho antes de llegar a la capital; sin embargo, allí descubrió que ningún bolsillo estaba mejor surtido que el de los londinenses, mucho más que los de su Cork natal.

Martha tenía tres años más que Eric y siempre se ocupó de la administración de su peculiar asociación. A su regreso diario a la fábrica cada uno le entregaba el dinero con el que ella compraba comida, pues era la única que sabía cocinar. Cuando la ropa se les quedaba pequeña o iba tan remendada que se caía a trozos, Martha les acompañaba a comprar una nueva; conocía las tiendas de Londres como la palma de su mano, a los tenderos más honrados, y manejaba el regateo como nadie para lograr los mejores precios.

Sin embargo, Eric pronto se ganó cierta cota de autoridad dentro del grupo; tal vez porque a sus ocho años era el mayor de los varones, o porque las sustanciosas ganancias de sus actividades hacían posible la adquisición de cosas que nunca se habían podido permitir. El hecho era que siempre le esperaban para tomar decisiones y todos escuchaban atentos sus opiniones.

Su madre había muerto cuando era muy pequeño y su padre, un carnicero de Cork, era una mala bestia que le molía a palos desde que tenía uso de razón. Entre aquellos niños, Eric encontró seguridad y algo parecido al afecto. Era lo más semejante a un hogar que había tenido nunca. Hasta que un día, mientras vaciaba los bolsillos de los ricos hombres de negocios en la plaza St. James, se topó con el hombre que cambiaría su vida. Después de intentar robarle sin demasiado éxito, el señor Lezcano le sorprendió con una oferta de trabajo algo inusual: seguir a *lady* Mary Luton, la joven hermana del conde de Rohard. Eric jamás se hubiera imaginado que aquellas dos personas iban a significar tanto; y no solo para él, sino para todos sus amigos. Si junto al señor Lezcano había descubierto el afecto de un padre y el respeto infundido sin necesidad de golpes, junto a su esposa había hallado a la perfecta madre: amorosa, expresiva y firme.

A pesar de que *lady* Mary y el señor Lezcano únicamente eran los padres biológicos de María, tanto Eric como sus amigos encontraron en Sweet Brier Path un verdadero hogar. Allí entendieron algo tan importante como que la vida no solo tenía que costar trabajo, sino que podía ser divertida. Todos conocieron al fin lo que significaba dormirse sin pensar cómo ganarse la comida del día siguiente, o algo tan maravilloso como malgastar el tiempo jugando, o recibir regalos por el simple hecho de cumplir años.

—¡Maldita, maldita seas!

La blasfemia en voz baja de Magpie arrancó a Eric de sus cavilaciones. Su hermano pequeño tiraba con violencia de lo que era ya un desastroso colgajo de tela en su cuello. Observó al señor Lezcano, quien en aquel momento hablaba con el mayordomo sobre alguna incidencia del baile, y decidió acudir en ayuda de Magpie.

—¡Quita las manazas! —exclamó empujando sus antebrazos hacia abajo.

Su hermano suspiró de frustración, mientras él trataba de arreglar el aspecto de su corbata.

—Las odio, las odio muchísimo —susurró Magpie achicando los ojos—. No sirven para nada, y no entiendo por qué la gente se empeña en decir que son elegantes.

Eric estiró la tela del lazo para eliminar una arruga y suspiró.

—Son elegantes —aseveró—, y puedo asegurarte que nadie en el mundo las odia más que yo.

Magpie achicó los ojos con suspicacia.

—¿Qué te apuestas?

La respuesta hizo sonreír a Eric; aquel chico no tenía remedio. Le conocía desde antes de que aprendiese a hablar, y el hecho de que fuera el más pequeño del grupo le había llevado a ser protegido por todos, por Eric el que más, pues como hermano mayor siempre había sentido una especial predilección que era mutua. Por ello seguía preocupándole su seguridad, ya que, si de niño demostró gran habilidad para desvalijar los bolsillos más acaudalados del reino, con la edad había aprendido a hacerlo de forma legal. Magpie era ya toda una leyenda en las mesas de juego de la capital y había hecho saltar la banca en tantas ocasiones que tenía prohibida la entrada a todos los clubes de juego londinenses. Pero esto no había ensombrecido su fama, sino todo lo contrario: su popularidad como buen jugador había traspasado fronteras, y eran muchos los que viajaban a Londres para enfrentarse a él en alguna de las exclusivas y clandestinas partidas de naipes organizadas en las mansiones de la ciudad.

Tras arreglar el lazo a su hermano, Eric volvió a ocupar su lugar en el vestíbulo al lado del señor Lezcano, pensando que su madre y María ya se retrasaban demasiado. Consultó su reloj de bolsillo con una mueca de aburrimiento, imaginándoselas arriba mientras ultimaban cada detalle de sus vestidos de fiesta. Hacerles esperar era muy típico de ambas, ya que, si *lady* Mary manifestaba especial esmero en la apariencia de toda su familia, su hija había heredado esa especie de diligencia y cuidado por todo cuanto la rodeaba.

Sin darse cuenta, un gesto de ternura suavizó los rasgos de Eric en cuanto la imagen de María se formó en su mente. Si la seguridad de Magpie le preocupaba por su inclinación al juego, la de María le inquietaba desde que era tan solo una niña curiosa que le perseguía a todas partes. Pensándolo mejor, su seguridad le preocupaba desde incluso antes; tal vez porque el primer recuerdo que Eric tenía de su propia infancia eran los golpes de su infame padre, desde que había visto a María por primera vez en su cunita, inocente e indefensa, un intenso sentimiento de protección se había instalado dentro de él. Y aquella sensación no había hecho más que crecer al mismo tiempo que ella lo hacía. ¿Porque era la más pequeña y él siempre protegía a los más pequeños? Sí, pero sobre todo porque había demostrado tener un carácter confiado con todo el mundo, temerario cuando perseguía una meta. No fue una niña caprichosa porque siempre tuvo cuanto pudo desear. El problema era que, ante la ausencia de necesidades materiales, sus objetivos se elevaron tanto que se volvieron inalcanzables. Así, María se había pasado buena parte de su infancia persiguiendo quimeras, mientras él vigilaba sus travesuras.

La mirada de Eric se perdió en algún punto del vestíbulo mientras cientos de recuerdos se proyectaban ante sus ojos. Sin saber por qué, su mente se detuvo en uno de ellos: María tendría unos catorce años por aquel entonces, pero mantenía el mismo grado de curiosidad y torpeza que en la niñez. Por eso, cuando aquel día faltó a la hora de cenar, Eric supo al instante que alguna de sus aventuras la había entretenido en el exterior. Así, mientras sus padres movilizaban a todo el servicio para que la buscaran por la mansión, él salió a dar un paseo por el campo, seguro de que durante su caminata hallaría alguna pista de su paradero.

—Eric, al fin has venido.

El susurro impaciente llegó claro hasta sus oídos mientras recorría el sendero del bosque de Sweet Brier Path. Eric se detuvo y levantó el rostro en la dirección del sonido. María le observaba medio recostada en la retorcida rama de un roble a varias yardas de altura.

—¿Cómo está, señorita? —contestó, apenas disimulando la diversión—. Hace buena noche para trepar.

—Oh, cállate y sube —gruñó ella.

Él solo precisó de tres ágiles movimientos para llegar a su lado.

—Normalmente prefiero una invitación más formal —dijo mientras se sentaba en la misma rama—, pero haré una excepción en este caso porque me muero de curiosidad. ¿Qué estás haciendo aquí y por qué no has ido a cenar?

—Te lo digo si prometes no reírte.

Eric distinguió el brillo desafiante de sus ojos violeta en la penumbra.

—Haré lo que pueda —bromeó, sin poder reprimir la sonrisa.

El suspiro de resignación de María fue perfectamente audible entre los sonidos del bosque.

—Lo encontré en mitad del camino, se había caído y pensé en devolverlo al árbol antes de que la madre regresara —dijo, señalando una pequeña protuberancia en una rama más arriba, que Eric identificó como un nido de gorrión,

—¿Y has decidido quedarte hasta que vuelva o qué?

María tardó unos segundos en responder.

—No sabía cómo bajar y me daba vergüenza pedir ayuda.

Eric observó su perfil con la cabeza gacha, queriendo ocultar el ceño enfurruñado, y no pudo evitar esbozar otra sonrisa.

—¿Y estabas esperando a que pasara alguien por aquí?

—Alguien no, tú. —María volvió el rostro hacia él—. ¿Se puede saber por qué has tardado tanto?

Una carcajada ronca estalló en el pecho de Eric.

—¿Cómo no se me habrá ocurrido? Debo de estar perdiendo dotes adivinatorias —bromeó, con la voz quebrada de risa.

María no dijo nada mientras dejaba que él se divirtiera a su costa.

—¿Qué te parece si regresamos a casa antes de que la cena se enfríe?

Al no obtener respuesta, Eric volvió los ojos hacia ella. Abrazada a las piernas y mirando al cielo, el brillo de la luna dibujaba un *collage* de luces y sombras en su bonito rostro de mujercita.

—Va a ser una noche preciosa —murmuró, suspirando soñadora.

Eric observó el cielo, donde el día se apagaba tras un horizonte salpicado de estrellas y la luna llena regaba ya Sweet Brier Path con sus rayos plateados. El chirriar de los insectos rompía el silencio que, ciertamente, debería venerar aquella belleza.

—Lo será —convino él, subyugado también por la perfección del paisaje.

María asintió, segura del privilegio que era para ambos encontrarse encaramados a lo alto del viejo roble, desde donde se vislumbraba todo el valle.

—¿Te imaginas que pudiéramos tocar la luna?

Eric resopló al escuchar la pregunta.

—¡Uy, madre! —exclamó irónico, pues sabía que las excéntricas hazañas de María solían comenzar con preguntas como aquella—. Creo que ya es hora de volver a casa.

—Tocar la luna es una prueba de amor, ¿no te parece?

Él la miró pasmado.

—Perdona, ¿de qué estás hablando? —dijo, apenas disimulando la diversión.

—¿Cómo saber que he encontrado a mi amor verdadero si no es con una prueba, Eric? No es sencillo cuando existe una cuantiosa dote por casarse conmigo —se contestó a sí misma con un suspiro—. Si un hombre colocara la luna en mis manos, sabría que su amor es desinteresado y le concedería cualquier deseo.

La sonrisa de Eric se congeló en una rígida mueca. ¿De qué demonios estaba hablando? Era demasiado joven para pensar en amor, bodas, dotes... ¿Amor verdadero? Pero ¿de qué demonios estaba hablando? Prestó atención a su perfil recortado a la luz de la luna y se dio cuenta de que, en realidad, María ya no era la niña pequeña y rechoncha que correteaba tras él con la carita sucia, sino que se estaba transformando en una muchacha. Y muy bonita, por cierto. Una muchacha a cuya puerta pronto harían cola los jóvenes para obtener su atención.

—¿Tú no lo harías?

—¿Qué? —preguntó él, casi con un gruñido.

—¡Prestarme atención!

Contrariado, Eric exhaló un suspiro entrecortado.

—Si alguien consiguiese llegar a la luna, dudo que existiera algo en el mundo que yo pudiera ofrecerle —refunfuñó, entre sarcástico y malhumorado.

María le fulminó con la mirada.

—Eric, ya me entiendes —respondió impaciente—, ¿no harías cuanto fuera por una muchacha que estuviera dispuesta a llegar tan lejos por ti?

Un enorme surco arrugó el ceño de Eric; no estaba muy seguro de que, como hermano mayor, debiera permitirle hablar así. Se revolvió inquieto antes de volverse hacia ella.

—María...

—Si contestas, te prometo que regresamos a casa ahora mismo —interrumpió ella, alzando la mano derecha para enfatizar su promesa.

Eric suspiró con hastío.

—Te doy mi palabra de que concederé cualquier deseo a quien me alcance la luna.

Visiblemente conforme, María se incorporó con mucho cuidado en la rama, esperando su ayuda para bajar del árbol.

Minutos después, los dos regresaban a casa en silencio, ella mirando a la luna de vez en cuando y él furibundo tras el descubrimiento que acababa de hacer: María pronto se convertiría en una joven casadera y, por alguna razón, aquello no le gustaba.

No le gustaba nada.

CAPÍTULO 3

Muchas parejas se incorporaron a la pista cuando anunciaron que el siguiente baile sería un vals. Eric se apartó cuando estuvo a punto de ser arrollado por un grupo de entusiastas danzarines. Bebió un poco de brandi y se refugió tras una de las grandes columnas de mármol que rodeaban la estancia. Todos los muebles del salón se habían guardado en las habitaciones superiores para acoger al gran número de invitados a la fiesta de María. Su parentesco con el conde de Rohard le otorgaba el «pedigrí» necesario para emparentar con cualquiera de los herederos a los nobles títulos del reino, y el hecho de ser la única hija biológica de un importante industrial le otorgaba una dote irresistible para cualquiera de aquellos mismos herederos y sus deterioradas finanzas. Además, que el señor Lezcano y *lady* Mary fueran poco dados a romper la intimidad de su vida diaria con celebraciones y fiestas había convertido el decimonoveno cumpleaños de su hija en todo un acontecimiento social.

Eric observó a los bailarines con aire desapasionado mientras tomaba otro sorbo de licor. La imagen de María en brazos de Marcus Montfort, vizconde de Leicester, apareció distorsionada a través del cristal de su copa, y otro arranque de mal humor le hizo apurar todo el líquido ambarino. Dejó el vaso vacío sobre una de las mesitas y regresó a su refugio tras la enorme columna de mármol. Maldiciendo para sus adentros, vio a la molesta Philippa Kendal dirigirse hacia él. Estaba más que dispuesto a evitarla durante toda la velada, porque si lograba atraparlo lo torturaría con algún cotilleo de su propia cosecha, para luego invitarlo a bailar sin el menor recato. Y aunque muchos opinaran lo contrario, él era un caballero y le daba reparo rechazar a una dama, aunque esta fuera tan cargante como la señorita Kendal. No quería ofender a la muchacha, eso era cierto, pero la cantarina risa de María en respuesta a alguna ocurrencia de Montfort le instó a desaparecer del salón en aquel preciso momento. Con la espalda pegada al mármol se apuró en rodear la columna con disimulo. Sin embargo, un obstáculo se interpuso en su huida.

—¿Has hecho ya las paces con María? —*Lady* Mary le observaba desde su silla de ruedas con el duro gesto de una madre dispuesta a echar una buena reprimenda.

—No sabía que hubiese alguna afrenta —respondió con un fingido gesto de inocencia, pues sabía perfectamente a lo que ella se refería.

El acontecimiento había tenido lugar en el vestíbulo al principio de la velada, cuando ella y María salieron del elevador. Todos los miembros de la familia las recibieron de forma entusiasta, sobre todo a la homenajeada y a su espectacular vestido de fiesta. Todos excepto Eric, que se quedó plantado en mitad del vestíbulo con el ceño fruncido.

Después de que su padre se acercara a besar a su esposa y a su hija, el resto de la familia se aproximó a ellos. Martha y Lizzie abrazaron con afecto a María, mientras sus hermanos le lanzaban silbidos y piropos de admiración.

—Seguid así y suspendo la fiesta —gruñó el señor Lezcano antes de lanzar una dura mirada a sus hijos varones.

La familia entera se rió y continuaron dedicándose muestras de afecto, aunque sin más alabanzas al vestido de la homenajeada que pudieran molestar al anfitrión. Entonces, como si de una estudiada coreografía se tratase, todos se apartaron formando un pasillo en el que María quedó frente a Eric.

Él la observó lentamente de arriba abajo. El azul oscuro de su vestido destacaba a la perfección cada una de sus formas femeninas, que hacía mucho que ya no eran las de una niña, aunque Eric se resistiera a la idea. El largo cuello lo parecía aún más con el elegante peinado que recogía su melena en una cascada de ondas que caían desde la coronilla. En contraste, la blancura de la piel le daba un aspecto sedoso en cada una de las partes que el vestido dejaba a la vista.

La anhelante mirada violeta de María lo atravesó como una flecha, instándole a moverse. Sus pies se despegaron del suelo y le llevaron junto a ella. El hilo plateado con el que estaba cosido el escote del vestido centelleaba bajo la luz de las lámparas, de tal forma que parecía envuelta en el insólito halo luminoso que tienen los sueños.

Cuando estuvo frente a ella, Eric entrecerró los ojos y percibió cómo ella tomaba aire en espera de su opinión. La inspiración le elevó los senos, colmando aún más el provocativo escote.

—No puede ir así —bufó, fijando los ojos en el señor Lezcano.

—Eric...

El susurro consternado de María fue audible para todos.

Dispuesto a no volver a mirarla, Eric no apartó los ojos del señor Lezcano.

—No es para tanto, hijo —contestó él sonriendo—. Casi todas las invitadas van más destapadas, lo que ocurre es que ninguna de ellas es tan bonita como nuestra María.

Diego Lezcano dedicó una tierna sonrisa a su hija antes de ofrecerle el brazo para acompañarla a reunirse con los invitados. Todos les siguieron hasta el salón de baile; todos excepto Eric, que permaneció clavado en mitad del vestíbulo con un humor de mil demonios.

—María no estaba segura de su atuendo, y ya puedes imaginarte lo que eso me afecta a mí. —La irritada voz de *lady* Mary devolvió a Eric al presente. Definitivamente, su huida de la fiesta había sido frenada por su madre adoptiva—. Como creadora del vestido esperaba algo más de colaboración, sobre todo por tu parte.

—Me hubiese encantado colaborar; lo habría hecho si lo considerara apropiado. —Eric se arrepintió de aquellas palabras incluso antes de que ella le fulminara con la mirada—. A ver, no me entienda mal, María está preciosa —continuó, de repente muy incómodo con la conversación—, pero cumple diecinueve años...

—¿Y? —interrumpió su madre irritada.

Eric tomó aire con fuerza. Sabía que se estaba moviendo en un terreno muy peligroso.

—Debería llevar un vestido que dijera: «Hola, soy una muchacha de diecinueve años, gracias por venir a mi fiesta», y no uno que diga: «Hola, busco un marido desesperadamente».

Lady Mary escuchó el parloteo de su hijo con cara de incredulidad.

—Vaya, no sabía que diseñaba vestidos parlantes. Está claro que voy a ser una modista muy famosa —respondió con ironía mientras sus ojos brillaban de diversión—. No obstante, más allá de que se sintiese bonita y se divirtiera —continuó—, jamás he pretendido que mi hija se prometiera esta noche. No voy a negarte que me agradaría que eligiera una buena pareja, pero no quiero que sea tan pronto; y me da igual lo que opine la sociedad al respecto.

Molesto por el cariz que había tomado la conversación, se rindió.

—No quise ofenderla.

—Dijiste lo que no debías cuando ella solo esperaba tu aprobación —interrumpió, sin rastro ya de ironía en la voz, y sí de toda la dulzura de su paciencia materna—. Además, después de la de su padre, estoy segura de que ninguna otra opinión le importaba tanto como la tuya.

Aquellas palabras provocaron un brinco en el corazón de Eric. Abrió la boca para protestar, pero la volvió a cerrar al no hallar una buena respuesta.

Visiblemente satisfecha, *lady* Mary se inclinó hacia delante en su silla para tomarle la mano.

—¿A qué esperas para sacarla a bailar y hacer que te perdone? —preguntó, esta vez con una dulce sonrisa.

Obstinado, Eric arrugó la frente.

—No creo que quiera perdonarme.

—Quiere perdonarte, y también bailar contigo —aseveró ella.

El ceño de Eric se hizo más profundo.

❋ ❋ ❋

El vals finalizó y María se inclinó en respuesta a la reverencia de Marcus Montfort, con una sonrisa aún en los labios. Le gustaba bailar con él porque disfrutaba mucho de su sentido del humor. No era mucho mayor que ella, pero hablaba del mundo como si fuera el hombre más experimentado. Tenía además la habilidad de reírse de sí mismo y de todas las rígidas convenciones nobiliarias.

—Te noto un poco acalorada —dijo el vizconde, antes de tomarla por el codo con su mano enguantada—, déjame traerte un refrigerio.

María quiso protestar, pero se dejó arrastrar hasta una de las mesas. Sabía que no debía dejarse acaparar por uno de los invitados, sobre todo cuando muchos otros esperaban a bailar con ella; de hecho, el próximo baile lo tenía prometido a lord Sheffield, que la observaba con anhelo desde el otro lado de la pista.

—Le estoy muy agradecida, pero he prometido el siguiente baile.

Una amplia y pícara sonrisa se dibujó en el apuesto rostro de Montfort.

—Hazles esperar, querida, y les tendrás eternamente a tus pies —respondió, antes de pasarle un vaso de limonada.

Al notar el rubor subir a las mejillas, María dio un buen sorbo a la bebida. Saboreando el refrescante líquido, sus ojos se movieron sobre el borde del vaso de cristal. Observó a las parejas que iniciaban el siguiente baile y a los grupos de varones reunidos en grupos alrededor de la estancia sin prestar apenas atención a las palabras de su acompañante. Al no ver a Eric por ninguna parte, bajó la cabeza al percibir el inoportuno cosquilleo de las lágrimas. Respiró largas bocanadas tratando de controlar su decepción al descubrir que se había marchado de su fiesta.

No sabía lo que le ocurría últimamente. María reconocía que el amor que sentía por él la hacía un poco pesada; siempre pegada a sus talones, siempre intentando llamar su atención. No obstante, él nunca había dejado de ser paciente con ella; nunca, hasta ahora. No sabía si era porque los negocios lo habían transformado en un hombre serio, o porque ya no era una niña a la que hubiera que proteger del peligroso mundo, pero Eric cada día se mostraba más huraño y distante.

Durante el último año, su relación con él se había enfriado hasta el punto de volverse tirante. Muchas noches, tendida en su cama, María repasaba sus encuentros durante el día, tratando de descifrar algún detalle de su comportamiento con el que pudiera haberlo ofendido. Sin embargo, ella siempre llegaba a la misma conclusión frustrante: Eric se alejaba cada día y ella no conseguía evitarlo. Y su necio comportamiento de aquella noche no hacía más que confirmar aquella teoría.

Al percibir un ligero ahogo, María tomó otra larga bocanada de aire. Recordó cómo se había quedado quieta frente a él en el vestíbulo, a la espera de una palabra bonita. Ni siquiera tenía que haber sido una palabra, le habría bastado un ademán de aprobación, como que se acercase y le besara la mano, o incluso menos; se hubiera conformado con una sonrisa. En cambio, solo había obtenido una dura mirada y una acusación ante su padre. Y ahora se había marchado, se había ido sin siquiera despedirse. «Por el amor de Dios, ¡qué boba puedes llegar a ser!», pensó, cada vez más enfadada consigo misma.

—¿Te encuentras bien, querida niña?

La inquieta voz de Marcus Montfort rescató a María de sus turbios pensamientos.

—Estoy perfectamente, gracias —contestó, devolviéndole el vaso vacío—. Si me disculpa, debo ausentarme.

Montfort pareció desconcertado, pero se repuso al momento.

—Te acompaño a la puerta.

—¡No! —exclamó ella—. No es necesario, de verdad —continuó, suavizando el tono—, solo voy al tocador.

Dando unos pasos atrás, María se escabulló entre los invitados al notar el inoportuno escozor de las lágrimas. Sin fijarse por donde iba, tropezó con un caballero y, al momento, unos largos dedos la sujetaron por los brazos. Su vista quedó a la altura de la blanca pechera de una camisa de gala. La amplitud de aquel torso, además del desastroso lazo de la corbata, solo podía significar que acababa de tropezarse con él. Parpadeando a causa del asombro, María elevó el rostro hasta toparse con aquellos dos inescrutables ojos color miel.

—¿Va todo bien? —murmuró Eric—. ¿Ha pasado algo con Montfort?

La incisiva mirada con la que él buscó al vizconde por encima de su cabeza la instó a negar efusivamente con la cabeza.

—Solo estoy un poco acalorada, eso es todo.

—Ah, bueno —respondió, soltándola al momento para dar un paso atrás.

María se retorció las manos, sin comprender aquellos nervios tan absurdos.

—Iba al tocador —informó.

—¿Quieres que te acompañe?

—¡No! —exclamó casi resoplando. ¡Qué manía les había entrado a todos con acompañarla al excusado!

Eric asintió con un exagerado movimiento de la cabeza antes de hacerse a un lado. María pasó frente a él, pero no consiguió alejarse.

—Creí que te habías marchado —dijo sin mirarle.

Él observó la blancura de su nuca, ligeramente desconcertado con la agradable sensación que le produjo el saberse observado por ella.

—No —contestó, entrecerrando los párpados—, solo me estaba escondiendo de Philippa Kendal.

María se volvió en un segundo. Una traviesa sonrisa tiraba de las comisuras de la boca de Eric, lo que al instante le provocó una punzada de felicidad en el pecho.

—Entonces, ¿no estás enfadado?

—No. Philippa es un poco molesta, pero no llega a tanto —bromeó, sonriendo más ampliamente para restar gravedad al momento. Porque estaba seguro de que, si iban a hablar de lo acontecido en el vestíbulo, la conversación se volvería demasiado seria.

María pestañeó varias veces, asombrada con aquella sonrisa; y no es que Eric no sonriera con frecuencia, de hecho lo hacía, pero había pasado demasiado tiempo sin ser ella la receptora de una de aquellas muestras de alegría.

—Y tú, ¿estás muy disgustada conmigo? —preguntó, con una tímida mirada.

—No más de lo normal —respondió, sin poder evitar sonreír por su mohín de niño bueno.

Ambos se observaron en silencio durante unos segundos. María estudió disimuladamente lo bien que le sentaba el oscuro traje de gala, aunque no era demasiado difícil con su estatura y su vigorosa figura. Y es que, a diferencia de otros invitados, el frac de Eric no necesitaba hombreras. Sorprendida por aquellos pensamientos, desvió los ojos hacia la pista de baile.

—¿Me perdonas?

María le clavó la mirada. Sorprendida por la pregunta, tardó unos segundos en responder.

—Tendrás que hacer algo para ganarte el perdón, Eric Nash —respondió, aunque el tono de reproche le salió tan falso como lo era en realidad.

—Algo... ¿como un baile? —Su voz sonó provocadora.

María se miró las uñas de forma desapasionada. Una cálida sensación inundó su corazón al percibir de nuevo la antigua camaradería que los unía.

—No sé... —respondió, apenas disimulando la diversión—, yo me refería a algo mucho más duro y vergonzoso.

—En mi caso, ya sabes que nada puede ser más duro y vergonzoso que un baile.

Aquella afirmación la hizo reír, pues de sobra recordaba la torpeza de Eric como bailarín.

María deslizó la mano por el brazo que él le ofrecía y ambos caminaron juntos hasta la pista de baile; contentos de haber regresado a aquel punto familiar, felices de estar juntos de nuevo.

CAPÍTULO 4

Eric nunca bailaba, al menos cuando podía evitarlo. Todavía recordaba todas las pegas que ponía cuando el profesor de baile aparecía en casa, tres veces por semana. *Lady* Mary se empeñó, tal vez porque ella no podía hacerlo, en que todos sus hijos aprendieran a bailar, aunque para ello debieran invertir un número incalculable de horas; sobre todo Eric, quien demostró ser el más torpe a la hora de coordinar sus movimientos para la danza.

Inspiró con fuerza cuando se volvió hacia María para tomarla entre sus brazos. Sabía que tendría que usar toda su pericia como bailarín para no pisarla. Soltó el aire muy despacio mientras rodeaba el fino talle de ella con la mano izquierda. Al juntar sus palmas, Eric cerró los ojos durante un segundo, recordándose que debía comenzar con la pierna derecha.

María observó su rostro y estiró el brazo hasta posar la mano en su fornido hombro. La respiración se le entrecortó al notar cómo sus dedos la ceñían por la cintura. La firme presión de las yemas contra el arco de su espalda acercándola en cada giro le producía un extraño y placentero cosquilleo en el estómago. Muchos de sus sueños empezaban así: él la sacaba a bailar y le confesaba su amor, justo antes de que ella se le abrazase al cuello y le besara con toda la pasión que llevaba dentro. Porque hacía mucho que el inocente amor que sentía cuando era una niña se había transformado en algo mucho más impetuoso y carnal.

Contemplando su gesto de concentración, María no pudo evitar echarse a reír.

—¿Qué? —preguntó Eric, observándola con atención—. ¿Tan mal lo estoy haciendo?

—No —respondió ella sonriente, enfatizando la negación con un movimiento de cabeza—. Pero puedes relajarte, el señor Mawson no está aquí para hacerte bailar con él.

Eric también sonrió al recordar al profesor de baile de su infancia y sus odiosos ejercicios.

—Trato de no lastimarte bailando sobre tus pies.

La broma hizo que la sonrisa de María se ensanchara.

—Me encantaban sus clases.

—Eso lo dices porque no te obligaba a bailar sobre sus pies de gigante —bromeó él con el gesto torcido.

—Es verdad, tenía unos pies enormes. —La espalda de María se agitó de risa—. Menos mal que nosotras no teníamos que bailar sobre ellos.

—«Todo caballero que se precie ha de gobernar con destreza a su pareja». —Estirando el cuello con gesto pomposo, Eric imitó el tono pedante del señor Mawson—. «Ninguna dama manda, ni dentro, ni fuera del noble arte de la danza» —repitieron los dos al unísono.

Eric se rió con ganas al recordar las palabras del profesor, aquel extraño hombrecillo que había intentado, sin el menor éxito, inculcarle algún sentido del ritmo.

Alzando el rostro, María se topó con su brillante mirada sonriéndole abiertamente. El corazón se le desbordó con un insólito frenesí mientras se dejaba conducir por él entre las demás parejas.

—¿Sabes, Eric?

—¿Mmm?

Ella se puso seria de repente.

—No sabes lo mucho que significó para mí crecer con todos vosotros —dijo, con la voz afectada por la emoción—. Me hicisteis la niña más feliz del mundo, y sé que nunca nos separaremos.

Eric tropezó y a punto estuvo de caerse al suelo. Arrugando el ceño, trató de recuperar su lugar en la pista de baile. Observó su rostro detenidamente sin entender a qué venía aquella declaración. Una fuerte emoción le sorprendió de repente, una especie de alegría desbordante por la que deseó corresponderle. Él quiso decir que también se sentía muy afortunado por haber crecido allí, pero fue incapaz de expresar nada de lo que quería.

—María, tú todavía eres una niña —soltó, con su tono más paternalista.

La frase tuvo el mismo efecto en ella que un golpe directo al estómago.

—Retíralo —murmuró entre dientes, incapaz de mirarlo a los ojos.

—¿Qué?

Eric notó cómo se ponía rígida entre sus brazos. Estaba molesta, pues sabía lo poco que le gustaba que la tomaran por una niña, ni siquiera cuando lo era. Pero él jamás reconocería que ya no lo era; incluso cuando era plenamente consciente del roce de sus piernas en cada giro o de la plenitud del escote que el vestido dejaba a la vista.

—Hace ya tres años que me presenté en sociedad; podría estar casada y esperando a mi segundo hijo —anunció ella tras fulminarlo con la mirada—. Retira lo que acabas de decir.

Eric permaneció en silencio.

—No. Soy. Una. Niña.

María se detuvo en seco y algunas parejas estuvieron a punto de chocar con ellos. Él se disculpó por la interrupción y volvió la atención a su pareja.

—María...

—¡No! —exclamó, en un tono demasiado elevado.

Eric miró alrededor y sonrió indulgente a los invitados, que les observaban con curiosidad, antes de estrechar su cintura para instarla a que continuara bailando.

Pero María permaneció inmóvil con la mirada clavada en su rostro, mientras su agitada respiración hacía subir y bajar su pecho de forma notable.

—Retira lo que acabas de decir.

Eric masculló una maldición. Sabía que debía retractarse y zanjar la discusión para continuar bailando. Sin embargo, reconocer lo que le pedía significaba aceptar que ya no era una niña, que ya no volvería a necesitarle ni verlo como a un héroe y, lo que era aún peor, que cualquiera de aquellos petimetres que esperaban a bailar con ella podía pedir su mano y llevársela para siempre.

Entonces la soltó, malhumorado.

—No me da la gana —espetó, inclinándose hasta que la punta de su nariz casi tocó la suya.

El rostro de María se contrajo por la sorpresa. Sin embargo, Eric no se arrepintió hasta que percibió el brillo de las lágrimas en sus chispeantes ojos. Una fuerte ansiedad le instó a calmarla, pero ella le apartó de un manotazo antes de volverse y salir corriendo.

❀ ❀ ❀

María inspiró varias veces tratando de serenarse; no quería llorar, si lo hacía se le hincharían los ojos y tendría que pasar el resto de la velada mirando al suelo para que nadie percibiera lo desgraciada que se sentía. Observó su imagen en el espejo de la alargada consola del tocador de señoras y se dijo a sí misma que aquella situación tenía que cambiar. No podía seguir albergando aquellos sentimientos por Eric, porque jamás dejaría de verla como a una hermana. Era como darse de cabezazos con un muro; él la trataría siempre como a una niña, mientras su amor crecía cada día y la quemaba por dentro.

—Se acabó, María —ordenó con firmeza a su reflejo en el espejo—. ¿Me oyes? Se terminó.

Girando sobre los talones, abandonó el tocador decidida a olvidarse de Eric y a disfrutar de su fiesta. Iba tan resuelta a cambiar su vida para siempre que apenas percibió que alguien la aguardaba en el pasillo.

—¿Te encuentras bien?

La ronca voz de Montfort resonó en sus oídos al mismo tiempo que notaba cómo la tomaba con firmeza por los brazos.

—Lord Leicester, ¿qué está haciendo aquí? —preguntó, elevando el rostro para mirarlo de frente.

—Te vi salir del baile como alma en pena y creí que podrías necesitar a un amigo.

Al oír aquella palabra, María suspiró. Un «amigo» era exactamente lo que no necesitaba en aquel momento..., ¿o sí? Chasqueó la lengua y dio un paso atrás para deshacerse de su contacto.

—Me sentía un poco indispuesta, eso es todo.

Él volvió a acercarse con gesto grave.

—¿Estás bien? ¿Quieres que avise a alguien?

—¡No! —interrumpió, dispuesta a terminar con aquella conversación y a deshacerse de las atenciones del vizconde para regresar a su fiesta, donde debería estar divirtiéndose como nunca—. Solo estaba un poco acalorada, de verdad —continuó, tras suavizar el tono para que se quedara tranquilo—, únicamente necesitaba refrescarme. Ya estoy mejor, muchas gracias.

María notó cómo los ojos azules de Montfort la recorrían con un brillo perturbador. Se dio cuenta entonces de que se encontraban solos en medio del pasillo, escasamente iluminado. No era correcto que una muchacha se encontrara a solas con un caballero que no fuera de la familia. No obstante, en aquel momento esa norma le parecía un obstáculo en su determinación de dejar de parecer una niña.

—Quizá lo que necesites sea tomar un poco el aire —dijo él, mirándola de forma más intensa.

María sabía lo que lord Leicester le estaba proponiendo: quería salir a dar un paseo con ella por el jardín. Pero también sabía que el auténtico propósito de aquellas escapadas en una fiesta eran los escarceos amorosos. Durante unos segundos estudió a su interlocutor. Montfort era un hombre realmente apuesto. Tenía el pelo rubio y unos ojos azules que sonreían con facilidad. Era alto y de hombros estrechos, como marcaba la moda de la clase alta, pues la constitución de un caballero debía alejarse lo más posible del aspecto fornido de la clase obrera. Su rostro armónico no poseía ningún rastro discordante. Entonces, el brillo de los ojos ambarinos de Eric se coló entre sus pensamientos y el enfado nubló de nuevo su estado de ánimo.

—Debo regresar a la fiesta o mis padres podrían preocuparse —contestó nerviosa.

Atravesándola con la mirada, Montfort dio un paso hacia ella.

—¿Quiere eso decir que aceptas pasear conmigo? —La emoción era evidente en su voz.

María se apartó cuando trató de tomarle la mano. Estaba muy nerviosa, pero también segura de lo que iba a hacer. Era una mujer, y aunque Eric jamás le dejara demostrárselo sí se lo podía demostrar a sí misma.

—Dentro de media hora saldré a dar un paseo por el jardín y quizá me siente un momento en el banco del estanque —indicó tímidamente, mientras alzaba los ojos hacia su acompañante.

Montfort aspiró de forma entrecortada, antes de tomarle la mano y besarla durante más tiempo del debido. Mordiéndose el labio con nerviosismo, María reconoció el gesto como una promesa, una promesa de lo que podía pasar si ella estaba dispuesta. Y ella lo estaba, aunque no fuera Marcus Montfort quien aparecía cada noche en sus sueños.

—Allí estaré —dijo él antes de soltar su mano.

María le observó alejarse por el pasillo y por un segundo pensó en ir tras él para retractarse. «Tú todavía eres una niña.» Las palabras de Eric surgieron como un fantasma entre las sombras, deteniéndola en el acto e incitándola a tomar una decisión determinante. Jamás la vería como a una mujer si no comenzaba a tomar las riendas de su vida. Era su cumpleaños, y lord Leicester era un hombre agradable e interesado en ella; todas ellas, razones suficientes para experimentar lo que sentía.

Había llegado el momento de vivir y dejar de fantasear con lo que era imposible.

❀ ❀ ❀

Eric se llevó su segunda copa de brandi a los labios y dio un buen sorbo. El ardiente licor lo reconfortó durante un breve instante, porque la conversación del grupo de empresarios que se desarrollaba frente a él lo estaba aburriendo sobremanera. Deseaba que la fiesta se terminara cuanto antes; y no solo porque todos los miembros de su familia parecieran querer matarle por su comentario sobre el vestido de María, sino porque la susodicha prenda había tenido el efecto que él se había temido. El carné de baile de María estaba completo al primer minuto de aparecer en la fiesta, y lo peor vendría los próximos días, cuando no dejaran de llegar regalos, visitas y proposiciones. Eric arrugó el ceño y apuró todo el líquido de la copa antes de depositarla sobre la bandeja de un camarero.

La seda azulada del vestido de María apareció en su campo de visión en aquel instante; y no es que él no supiera en dónde se encontraba en cada momento, pero le resultó extraño verla dirigirse a una de las puertas laterales del salón. Sus ojos la siguieron hasta que desapareció en la oscuridad del jardín. ¿Necesitaría salir a tomar el aire? «Tal vez debería ir a ver si se encuentra bien», pensó.

Sin embargo, toda su preocupación quedó en un macabro suspenso en cuanto vio a lord Leicester salir tras ella con pésimo disimulo. La respiración se le cortó en el mismo instante en que un millón de demonios comenzaron a rugir en su cabeza. Apretó los dientes con tanta fuerza que sintió dolor, aunque seguro que no tanto como el que pensaba infligir a aquel canalla.

Eric abandonó la fiesta, más furioso que un oso apaleado.

CAPÍTULO 5

María inspiró profundamente y miró al cielo estrellado. No había ni una sola nube y miles de estrellas centelleaban con fuerza. La luna llena brillaba con tanta intensidad que todos los detalles del jardín resultaban casi tan perceptibles como si fuera de día; incluso las flores se abrían y lo impregnaban todo con su dulce fragancia. Se sentó a esperar en el banco del estanque y cerró los ojos. Distinguió cada uno de los sonidos de la noche: el chorro de agua de la fuente, el rumor de las ranas y los insectos, mitigado por la música, y las voces que se oían a lo lejos, aquellas que llegaban desde el salón en que se celebraba el baile en su honor del que acababa de escaparse para encontrarse con un hombre.

Frotándose las manos, María se puso de pie y comenzó a caminar de una punta a otra del estanque. No es que estuviera nerviosa, se dijo, lo que ocurría era que había sido un error salir de la casa sin ninguna prenda de abrigo, pues, a pesar de estar en pleno mes de mayo, todavía refrescaba por las noches. Sin embargo, la idea de encontrarse allí con Montfort la hizo detenerse en seco. Sentía un extraño hormigueo en la piel al pensar en él aproximándose, en sus manos tocándola cómo no podían hacerlo en público, de la forma en que nadie lo había hecho antes.

Entonces se pasó las yemas de los dedos por los labios, temblorosos, imaginándose cómo sería recibir un beso de amor. Dos alientos fundidos en una caricia suave, una deliciosa y placentera promesa. Bueno, sí, tal vez todas las novelas que leía a escondidas fueran las culpables de aquellos anhelos pero ¿tan horrible era desear un amor apasionado? ¿Debía considerarse una mujer perversa por pensar en aquellas cosas? Casi todas las muchachas de su edad tenían alguna experiencia y, por muy pobre y breve que esta fuese, ya era más que la suya.

No obstante, aquella situación era demasiado íntima, y el lugar estaba tan alejado de la casa como para no sentirse segura. Marcus Montfort era un caballero, de eso no tenía dudas, pero la situación podía terminar escapándose a su control. Espoleada por aquellos pensamientos, María decidió volver a la fiesta. Se volvió dispuesta a regresar, y a punto estuvo de darse de bruces con el vizconde.

Él la sujetó al instante por los brazos.

—¡Dios mío, niña! Tenemos que dejar de encontrarnos así —murmuró con una ronca sonrisa, refiriéndose a su anterior encuentro en el pasillo.

—Lo... lo lamento.

María quiso alejarse y dio un paso atrás. Pero Montfort no hizo amago de soltarla, sino todo lo contrario: la aferró con firmeza por los brazos y la pegó a él.

—Mi... milord. —Se maldijo por no dejar de tartamudear—. Déjeme, por favor.

—Es por tu seguridad; no quisiera que te hicieses daño.

Su voz se volvió aún más ronca. Ella alzó el rostro para mirarle la cara. Estaban tan cerca que su aliento le hizo cosquillas en la frente. Entonces notó cómo las grandes manos de Montfort abandonaban sus brazos y descendían hasta su cintura para estrecharla con fuerza y pegarla por completo a él. El corazón de María comenzó a latir con tanta fuerza que pensó que iba a desmayarse. Sintió el cuerpo del vizconde pegado contra el suyo y al instante se le revolvió el estómago. Jamás había estado tan cerca de un hombre que no fuese su padre, ni siquiera con ninguno de sus hermanos adoptivos, y se dio cuenta de que no deseaba aquello, que no era así como debería sentirse.

—Lord Leicester —dijo con firmeza—, suélteme ahora mismo.

—No creo que sea eso lo que quieres —susurró el hombre bajando la cabeza.

María apartó la cara y le empujó con todas sus fuerzas, pero él no cedió.

—¡¿Qué sabrá usted de lo que yo quiero?!

Una carcajada explotó en la garganta de Montfort.

—Oh, niña, eres deliciosa —dijo mirándola con un extraño brillo en los ojos—. Eres una preciosidad llena de fuego y yo... yo estoy deseando quemarme.

Él trató de besarla, pero María apartó la cara y los labios del vizconde terminaron aplastados contra su oreja. Aquel contacto hizo que el asco se le subiera a la boca.

—Quítale las manos de encima.

La grave voz rajó el silencio del jardín como una espada. Los ojos de María se abrieron de par en par al reconocer a su dueño. Percibió cómo el vizconde se ponía rígido y aflojaba lo justo el abrazo para que pudiera zafarse.

—Eric —susurró, al notar que se le quebraba la respiración.

Entonces algo se movió por detrás de los setos y apareció. Lo primero que distinguió María fue el reflejo de la luna en su pelo castaño. Con las manos en los bolsillos, Eric se acercó muy despacio hasta ellos.

—Oh, vamos, Nash —murmuró el vizconde—. ¿No querrás hacer de todo esto un escándalo?

—Sin duda hay una conducta escandalosa aquí, pero no es la mía.

Eric se detuvo a tan solo un paso de ellos con la mirada clavada en Montfort. Aunque su postura indicaba calma, María percibió un tétrico resplandor en sus ojos.

—No harás nada —musitó el vizconde—; o quizá sí, sí deberías montar un buen escándalo... Para que todos los invitados se enteren dónde está la homenajeada y con quién. De esa forma, su padre tendrá mi propuesta de matrimonio esta misma noche y yo me llevaré la mejor dote del país.

María jadeó al oírlo referirse a ella de aquella forma.

—¡Vamos, chico de la calle! —continuó el vizconde, con el orgulloso mentón alzado—. Hagamos de esto un buen espectáculo.

Las veloces manos de Eric capturaron su cuello.

—Grita y te despellejo vivo.

María dio un paso hacia ellos y se detuvo al instante. Con la respiración agitada y paralizada de miedo, comprobó cómo los ojos de Montfort se abrían alarmados mientras trataba de zafarse sin el menor éxito. Sus pies comenzaron a elevarse del suelo al mismo tiempo que su desencajado rostro se volvía de un inusual tono azulado.

—Si lo has entendido, asiente —dijo Eric con calma, como una promesa del daño que podía infligirle sin apenas esfuerzo.

Montfort trató de mover la cabeza pero no pudo, por lo que comenzó a parpadear. Eric le soltó y él trastabilló hacia atrás.

—Ni siquiera es tu hermana, maldito delincuente —masculló tosiendo.

Eric dio un paso al frente y Montfort retrocedió. Se volvió a toda prisa y se escabulló de regreso a la fiesta.

El silencio regó de nuevo el jardín como una persistente e incómoda llovizna. Al darse cuenta de que se habían quedado solos, María se puso aún más nerviosa. La espalda de Eric subía y bajaba con largas respiraciones.

—¿Has perdido la cabeza? —Aquella voz gélida no parecía la de él.

Con el corazón a punto de salírsele del pecho de puro nerviosismo, María inspiró de forma entrecortada antes de contestar.

—¿Si yo he perdido la cabeza? —ironizó, casi gimiendo en el «yo».

Él levantó la cabeza y la fulminó con la mirada.

—Vuelve a casa, María —murmuró con los dientes apretados.

Pese a la oscuridad del jardín, iluminado solo por la luna, María pudo distinguir cómo su mandíbula se contraía con fuerza. El tono de su voz y su postura rígida deberían disuadirla de llevarle la contraria en aquel momento. El sentido común le gritaba que debía marcharse y buscarlo más tarde para explicarle la situación. Pero tenerlo allí delante, sabiendo lo que pensaba de ella, la irritaba de una forma irracional e imprudente.

—¿Cómo te atreves a hablar de perder la cabeza...? Tú, que te comportas como un adolescente pendenciero.

María pudo distinguir el brillo de advertencia en sus ojos, pero estaba demasiado alterada como para ser sensata. Dio dos pasos y se plantó frente a él.

—Me encontré con Montfort y se ofreció a acompañarme —explicó, deseosa de que él la creyera y dejase de mirarla de aquella forma—.

Me confié, sin tener en cuenta que tal vez él había bebido demasiado como para resultar una compañía agradable.

Eric exhaló de forma entrecortada.

—Vuelve. A. Casa. María —repitió enfadado, puntualizando cada palabra.

—¡No! —exclamó ella elevando el mentón—. ¿Por qué te comportas así?

Eric se inclinó con la mirada más fría que ella había visto nunca.

—¿Quieres hablar de comportamientos?

Su voz sonó irreal, como de ultratumba. Un escalofrío le recorrió la espalda y terminó arracimado en su corazón.

—Os vi salir juntos de la fiesta —anunció Eric, inclinándose hacia ella y enarcando las cejas—. ¿Se lo propusiste tú o lo hizo él?

Eric la observó parpadear mientras escuchaba sus pequeños resoplidos de indignación.

—A él se le supone un caballero —continuó, sin esperar respuesta—. Pero por lo que he visto, esas son solo meras suposiciones. Ese es el motivo por el que una dama tiene que saber mantenerse en su lugar y hacerse respetar.

Aquellas palabras la hirieron como un afilado cuchillo.

—¿Qué quieres decir: que no soy una dama —susurró ella, con las lágrimas quemándole las pupilas— o que no soy respetable?

Al oír cómo se le quebraba la voz por el llanto, Eric la tomó por los brazos, ansioso.

—¡Vete a casa, María! —exclamó—. Hablaremos luego —terminó, tratando de serenarse.

Él sabía que aquel era un momento pésimo para aclarar nada, pues estaba tan enfadado que podía llegar a decir cosas muy hirientes.

María negó con la cabeza, las lágrimas descendían ya libres por sus mejillas. Allí estaba: siendo juzgada y sentenciada por el hombre que adoraba, que además pensaba lo peor de ella.

—No quiero hablar más contigo —sollozó, tratando de zafarse de sus manos.

Eric la aferró con más firmeza.

—¡Ya basta! Quiero que te calmes y que regreses a la fiesta.

María le golpeó el pecho con los puños.

—¡No! —exclamó, levantando el rostro hacia él—. Estoy harta de escuchar lo que tú quieres. A partir de ahora solo me importará lo que yo quiero.

Eric gruñó al tratar de contenerla cuando ella se revolvió con ímpetu y la apretó con fuerza para que dejara de forcejear.

Al sentirse envuelta por sus fuertes brazos, María dejó de luchar. Su confundido corazón la traicionó con un repentino brinco que nada tenía que ver con la rabia. Invadida de repente por una agotadora sensación de derrota, dejó caer la cabeza hasta que su frente quedó apoyada en el pecho de Eric.

—¿Qué pretendías esta noche comportándote así? —preguntó él, afligido, muy cerca de su oreja—. ¿Qué querías, María?

Ella alzó el rostro y contempló su semblante abatido. Examinó las arruguitas con las que el enfado le marcaba la frente y la censura que centelleaba en su mirada.

—Quería... Yo solo quería...

Sus ojos descendieron involuntariamente hasta los labios de Eric.

—Un beso —susurró.

María advirtió cómo se ponía rígido y cómo su pecho se ensanchaba con una larga inspiración. Tomándola por los brazos, él trató de apartarla. Pero ella no se lo permitió. Aferrándole por las solapas del frac, se puso de puntillas y le plantó un beso en los labios.

Todo pensamiento se evaporó de su mente en cuanto su boca tocó la de Eric. El contacto fue desconcertante e intenso. Su corazón empezó a latir tan fuerte que pudo sentirlo en las sienes. No sabía muy bien qué hacer, aunque estaba segura de que debía actuar ante la repentina inmovilidad de él. Así, inició la suave y tímida caricia de un beso.

Los labios de Eric estaban tan cálidos que parecieron incendiarle la sangre. Sus manos soltaron las solapas del frac y se enredaron tras su rígido cuello. Se estiró a lo largo de su cuerpo, tan duro como una roca, manteniendo un precario equilibrio entre el riesgo y el deseo, incapaz de volver atrás.

Sin ser muy consciente de lo que hacía, María cerró los ojos. Los pulmones de Eric se vaciaron y su respiración le hizo cosquillas en la mejilla. Sintió cómo sus labios temblaban, justo antes de que sus largos dedos la aferraran por los brazos. La apartó entonces con tanta fuerza que sintió un ligero mareo.

Abrió los ojos, desorientada. Eric se erguía frente a ella con los ojos entornados. Su cuerpo, alto y fuerte, se agitaba con profundas y jadeantes respiraciones.

—¡A casa! —ladró.

La luna proyectaba largas sombras sobre su rostro, confiriéndole la apariencia de un furioso espectro. María jamás le había visto así.

—Eric —musitó—, yo no...

Pero él no dio tiempo a que dijera nada más. Giró sobre los talones y desapareció tras los setos.

De pie en mitad del jardín, María volvió a percibir los sonidos de la noche: el persistente goteo del agua en el estanque, el canto de los insectos y las lejanas notas de un vals. Su corazón aminoró el ritmo alocado de hacía un minuto y su respiración se fue acompasando poco a poco.

Mirando al cielo, se acarició los labios con la yema de los dedos mientras una lágrima descendía por su mejilla.

—Ay, Dios —sollozó, absolutamente asombrada.

CAPÍTULO 6

Eric caminó, caminó hasta más allá de los límites del jardín, hasta adentrarse en el bosque que atravesaba la finca y hasta que solo el río le impidió continuar. Con una mueca de disgusto, observó el brillo plateado del caudal y maldijo entre dientes, pues la angustia que le quemaba por dentro le impedía detenerse. Pateó el suelo de pura impotencia y comenzó a caminar en círculo, muy cerca de la orilla.

Se había irritado al verlos salir juntos de la fiesta, pero jamás creyó que podía cometer una locura hasta ver a Montfort abalanzarse sobre ella. Sin embargo, tras pensar en las consecuencias de un escándalo para María, el demonio que rugía en su cabeza se fue aplacando. Debía echar al vizconde con discreción y hacer que ella volviera a la fiesta. Sabía que no era el momento de discutir, que solo tenía que acompañarla a casa y, mucho más tarde, cuando sus ánimos se hubieran calmado, aclararle cómo debía comportarse a partir de entonces. Esa era la forma en que debieron ser las cosas. Y otra muy distinta cómo fueron.

Las imágenes de lo ocurrido se sucedieron en su mente: los ojos de María brillando de enojo, su cuerpo luchando contra él, revelando curvas que ni siquiera había imaginado, sus labios...

Eric se detuvo al instante y miró al cielo. Le faltó el aire y comenzó a jadear. Aquello que le pasaba no era normal. María era su hermana, como Martha y Lizzie, exactamente igual, e iguales sentimientos le debía inspirar. Era la única hija del señor Lezcano y *lady* Mary, las mejores personas que conocía, a quienes tanta lealtad debía. Su obligación era protegerla y velar por su felicidad, y no pensar en las formas de su cuerpo ni en la calidez de sus labios.

Eric se agarró la cabeza con las dos manos.

—¡Basta, maldita sea! —gruñó.

Sin embargo, los pensamientos no cesaron, su mente continuó atacándole con preguntas para las que no tenía respuesta. ¿Por qué seguía teniendo ganas de matar a Montfort? ¿Por qué le dolían los brazos de mantenerlos pegados a los costados y no estrecharla? ¿Por qué le hormigueaban los labios, justo allí donde habían rozado los de ella?

—Ya basta, por favor —repitió atormentado, justo antes de que una repentina falta de equilibrio le hiciera caer de rodillas.

Así, bajo el rutilante cielo estrellado, Eric silenció al demonio que se empeñaba en susurrarle respuestas.

❋ ❋ ❋

—Me gustaría aprovechar dos días más para visitar a los Green y comprar algunos sombreros.

Lady Mary dejó de prestar atención a las doncellas que en aquellos momentos hacían su equipaje y miró a su hija.

—Pero, cariño —respondió, un tanto contrariada—, creí que harías todas las compras antes de la boda.

La familia Lezcano al completo se había trasladado a Londres a principios de junio para ultimar todos los detalles de la boda de Lizzie y lord Castlereagh. El enlace se había celebrado el 22 de agosto en la catedral de Saint Paul y resultó ser el evento social de la temporada. No era muy común que uno de los títulos más antiguos del reino emparentase con una muchacha que no solo carecía de linaje, sino también de una dote oficial. No obstante, todos sabían que don Diego Lezcano sería generoso con todos los miembros de su peculiar familia, aunque no llevaran su sangre. Por todo ello, nadie quiso perderse la extravagancia de dos jóvenes ávidos de desafiar el viejo orden establecido.

—Desde que llegamos a Londres tan solo me he dedicado a ayudar a Lizzie con su ajuar, y se me han olvidado los sombreros para los vestidos de otoño.

Su madre dejó el chal que tenía entre las manos y empujó su silla de ruedas hasta el centro de la gran *suite* que ocupaban en la última planta del hotel San Telmo. A pesar de que su padre había querido comprar una mansión en Londres, su madre siempre se había negado. Con la excusa de que apenas pasaban cuatro meses al año en la capital, *lady* Mary jamás quiso dejar el hotel, propiedad de su esposo, donde, entre huéspedes y empleados, toda la familia disfrutaba y se sentía como en casa.

—Tu padre va a protestar —dijo con una indulgente sonrisa—, ya está harto de Londres.

Había pasado una semana desde la boda y María sabía que sus padres estaban deseando volver a su rutina en Sweet Brier Path.

—¿Y por qué no ibais a volver mañana? Yo puedo quedarme un par de días más.

Su madre la observó con gesto pensativo.

—No nos importará retrasar el viaje dos días.

—Pero ¿por qué ibais a hacerlo? —repitió María—. ¿No estás diciendo siempre que una mujer debe ser independiente? Vuelve con papá mañana y yo regresaré en un par de días.

Lady Mary sonrió de forma condescendiente.

—Cariño, tu padre no permitirá que viajes sola.

—Puede acompañarme alguien... —María lanzó una mirada de soslayo a su madre—. Eric, tal vez.

Lady Mary no percibió la impaciencia de su hija.

—Eric parece tener mucho trabajo aquí —contestó, desestimando su idea con un gesto de la mano—. Dice estar tan ocupado que no podrá venir a casa hasta Navidad.

—¿Navidad? —María casi jadeó—. Pero si aún estamos en agosto.

—Sí, cariño, yo también me opongo. Pero, tras hablar con tu padre para que no le dé tanto trabajo, me he enterado de que no es cosa suya, sino de Eric.

«Claro que es cosa suya permanecer lejos de mí», pensó María, cada vez de peor humor, pues Eric se esforzaba con verdadero empeño en mantenerse lejos de ella desde mayo; desde la misma noche de su cumpleaños, para ser exactos. En cuanto vio la forma en que la había mirado tras el beso, María supo que su relación iba a tardar en ser la misma de antes. Eric se marchó a Londres a la mañana siguiente sin despedirse, y cuando la familia se trasladó a la capital para preparar la boda de Lizzie permaneció tan lejos de ella como pudo. En las reuniones familiares evitaba su compañía, incluso evitaba mirarla. La eludía de una manera tan evidente y dolorosa que ella fue la única con la que no bailó durante la fiesta del enlace.

María se llevó una mano al pecho para aliviar la opresión. Le echaba de menos de una forma punzante, dolorosa. Por una parte, cada día que pasaba sin Eric se sentía más culpable porque aquella situación era culpa suya, por ceder al impulso de besarle. Pero por otra, el recuerdo de su abrazo, del aliento en su mejilla, del roce de sus labios, le hacían suspirar de impaciencia y anhelo.

—María, ¿me estás escuchando?

La voz de su madre la arrancó violentamente de sus pensamientos.

—¿Qué?

—¿Te encuentras bien, cariño? —*Lady* Mary fue hasta ella y le tomó la mano.

María asintió.

—Sí, solo que quería los sombreros —susurró, observando el gesto preocupado de su madre y sintiéndose más culpable aún por mentirle.

Su progenitora le devolvió una cálida sonrisa.

—Pues nos llevaremos esos sombreros, y no se hable más.

Inspirando de forma entrecortada, María se arrodilló frente a ella. La abrazó fuerte por la cintura y cerró los ojos mientras su madre le acariciaba el pelo y la arrullaba. Con el llanto a punto de explotar en su garganta, deseó poder contarle toda la verdad: lo mucho que le dolía la distancia de Eric, lo mucho que le amaba. Pero no estaba segura de que en aquella ocasión su madre fuera a ponerse de su parte y comprender sus sentimientos. Ni siquiera ella sabía si eran correctos ya que, aunque no fueran hermanos de sangre, sí habían crecido como tales.

Al día siguiente, María esperaba a su madre en la salita de su *suite*, donde habían quedado para salir a las tiendas de Bow Street y elegir los sombreros de otoño. Miró el reloj de pared y se dio cuenta de que ya pasaban varios minutos de las nueve de la mañana. A sus padres no les gustaba madrugar y a menudo se demoraban en sus aposentos. Jamás había visto una pareja tan enamorada y que se profesaran tantas muestras de afecto, cada día, a cada hora. María suspiró, pues sabía que se habían entretenido en el dormitorio y que le iba a tocar esperar. Dirigiéndose a la ventana, el sonido de sus pasos quedó amortiguado por la alfombra francesa. Retiró la cortina y contempló el tráfico que a aquella hora llenaba ya St. Martin's Lane.

Después de casarse, los Lezcano habían reformado la última planta del gran hotel San Telmo para el uso familiar. Ahora, después de que Martha y Lizzie se hubieran casado, solo residían María y sus padres, pues sus hermanos se habían mudado hacía años a sus apartamentos de solteros en distintas partes de la ciudad. Cierta pesadumbre asaltó a María mientras contemplaba los carruajes que circulaban por la calle. Todos parecían tener algún sitio en el que estar, algo que hacer en la vida; todos excepto ella, que seguía exactamente en el mismo punto en el que había nacido.

Una puerta se abrió y María regresó al presente de forma apresurada. Se volvió esperando ver aparecer a su madre, pero ninguno de sus progenitores había llegado. Bajo el umbral se encontraba Eric, observándola con el mismo espanto que si se hubiera topado con un caballo parlante.

—Lo siento. Hola, esto... —masculló, mirando a todas partes menos a ella—, ¿aún no se han despertado?

María negó con la cabeza.

—No..., o sí, y han decidido desayunar en la cama —respondió con una sonrisa buscando su complicidad, ya que todos conocían las plácidas rutinas de sus padres.

—Bueno, no hay caso, le esperaré en la oficina —murmuró él contrariado, antes de lanzarle una fugaz mirada de soslayo—. Ten un buen día.

—¡Eric! —exclamó María, dando un indeciso paso adelante.

Él se detuvo y, con la mano todavía en el pomo de la puerta, la miró de frente por primera vez en meses.

—¿Sí?

—Necesito hablar contigo —dijo. «Aunque no tengo ni idea de por dónde empezar.» Esto último solo lo pensó, con los nervios mordiéndole en el estómago.

Exhalando un suspiro de impaciencia, Eric consultó su reloj de bolsillo.

—Llego tarde...

—Oh, vamos —gruñó ella irritada—. Tú eres el jefe.

—No. No lo soy. —Su tono revelaba impaciencia, aunque María lo conocía lo suficiente como para saber que estaba molesto.

—No —convino ella—, pero al jefe no le importa llegar tarde porque prefiere permanecer en la cama con su esposa.

—¡María! —exclamó furioso.

Al verlo resoplar de indignación, María comprendió el significado de lo que acababa de decir y no pudo evitar ruborizarse hasta las orejas. Aunque solo quisiera expresar el hecho evidente de que a sus padres les gustaba desayunar juntos, no dejaba de ser ciertamente indecoroso hablar de aquella forma.

—¿Qué? —preguntó ella de forma retórica—. ¿Acaso no es cierto? —concluyó, tras decidir que, algunas veces, una huida hacia delante era la mejor forma de salir de una situación embarazosa.

—Eso es impropio de una señorita. Son tus padres, por el amor de Dios —resopló Eric.

María le lanzó una mirada altiva.

—Se aman y no se esconden, ¿cuál es el problema?

La intensidad con que él la observaba le hizo cerrar la boca de inmediato. «Se aman y no se esconden», María se maldijo por no pensar antes de hablar. Elevó el mentón, orgullosa, decidida a decir lo que quería.

—Eric, necesito hablar contigo.

Él se removió inquieto.

—Ahora no tengo tiempo para tus cosas —murmuró impaciente, echando un rápido vistazo al pasillo.

—Mis cosas —repitió ella achicando los ojos—. ¿«Mis cosas»?

Eric asintió, sin mirarla en ningún momento

Harta ya de su falta de atención, María cruzó la sala y se plantó frente a él.

—Te besé —cspetó.

Tomándola por los brazos, Eric la metió en la *suite*.

—Eso no pasó.

—Sí pasó.

—¡Cállate! —masculló, mirando a ambos lados del pasillo antes de cerrar la puerta con un puntapié.

María se dejó arrastrar al centro de la estancia.

—Es que sí pasó, y no puedo olvidarlo.

Enojado, él se inclinó sobre ella.

—Esto tiene que acabar, demonios. Eres una niña —aseveró—, y eres mi hermana.

María se sintió atrapada por el brillo encendido de sus ojos. Hacía meses que no estaba tan cerca de él y le echaba de menos de una forma dolorosa; el tono enronquecido de su voz, su esencia a jabón y a madera... Inspiró con fuerza y se aferró a sus antebrazos.

—No soy una niña, y tampoco soy tu hermana.

Eric maldijo entre dientes con gesto atormentado. Sus ojos bajaron hasta su boca, solo durante un segundo, lo suficiente para que el corazón de María se desbocara.

Acto seguido la soltó, tan rápido que a punto estuvo de caerse al suelo. Abrió la puerta y se marchó.

❀ ❀ ❀

«Tienes que estar en casa para Navidad. STOP.
O tu madre va a matarte, y luego a mí. STOP.
Cree que es culpa mía que trabajes tanto. STOP.
Tienes dos días para regresar. STOP.
¿Qué diablos estás haciendo?»

Eric estrujó el telegrama del señor Lezcano y lo lanzó a la papelera. Se levantó con impaciencia de detrás de su escritorio y comenzó a pasear de una a otra pared del despacho que ocupaba en las oficinas de Bow

Street. Llevaba en Londres siete meses y tenía toda la intención de permanecer otros siete más sin pisar Sweet Brier Path. Sobre todo porque allí era donde estaba María, y su reciente manía de hablar de besos y otros asuntos peliagudos. Tenía diecinueve años, era normal que aquellos temas comenzaran a interesarle. El problema era que no debería interesarse en él, sino en otro; como Montfort, aunque más decente. Aquello le sugirió una pregunta: ¿cómo debería ser el novio de María? Para empezar, debería ser aprobado por su padre; tendría que ser de una familia bien posicionada económicamente, solo para que su interés no fuera únicamente la dote de María; debería cuidarla y despertarse cada mañana pensando solo en su bienestar; tendría que hacerla reír, y la felicidad de ella debería ser más importante que la suya propia, y debería ser...

Otro que no fuera él.

La impaciencia que le produjo aquel pensamiento lo llevó a la ventana. Miró al encapotado cielo de Londres, que había comenzado a deshacerse sobre la ciudad en forma de pequeños copos de nieve, y pensó en María, al igual que llevaba haciendo durante los últimos siete meses de exilio.

Sin embargo, la imagen de *lady* Mary, la cariñosa madre de todos, sufriendo porque no estuviera en Navidad, hizo añicos su determinación de permanecer lejos. Regresaría a casa para pasar las fiestas y luego volvería a Londres. Únicamente tenía que permanecer dos semanas bajo el mismo techo que ella. Y Lezcano's House era lo suficientemente grande como para no encontrársela hasta la hora de la cena.

CAPÍTULO 7

María se ajustó el ancho cinturón sobre el pantalón que se había puesto para salir a montar a caballo. Miró su reflejo en el espejo, había perdido peso desde la boda de Lizzie. Eric se había distanciado definitivamente de Sweet Brier Path y, por extensión, de ella, lo que la mantenía en un permanente estado de melancolía que había afectado a su apetito, muy saludable hasta entonces.

Girando sobre los talones, se encaminó hacia la puerta de su habitación. Sobre la cama había dejado olvidada la larga falda de su traje de montar, aquella que decidió sustituir por uno de los pantalones de Magpie, cuya ropa era la única que no le quedaba demasiado grande. Odiaba montar con falda, pues le impedía hacerlo sobre la silla masculina, y ella aborrecía la silla femenina. La consideraba una vieja herramienta de tortura de la Edad Media, que había sobrevivido hasta la actualidad solo para complicar aún más la vida de las mujeres.

Salió al pasillo, decidida a pasar toda la mañana con su yegua *Casiopea*. Cerrando con cuidado la puerta para no hacer ruido, pues todavía era temprano y no quería despertarles a todos, se encaminó a la cocina para tomar algo rápido de desayuno. Sin embargo, una figura al otro lado del pasillo la hizo detenerse de repente. Le reconoció al instante, a pesar de que su silueta se recortaba como una enorme sombra contra la luz del ventanal.

—¿A dónde vas?

La voz ronca de Eric provocó que el traidor de su corazón comenzara a latir con fuerza. Sabía que había llegado por la noche, porque su madre lo había anunciado a bombo y platillo después de recibir su telegrama. María deseó permanecer despierta para verle, pero la frenética actividad de los días previos a la Navidad en su casa se lo hizo imposible.

—Buenos días, María, ¿cómo has estado? —contestó ella con ironía. Le dolía que después de llevar meses sin verla no mostrase un poco de alegría—. Oh, muy bien, muchas gracias, «querido hermano» —concluyó sarcástica, mientras atravesaba el pasillo, tratando de disimular su desilusión.

La apreciativa mirada que Eric le lanzó de arriba abajo no le pasó desapercibida, lo que avivó cada uno de sus cinco sentidos.

—Buenos días, María, ¿cómo has estado? —repitió él con la misma pasión de un autómata—. ¿A dónde vas? —gruñó sin mirarla.

María se plantó frente a él con el mentón alzado.

—No te importa.

Eric la fulminó con la mirada, pero a ella le dio igual. Lo esquivó y continuó por el pasillo, contoneándose de forma descarada. Percibía que se había dado la vuelta y que la observaba; en realidad lo sabía, el estremecimiento en su espalda se lo decía.

—¿Quién es ella?

—¿Qué?

Eric miró de soslayo a Paul mientras se servía una porción de patatas asadas. Durante las navidades, en el hogar de los Lezcano todas las comidas estaban compuestas por un nutrido bufé dispuesto durante casi todo el día, en el que cada miembro de la familia se servía su propia comida.

—¡Que quién es ella! —repitió Paul.

—¿Ella, quién?

—La chica.

—¿Qué chica?

Paul le observó con fastidio.

—La de Londres —contestó exasperado—, esa por la que no se te ha visto el pelo durante meses.

Eric arrugó el ceño.

—No hay ninguna chica —mintió; porque sí la había, pero no en Londres—. Yo trabajo en algo serio, Paul, produciendo beneficios. No dedico mi tiempo a juntar letras en una imprenta.

A pesar de la mordacidad del comentario, Paul no dejó de sonreír.

—Se llaman tipos —contestó con sorna—. Las letras se llaman tipos —aclaró, ante la mirada confusa de su hermano mayor.

La imprenta de Paul era la responsable de la publicación de uno de los diarios más populares del país, aunque de lo que más orgulloso estaba era de sus libretos de aventuras que salían una vez al mes, y que describían las aventuras de un explorador perdido en los exóticos confines del Imperio británico.

—Pues muy bien —respondió con ironía, antes de sentarse a la mesa del comedor.

Paul le siguió y se sentó frente a él.

—¿Es una viuda?

Eric puso los ojos en blanco y dio el primer bocado a un emparedado de jamón, decidido a no hacerle caso en absoluto.

—No me digas que te has encaprichado en algún burdel.

—No visito burdeles, y lo sabes —contestó, tras lanzarle una pétrea mirada por encima de su bocadillo—, por lo que deduzco que solo pretendes arruinarme el almuerzo... Así que tendré que darte una paliza en cuanto termine.

Una ronca carcajada estalló en la garganta de Paul mientras se reclinaba en su silla.

—Hay una chica, estoy seguro —aseveró, asintiendo con la cabeza y observándolo con aquel brillo en los ojos de quien cree poseer la certeza más absoluta.

Dedicándole una desapasionada mirada, Eric continuó comiendo en silencio. Pero la tranquilidad duró apenas unos segundos, lo que un revuelo de excitadas voces tardó en llegar desde el vestíbulo. Ambos se levantaron como una exhalación al reconocer las lamentaciones de su madre, para dirigirse a ver qué sucedía en la entrada.

❋ ❋ ❋

Eric se frotó los ojos intentando aclararse la visión. Llovía con tanta fuerza que las enormes gotas de lluvia no le dejaban ver más allá de las crines de *Rufus*, su caballo. El purasangre bufaba y meneaba la cabeza, nervioso; deseaba volver a casa, al igual que él. A pesar del gabán impermeabilizado que se había echado por encima de su traje de montar tras unirse al grupo de búsqueda, ya estaba calado hasta los huesos.

Cuando él y Paul llegaron al vestíbulo se toparon con sus padres discutiendo, ambos muy alterados porque María todavía no había regresado de su paseo a caballo después de seis horas. El señor Lezcano trataba de tranquilizar a su esposa mientras organizaba una partida de búsqueda, pues lo más probable era que María se hubiera perdido debido a la tormenta. El señor Lezcano, Paul y Eric organizaron a unos cuantos criados y salieron en su busca. Se dividieron en cuatro grupos y se dispersaron en diferentes direcciones.

Casi dos horas después, y tras haber recorrido varias millas hasta el límite septentrional del condado sin hallar rastro de ella, Eric pensó en regresar para ver si alguno de los demás había tenido más suerte que él. Un enorme relámpago rasgó el cielo sobre la colina y la lluvia arreció hasta convertirse en una tupida cortina a través de la cual apenas lograba ver nada. Encomendándose al buen instinto de *Rufus*, dejó que el caballo le guiara de vuelta a casa.

Pero entonces percibió un movimiento por el rabillo del ojo, una especie de sombra que se deslizaba entre unos árboles cercanos. Eric achicó los ojos, tratando de distinguir algo a través del manto de lluvia, hasta que la vio. La yegua de María salía del bosque y atravesaba la campiña a una velocidad endiablada mientras su dueña colgaba como un muñeco de trapo abrazada a su cuello. Jurando entre dientes, Eric hincó los talones en los costados de *Rufus* y salió tras ella como una exhalación.

María notó que los músculos de los brazos le ardían. Llevaba mucho tiempo tratando de calmar a *Casiopea*. La yegua se había espantado con el primer rayo de la tormenta y galopaba enloquecida de un lugar a otro hasta que el siguiente relámpago le hacía encabritarse y salir corriendo en la dirección opuesta. Había intentado calmarla de cuantas formas se le ocurrieron, pero nada resultaba efectivo. *Casiopea* llevaba horas fuera de control y se estaba agotando. Al igual que ella, que apenas lograba ya sostenerse sobre la silla y sentía calambres por todo el cuerpo. Se inclinó hacia delante, tumbándose sobre las crines para descansar un poco, pero otro trueno enorme volvió a espantar a la yegua. María se balanceó de forma peligrosa. Ya no podría soportarlo durante mucho más.

Justo en aquel momento el viento pareció gritar su nombre. Ella volvió la cabeza en la dirección del ruido. Aspiró aire a bocanadas cuando la lluvia le golpeó la cara con violencia, pero aun así lo distinguió con claridad: Eric y su purasangre galopaban cerca de ellas. El gabán negro ondeaba al viento envolviéndolo en una especie de estela de brillantes gotas que le hacía parecer un ángel oscuro descendiendo del cielo para salvarla.

—¡Eric! —chilló, con la mejilla pegada a las crines de la yegua—. ¡No puedo más!

—¡Aguanta!

La orden sonó como un aullido, aunque su brusquedad no logró ocultar la súplica que contenía.

Eric guio a *Rufus* con maestría hasta arrimarse al costado de la yegua. La maniobra era muy arriesgada porque en cualquier momento podía volver a cambiar de dirección.

—¡Salta! —gritó.

A pesar de la fuerza del galope, María consiguió incorporarse lo justo para extender los brazos hacia él. Aquello fue suficiente para que Eric la alzara en volandas hasta su regazo. Agarró las riendas de la yegua y las sujetó a su silla. Mantuvo a los dos caballos a la par durante unos segundos más, hasta que comenzó a frenar a su purasangre. La presencia de *Rufus* tranquilizó a la yegua, que empezó a adaptar su velocidad a la de él hasta que el galope se redujo a un trote ligero.

—¿Por qué demonios no regresaste antes de la tormenta? —inquirió Eric tras alzar la cabeza para poder mirarla a la cara.

Estaba tan asustado y enfadado que no pudo aguardar a llegar a casa para regañarle. Ella levantó el rostro y trató de decir algo, pero los violentos temblores que afectaban a todo su cuerpo le impidieron articular palabra. Cerró los párpados con fuerza y comenzó a sollozar mientras las lágrimas resbalaban por sus mejillas, confundiéndose con la lluvia.

—¡Maldita sea! —gruñó él, antes de envolverla entre sus brazos.

Miró al oscuro cielo y se dio cuenta de que la lluvia no cesaría en las próximas horas. Había varias millas hasta casa y no podrían ir a galope, o la yegua moriría agotada. Al igual que su dueña, que parecía a punto de sufrir un colapso. Después de volver la cabeza en todas direcciones para ubicarse, Eric tiró de las riendas de los caballos y los dirigió al bosque del Ahorcado. Sabía que un bosque repleto de altos árboles no era el mejor lugar para resguardarse de una tormenta, pero conocía una cabaña con cobertizo, una antigua vivienda de guardabosque que el conde de Rohard usaba como refugio durante la temporada de pesca.

Media hora después, Eric empujaba la puerta de la cabaña mientras cargaba en brazos a María. La oscuridad del interior apenas le dejaba ver por donde pisaba. El resplandor de un relámpago a su espalda le permitió distinguir algunos muebles rústicos y una gran chimenea al fondo de la estancia. Eric esperaba que los pescadores hubieran dejado suficiente leña, pues la que había en el cobertizo estaría mojada y sería difícil encender una hoguera con rapidez. María tiritaba con fuerza y era preciso hacerla entrar en calor cuanto antes. La dejó en una de las sillas y ella gimió en cuanto notó que se alejaba.

—Tranquila —susurró—, solo voy a encender la chimenea.

Por fortuna, había un buen montón de troncos que le permitieron hacer fuego en apenas un minuto. El mobiliario de la estancia se reducía a un armario, una mesa, dos sillas y un catre que ocupaba toda la pared del fondo. Eric abrió el armario, donde recordaba haber visto mantas y provisiones que los pescadores usaban cuando eran sorprendidos por el mal tiempo. Agarró una de las gruesas mantas y le sacudió el polvo.

—Tienes que entrar en calor —dijo tras acuclillarse otra vez frente a ella—. Ten, usa esta manta para cubrirte y quédate cerca del fuego. Quítate esa ropa empapada —terminó deprisa, desviando la mirada de su cara.

Al incorporarse, María le sujetó el brazo para detenerlo. Tiritaba con tanta fuerza que apenas podía hablar.

—No... no te vayas.

—No me voy a ninguna parte —respondió mientras le acariciaba la mano para tranquilizarla—. Pero tengo que llevar a los caballos al cobertizo y secarlos; sobre todo a tu yegua, o enfermará.

Al escucharle hablar de la pobre *Casiopea*, el gesto de María se relajó antes de asentir.

Eric se encaminó otra vez a la puerta.

—No tardes.

La suave voz de María le detuvo, pero no se volvió para mirarla. Tras un ligero asentimiento, abrió la puerta y salió.

Eric tenía razón. Eso pensaba María mientras sus ateridos músculos comenzaban a relajarse cuando el calor del fuego traspasó la gruesa manta. Tardó más de lo habitual en desvestirse, porque el temblor que afectaba a su cuerpo casi no le permitía desabrochar la casaca y la camisa. Sin embargo, lo que le llevó más tiempo fue aflojar las empapadas tiras del corsé, que apenas se deslizaban entre los dedos. Tras desnudarse por completo, se cubrió con la manta y dejó que su ropa se secara cerca de la chimenea. Mientras estiraba los pantalones de su traje de montar pensó que, tal vez, si hubiera llevado la falda y las enaguas, el peso de las prendas mojadas la habría hecho caer del caballo. Aunque su verdadera fortuna había sido que Eric la encontrara, porque si no sí hubiera terminado cayéndose de agotamiento.

Los músculos le dolían, y con seguridad más le dolerían durante los próximos días. No obstante, no le asustaba el dolor físico mientras era zarandeada en su montura a merced de los relámpagos; lo que realmente la aterrorizaba era pensar que, si moría, jamás volvería a ver a sus padres ni a ninguno de sus hermanos. Nunca más vería a Eric. Aquel pensamiento le cortó la respiración. Se sujetó la manta bajo el brazo y fue a sentarse junto al fuego.

Temblaba otra vez, a pesar de no tener frío.

El ruido de la puerta al abrirse la devolvió al presente. Eric entró sacudiéndose el gabán, un gesto inútil ya que estaba calado hasta los huesos, y se pasó la mano por el pelo empapado antes de agitar la cabeza con fuerza.

María sonrió, parecía un perro después de caerse al río.

—Tienes que entrar en calor —señaló, repitiendo sus indicaciones.

Asintiendo, él cruzó la estancia y fue hasta la chimenea.

—Deberías quitarte la ropa —soltó María sin pensar, imitando sus recomendaciones anteriores, aunque sin tener en cuenta lo sugerentes que sonaban sus palabras.

Apartó los ojos, y al momento sintió el rubor encender sus mejillas. Lanzándole una rápida mirada de soslayo, fue consciente de que él parecía igual de azorado.

Eric la observó con disimulo mientras se calentaba las manos. Sentada a la luz del fuego, con el brazo derecho al descubierto y las mejillas sonrosadas, estaba seguro de no haberla visto jamás tan hermosa. Aunque ella era hermosa en cualquier circunstancia, en cualquier lugar, pese a que la mitad del tiempo hablara sin pensar. «Deberías quitarte la ropa. ¡Por el amor de Dios!», pensó, a punto de resoplar de irritación. Sabía que era la misma recomendación que él mismo le había hecho antes de salir, pero cómo se le ocurría recomendarle a un hombre que se desnudara. Sus ojos se posaron sin querer en la porción de piel que la manta dejaba al descubierto en su hombro, y al instante salió disparado hasta la otra punta de la estancia.

A través del ventanuco de la cabaña comprobó que ya había anochecido por completo. En casa estarían preocupados, aunque esperaba que intuyeran que si él no había regresado era porque la había encontrado y que ambos estaban a salvo, esperando a que pasara la tormenta.

Tras encender el único quinqué que había en la cabaña y dejarlo sobre la mesa fue a sentarse en el catre. Apoyó los codos en las largas piernas y meditó sobre la posibilidad de seguir su propio consejo, pues tiritaba de frío y el calor del fuego no lograba traspasar su ropa empapada. Se frotó las manos mientras su mirada volvía por un instante al perfil de María. Un acceso de inquietud le hizo revolverse en el asiento antes de apartar los ojos, por su propio bien. Entonces se dedicó a inspeccionar la tosca cabaña que, por las largas telarañas que colgaban de las esquinas, parecía llevar meses sin recibir huéspedes.

Fijándose en el charco que estaba dejando a su alrededor, se puso de pie y se quitó el gabán, que tiró descuidadamente sobre una silla. Hizo lo mismo con la levita y el chaleco de su traje de montar. Como cuando se vistió lo hizo con prisa y no se trataba de una salida social, había prescindido de la corbata, por lo que se limitó a desabrochar los primeros botones de la camisa y a sacársela por fuera de la cintura del pantalón. Estaba seguro de que, al prescindir de las prendas más gruesas, pronto se secaría y entraría en calor.

Después de su desliz verbal, María permaneció callada mirando al fuego, aunque muy consciente de cada uno de sus movimientos. Tras observarlo varias veces disimuladamente, ya no dejó de mirarlo en cuanto se quitó el gabán. Creyendo que haría caso de su recomendación, la respiración se le agitó y el calor le subió de nuevo hasta las mejillas. Eric se movía con ágiles movimientos mientras se despojaba de la levita y el chaleco. De un fuerte tirón se sacó la camisa por encima de la cintura del ajustado pantalón de montar, y por un instante su abdomen liso quedó al descubierto.

El aire se atascó en la garganta de María y ya no encontró la forma de respirar con normalidad.

CAPÍTULO 8

Un acceso de tos llevó a María a inclinarse hacia delante en la silla mientras se sujetaba la manta sobre el pecho.

—¿Estás bien? —preguntó Eric, acuclillándose frente a ella—. Espero que no tengas fiebre.

Su voz denotaba preocupación, lo que enseguida le provocó un sentimiento de culpa; porque no estaba enferma, aunque no estaba muy segura de que la visión de su piel no la hiciera sentirse hasta cierto punto enfebrecida.

Cuando él alargó la mano para tocarle la frente y comprobar su temperatura, María se apartó tan rápido que a punto estuvo de caerse de la silla.

—No, no me toques —resolló—, por favor —añadió, cuando vio su gesto de preocupación.

—¿Qué te sucede?

María observó su bello rostro, aquellos ojos que parecían oro a la luz del fuego. Entonces se levantó de un salto y se alejó.

Eric la imitó y también se puso de pie. En dos pasos cubrió la distancia que les separaba hasta colocarse frente a ella.

—¿Qué te pasa, María?

—Te amo —espetó.

Los ojos de Eric se agrandaron sorprendidos. Retrocedió como si acabara de encontrarse una serpiente venenosa y fue tropezando con cada uno de los muebles hasta que su espalda chocó con la pared.

—María —musitó, alzando la mano en forma un escudo—, esto tiene que terminar.

—Ojalá pudiese terminarlo —respondió enfadada—, ojalá dejara de afectarme no poder tocarte como deseo tocarte, besarte como quiero. Ojalá no me doliera compartir contigo esta intimidad llena de barreras.

Eric se volvió hacia la pared.

—¡Basta!

—¿Por qué? —murmuró ella observando su espalda—. Tú no sientes lo mismo, así que, ¿qué más te da? Después de Navidad volverás a Londres y te olvidarás de mí.

Eric se pasó una mano por la cara y suspiró exasperado.

—Esto tiene que acabar —aseveró, dándose la vuelta y mirándola de forma directa.

El silencio se tornó denso, quebrado solo por el crepitar del fuego en la chimenea y el goteo de la lluvia en el tejado. María dio un paso hacia él, pero se detuvo en cuanto vio que sus ojos la recorrían de arriba abajo y se detenían por un segundo en su hombro desnudo. Su piel hormigueó bajo aquel breve escrutinio; un leve gesto de debilidad en su coraza que le hizo ganar confianza.

—Sé que te gustaría que te viera como un hermano, pero no puedo. Amarte es algo natural para mí.

Aquellas palabras, envueltas de tanta ternura, pulverizaron la maltrecha voluntad de Eric.

—Tengo novia —mintió, tras pensar deprisa y recordar su conversación con Paul—. En Londres. Tengo novia en Londres —concluyó.

—No es verdad.

—Le propondré matrimonio el año que viene.

Abrasada por los celos, María escrutó su rostro con avidez.

—Mientes —murmuró.

Si fuera verdad se moriría. Pero sabía que mentía; siempre desviaba los ojos cuando mentía. Sin embargo, le dolía en el alma que fuera capaz de inventarse aquella patraña solo para alejarla. Una lágrima resbaló por su mejilla y bajó la cabeza para que no la viera llorar.

Eric redujo la distancia que los separaba en tan solo un paso.

—No llores —ordenó, tomándola con firmeza por los brazos.

Ella trató de empujarle con la mano que tenía fuera de la manta. Percibió el calor de su piel a través de la tela de la camisa y toda la tristeza de su alma se liberó en forma de lágrimas. Al fin comprendía que jamás sería suyo.

Eric le rodeó la cara con las manos y le secó las lágrimas con los pulgares.

—Basta—le advirtió con rudeza—, no llores.

María no quería llorar, pero el llanto le salía solo. Sollozaba de forma descontrolada y las lágrimas brotaban en cascada de sus ojos.

Él miró al techo, desesperado.

—No sé cómo voy a dejar de amarte —sollozó María, tratando de contener la tristeza.

La mirada de Eric se clavó de nuevo en su rostro. Entonces bajó la cabeza y le rozó los labios con los suyos en una superficial y suave caricia. Volvió a separarse, lo suficiente para que sus ojos la contemplaran con ansia. Completamente atónita por lo que acababa de hacer, ella parpadeó deprisa y sorbió por la nariz. Su cuerpo actuó por cuenta propia, elevando el mentón con la mirada fija en su boca.

Un gruñido gutural escapó de la garganta de Eric antes de apoderarse de su boca. Los ojos de María se abrieron de par en par y volvieron a cerrarse cuando una emoción, suave como la seda, fue envolviendo su corazón. Cientos de chispas saltaron en su estómago. Eric la estaba besando. Eric, su Eric, por iniciativa propia, la estaba besando. Sus labios se movían sobre los de ella con aquella languidez escandalosa y su cálido aliento le hacía cosquillas en la mejilla. Un largo suspiro se le escapó por la nariz mientras un vendaval de emociones la asolaba por dentro.

Percibió el masculino aroma a tierra mojada que emanaba de él. Levantó la mano derecha para poder tocarle el torso, mientras la izquierda peleaba por liberarse de su presidio bajo la manta. Sintiendo la forma de los músculos, duros y fuertes, bajo el lino de la camisa, saboreó por primera vez la idea de que toda aquella fuerza le pertenecía. Era suyo por naturaleza y por derecho. Su mano siguió subiendo hasta la tersa piel de su cuello, donde su pulso latía exaltado. Notó que su respiración se volvía más rápida y profunda antes de dar un paso hacia ella y aprisionarla entre sus brazos. El beso se hizo más profundo y la lengua de él acarició la suya. María gimió sorprendida e imitó aquella caricia con cierta torpeza pero con toda su pasión. Sin saber qué hacer, dejó que su cuerpo respondiera de forma instintiva al incendio que lo quemaba por dentro.

Su brazo izquierdo al fin le ganó la batalla a la manta y estuvo libre para rodearle el cuello. Se puso de puntillas y se pegó a él, sin darse cuenta de que la manta se abría y quedaba únicamente sujeta por sus cuerpos, dejando al descubierto su espalda desnuda. Los brazos de Eric la ceñían por la cintura, aprisionándola más a medida que profundizaba el beso. Su piel hormigueaba en cada punto en que la rozaba, todo su ser bullía de anticipación ante la sola idea de pertenecerle.

Eric sabía que ella acababa de vivir una situación peligrosa y que estaba asustada. Debía reconfortarla y llevarla a casa cuando hubiese escampado, pero la rebeldía de María había destruido sus defensas a fuerza de ternura y palabras de amor. Le bastó rozar sus labios para olvidarse de lo que era adecuado, de todo lo que había aprendido sobre lo que estaba bien y lo que estaba mal. Allí, muy lejos de todo, con el crepitante fuego como único testigo, Eric se olvidó por primera vez de las normas y del peso de la lealtad.

Cuando su boca acarició la de María creyó volverse loco. Había besado a mujeres más expertas que ella, pero aquellos no eran unos labios cualquiera. Los había observado tantas veces que los conocía a la perfección; su color rosado oscuro, la hendidura del centro que les confería forma de corazón y las arruguitas que se les formaban en las comisuras cuando les afectaba la sonrisa. Se sintió como un devoto creyente ante lo más sagrado y los adoró con fervor. La abrazó con fuerza y la besó con pasión, incitándola a que abriera la boca para saborear su esencia. Sabía a sal, a las saladas lágrimas que había derramado cuando solo quería alejarla. Por un momento abandonó sus labios para besar sus mejillas, bajó por la mandíbula hasta el cuello con el propósito de borrar el rastro de lágrimas. El aroma a flores y cítricos de su jabón le embriagó las fosas nasales.

—Ámame, Eric —susurró ella—. Oh, por favor, ámame.

Eric levantó la cabeza para mirar su rostro. Con los ojos cerrados y las mejillas ruborizadas, María se mecía contra él como si hubiera caído en una especie de trance. Sus ojos descendieron en una fugaz exploración y lo que descubrió lo dejó petrificado. La manta se había escurrido y le había descubierto los hombros. La respiración se le cortó al darse cuenta de que solo tenía que apartarse un poco para que cayera al suelo, dejando el cuerpo de María expuesto para él.

Aspirando con fuerza, sus brazos descendieron poco a poco. María protestó cuando notó cómo aflojaba el abrazo y se acurrucó aún más contra él. La sangre se le incendió de repente y le abrasó las venas, aniquilando cuanta defensa halló a su paso. Su boca reclamó la de ella con un beso hambriento mientras las manos volvían a ceñirla por el talle. Percibió la plenitud de sus pechos contra su torso y sus cuerpos se ajustaron como las piezas de un perfecto engranaje; cada curva de María parecía cincelada para encajar en él. Percibió la suave piel de la cintura y comenzó un ascenso por su espalda con las palmas abiertas. Se detuvo en la nuca, cuando ya la envolvía por completo entre sus brazos.

—¡Maríaaa!

El distante grito traspasó sus mentes como el filo de una navaja. El grupo de búsqueda no se había suspendido al caer la noche, como Eric creyó que sucedería, y ahora el señor Lezcano gritaba su nombre no muy lejos de la cabaña. El viento seguía soplando y la lluvia se estrellaba con fuerza contra el tejado, pero por encima del ruido de la noche Eric pudo distinguir las voces de varios hombres y los relinchos de sus caballos aproximándose.

Agarró los bordes de la manta de inmediato y envolvió el cuerpo de María.

—Vístete deprisa—gruñó muy cerca de su oreja—. Yo saldré a su encuentro para ganar algo de tiempo.

Eric la apartó lo suficiente para mirarla a la cara y comprobar que entendía lo que le decía. Ella pestañeó deprisa y asintió.

—Eric...

Su nombre se le dibujó en los labios en apenas un suspiro. Sus miradas se encontraron en un instante en el que comprendieron que aquello que acababa de pasar era inevitable, tanto como que el sol saliera a la mañana siguiente.

Eric apartó los ojos de ella. Acto seguido agarró su gabán y salió al exterior.

María se apuró en vestirse, pero el temblor que afectaba a cada uno de sus miembros le dificultaba la tarea. Respiraba de forma entrecortada y su piel aún ardía donde Eric la había tocado. Pero más allá de su agitado corazón, lo que le inflamaba la sangre era un ansia insatisfecha nacida del mismo centro de su ser, un frenesí enloquecedor que la hacía sentirse capaz de salir corriendo a aullarle a la luna.

Una hora después, Diego Lezcano y dos de los criados que le acompañaban se calentaban junto al fuego de la cabaña. María se había echado a los brazos de su padre en cuanto este entró por la puerta. Le contó lo que le había ocurrido con su yegua y le quitó importancia a sus magulladuras. Aprovecharon para dar descanso a sus monturas y calentarse junto al fuego, aunque el plan era volver a casa esa misma noche para tranquilizar a su madre

Con la excusa de acomodar a los caballos en el cobertizo, Eric no volvió a entrar en la cabaña. A pesar de que se mantuvo lejos de ella y de su padre, y apenas le lanzó una mirada fugaz cuando emprendieron la marcha, María sintió su poderosa presencia durante todo el camino de regreso.

Varias horas más tarde, María recorría a hurtadillas los oscuros pasillos de Lezcano's House. Después de la dramática bienvenida con que su madre la recibió en la puerta de entrada, había tardado más de una hora en tranquilizarla y convencerla de que se encontraba perfectamente. Durante la cena entretuvo a toda la familia con la historia de su accidente, exagerando un poco la altura de los saltos de *Casiopea* y omitiendo por completo lo sucedido en la cabaña. Todos prestaban atención a su historia salvo Eric, que permanecía callado y de lo más interesado en el contenido de su plato. Incluso cuando sus hermanos bromearon acerca de la necesidad de tenerlo siempre cerca como a un ángel de la guarda, él no pronunció palabra; a diferencia de otras ocasiones en las que, seguro, habría respondido con alguna ironía. María lanzó algunas miradas hacia su puesto en la mesa. Pero él las esquivó todas.

Un ruido al otro lado del pasillo devolvió a María al presente. Se detuvo en seco y se escondió tras una columna. Entonces vio pasar a Warren, el mayordomo, que hacía la última ronda de la noche comprobando que todas las lámparas estuvieran apagadas. Una vez el criado se alejó, María reanudó su marcha. Su bata de seda flotaba alrededor de las piernas, mientras sus apurados pasos sonaban amortiguados por la mullida alfombra del corredor.

Se detuvo frente al dormitorio de Eric, con la firme idea de que tras aquella puerta estaba su destino. Acarició la suavidad del roble antes de llamar con unos ligeros toques.

—Eric, abre —susurró, con el corazón martilleándole en el pecho—, necesito hablar contigo.

Esperó, pero no hubo respuesta.

—Por favor, Eric, déjame entrar.

Sabía que no estaba dormido, era imposible que durmiera después de lo que había pasado. Pegó la oreja a la puerta y oyó pasos dentro del cuarto.

—¡Muy bien, no abras! —masculló malhumorada al darse cuenta de que no quería verla—. Pero no te librarás de escucharme. No sé por qué huyes de esto que nos pasa, aunque no voy a obligarte —dijo, apoyando la mejilla en la puerta mientras con la yema de los dedos acariciaba la suavidad de la madera—. Ya no me importa el tiempo, porque hoy he descubierto que sientes lo mismo que yo.

María aguardó una respuesta hasta bien entrada la madrugada. Cuando supo que no llegaría, al menos no aquella noche, pegó su espalda contra la pared y se deslizó hasta quedar sentada en el suelo. Los pensamientos comenzaron a llegar en forma de imágenes: ella persiguiendo a Eric cuando era una niña; él salvándola en todas sus travesuras; la primera vez que se había fijado en lo apuesto que era, su primer baile... Los recuerdos fueron acercándose al presente, hasta aquella misma tarde en la cabaña, haciéndola sonreír dichosa. Sentada en la oscuridad del pasillo, la imaginación de María también vislumbró el futuro con una radiante claridad. El tiempo no existía para ellos porque llegaría el día en que pudiera demostrarle que se pertenecían por aquella especie de designio celestial que la gente llamaba amor.

Dejó caer la cabeza hacia atrás y cerró los ojos.

—Te amo con todo mi corazón —dijo tan solo en un susurro.

Al otro lado de la pared, Eric había permanecido de pie con la espalda pegada a la puerta y la cabeza gacha. Deseaba girar el pomo y dejarla entrar, aunque eso significara el fin de su existencia. El señor Lezcano y *lady* Mary se lo habían dado todo, y ahora él deseaba lo que no podía tener, quería lo que no debía. ¿Cómo plantarse frente a las personas que más admiraba para decirles que él, Eric Nash, el chico de la calle, pretendía a su única hija?

«Te amo con todo mi corazón.» Las palabras de María se deslizaron por debajo de la puerta, hiriéndolo como afiladas flechas; que ella le amase era lo más maravilloso que podía pasarle, que ella le amase era lo más horrible que podía pasarle.

Abatido por sus propias contradicciones, Eric se escurrió por la puerta hasta sentarse en el suelo. Flexionó la pierna izquierda y apoyó el brazo en la rodilla mientras miraba al vacío. Si seguía cerca terminaría haciendo un daño enorme a las personas que más quería. Era algo irremediable, pues su corazón ardía con la misma pasión que el de ella.

Sus peores presagios se habían cumplido, aquellos que le obligaban a tomar la decisión más difícil y dolorosa de toda su vida.

❋ ❋ ❋

El porvenir les deparaba a ambos una difícil lección: a Eric descubrir cuánto se equivocaba, y a María que el tiempo sí importaba. Finalmente, los dos tendrían que esperar para saber que lo único que se había interpuesto entre ellos era la puerta de su habitación, además de una tosca manta.

CAPÍTULO 9

Cuatro años después

—¿Está bien, *milady*?

María trató de conservar la calma y no reprender a Allison Green, su amiga y dama de compañía, por seguir utilizando el tratamiento de cortesía, aquel que ni siquiera sabía si le pertenecía solo por ser sobrina de una conde, y mucho menos aún en la situación de vida o muerte en la que se encontraban.

—Estoy mareada —respondió, sujetándose la cabeza con las manos—, ¿cómo estás tú, Ally?

—Tengo mucha sed —se quejó su amiga.

—El mar no se bebe.

Las dos saltaron en sus asientos cuando el vozarrón del hombre que las acompañaba resonó dentro de la pequeña embarcación de madera que compartían los tres. Era la primera vez que hablaba desde que las había ayudado a escapar del barco que las llevaba a Cuba. Era distinguido y vestía un elegante traje de lino blanco, del mismo color y material que la camisa. Sin embargo, lo que le hacía realmente intimidante para ellas era su color, pues el desconocido era negro, tan negro como la noche más oscura.

María conocía el tráfico de esclavos que, desde hacía siglos, se daba desde el continente africano hasta las tierras de cultivo americanas. Su padre le había contado con orgullo las razones por las que la esclavitud había sido prohibida en el ingenio Lezcano, la plantación de caña de azúcar que poseía en el norte de Cuba. Precisamente, a la capital de la isla era a donde se dirigían antes de verse envueltas en aquel accidente.

Allison y María asintieron a la vez. La dura expresión del desconocido se suavizó, tal vez al comprobar que las había asustado. Las observó fijamente durante unos segundos antes de arrodillarse en el suelo del bote. La embarcación se balanceó bajo su peso. Levantó una especie de rejilla de madera y extrajo una bolsa, de la que comenzó a sacar algunos paquetes y latas. Se agachó y sacó un pequeño barril de debajo del asiento de popa. Agarró una especie de cucharón de madera que servía de achicador y lo introdujo en el recipiente. Tras llevárselo a los gruesos labios asintió.

—Es agua dulce. Hemos tenido suerte —dijo pasándoles el cucharón—. No hace mucho que han renovado las provisiones de los botes salvavidas. Si la racionamos puede durarnos varios días. Beban despacio, tan solo mójense la boca —indicó.

María sonrió y acarició el hombro de su amiga en señal de ánimo, cuando esta la observó insegura.

—Habla muy bien nuestro idioma —dijo mientras observaba cómo volvía a sentarse.

El hombre le clavó una oscura y fría mirada antes de responder.

—Soy estadounidense, señorita.

Su comentario le había molestado. Seguro que pensaba que tenía algún prejuicio por su piel.

—Bueno, no... no pretendía insinuar... —tartamudeó mortificada—. Yo solo quería darle las gracias; y no solo por el agua, sino por lo que hizo usted por nosotras en el barco —explicó al fin.

—Entonces dele las gracias a Dios por ponerlas en mi camino.

María asintió lentamente. Aquello significaba que cuando el barco de pasajeros en el que viajaban había sido atacado él en realidad no pretendía ayudarlas; solo se las había encontrado en su huida. Ally y ella habían sacado el pasaje en el puerto de Nueva York el día antes. Llevaban dos días en la ciudad y a María le costó encontrar un barco que zarpara hacia el

Caribe. Debido a la Guerra de Cuba, las compañías navieras no se arriesgaban a que hundiesen o confiscaran alguno de sus buques. La situación en la zona era de máxima tensión, como podrían comprobar tan solo veinticuatro horas después de embarcar en un vapor llamado *Virginia*.

Tomó la cuchara que Ally le ofreció y se mojó los resecos labios, como el hombre les había indicado. Se la pasó a él, que también hizo lo mismo, y los tres regresaron al silencio que los acompañaba desde hacía horas, y que solo rompía el monótono chapoteo del mar contra el casco de la embarcación. Por la altura del sol debía de pasar ya del mediodía. Hacía mucho calor. El mar estaba en calma y apenas corría una ligera brisa, lo que hacía que el ambiente comenzara a ser sofocante.

Ally se pegó a María y esta la abrazó con aire protector. Ella era la responsable de haberla metido en aquel lío, pues su amiga siempre se había mostrado reticente a aquel viaje. Allison era la tercera hija de *sir* Arthur Green, un caballero que había hecho fortuna invirtiendo en el ferrocarril. Pero, a pesar de ser un caballero y poseer fortuna, su familia no estaba bien considerada dentro de la alta sociedad. Los nobles eran así, pensó María con una mueca, se creían un exclusivo club en el que todo el mundo deseaba entrar. Claro que las cosas cambiaron cuando Ally se comprometió con lord Richard Douglas, el segundo hijo del duque de Hamilton, quien, a pesar de no ser el heredero del ducado, les concedía a los Green la entrada en la alta sociedad inglesa por la puerta grande.

Desgraciadamente, la felicidad no duró mucho para su amiga. Su prometido sufrió un trágico accidente un mes antes de la boda y falleció. Allison perdió el bebé que esperaba y cayó en total desgracia para la sociedad. Repudiada por su familia y sin ningún lugar al que ir, los Lezcano, que siempre habían vivido ajenos a cualquier dictamen social, la acogieron bajo su protección. María recibió con entusiasmo la compañía de aquella muchacha que siempre le había caído bien, y con la que había compartido el banco de las solteronas en muchos de los bailes de temporada.

Apoyando la cabeza contra el borde del bote, María se dejó mecer por el vaivén de la embarcación. Cerró los ojos y su mente buscó el momento en que aquel viaje le pareció una buena idea.

Todo había comenzado durante el pasado diciembre, cuando su padre ofreció una recepción en el hotel para algunos de sus socios extranjeros. A la reunión acudió el administrador del ingenio Lezcano, don Manuel Montenegro, y su apuesto hijo, Alejandro, que se había graduado como abogado y gozaba ya de una selecta clientela en La Habana. Era un muchacho alto, moreno y de rasgos muy atractivos que se había prendado de ella nada más conocerla. María suspiró al recordar aquellos profundos ojos negros observándola intensamente durante toda la velada y sus largos dedos en la espalda aproximándola en cada giro del vals que bailaron juntos. Pero sobre todo, recordaba el beso que el joven le robó en la terraza aquella misma noche, cuando ella salió a respirar el frío aire de Londres, abrumada por los recuerdos de otro baile. Alejandro la siguió entonces y la besó en los labios con pasión.

Al día siguiente, él la visitó y le declaró su admiración, dejando claras sus intenciones de pedir permiso a su padre para cortejarla y proponerle matrimonio, si ella lo deseaba. Y ella lo deseaba. ¿Lo deseaba? Nunca pudo ofrecerle una respuesta, pues padre e hijo tuvieron que regresar rápidamente a Cuba por las revueltas en la isla. Todo había sido tan precipitado que ni siquiera sabía si Alejandro le gustaba o si solo veía en él una oportunidad para arrancarse el recuerdo de un hombre único, que una vez le dio un beso inolvidable.

María suspiró exasperada como siempre que su mente evocaba a Eric y, teniendo en cuenta que la frecuencia con que lo hacía era más o menos cada hora, se diría que se pasaba el día resoplando. A pesar de que hacía tantos años que se había marchado de sus vidas, a pesar de que, después de su partida, había jurado y perjurado que se olvidaría de él.

Al día siguiente del accidente con su yegua, la familia descubrió una nota de Eric en el salón:

«Debo intentarlo por mí mismo. Estaré bien.
Gracias por todo lo que me habéis dado.
Os quiere, Eric Nash»

El mensaje les dejó a todos sumidos en un estado de confusión permanente. Durante los primeros meses esperaron una carta que nunca llegó. Luego, sus padres contrataron investigadores para que le buscaran, y pasaron más meses, pero ninguno trajo noticias de él. Eric se había ido, y ella era la única que conocía el motivo. Sabía que se había marchado por su culpa y por su delirio persecutorio. Él siempre tan drástico en todas sus decisiones, pensó con sarcasmo. Maldito fuera.

Se había llevado una maleta con pocas cosas: algo de ropa y los cuadernos de dibujo que su madre le había regalado. Pero para María se lo había llevado todo.

La familia nunca volvió a ser la misma. Sus hermanos le echaban de menos, aunque nunca hablaban de él, y sus padres sufrían por la ausencia de su hijo predilecto. Y ella..., bueno, ella se había consagrado a olvidarlo. Porque sentía que si no lo hacía se moriría, se apagaría por dentro hasta dejar de respirar. Los sentimientos de María habían pasado por diferentes fases: durante el primer año creyó morirse, dejó de comer y se sumió en un permanente estado de melancolía. Luego se enfadó con ella misma, y luego con él. Y allí estada todavía: en el enfado. Le abofetearía por haberles causado tanto dolor, aunque era posible que nunca más volvieran a verse.

María abrió los ojos de repente cuando sintió que se ahogaba. Le sucedía siempre que la idea de no volver a ver a Eric aparecía por su mente. Entonces vio que sus dos acompañantes del bote la miraban con curiosidad. Parecía que discutían por algo.

—Siento haberla despertado, *milady*.

—Oh, Ally, deja de llamarme así —gruñó.

Su amiga dibujó un gesto contrito antes de hablar.

—Este señor quiere que nos quitemos las enaguas —jadeó mientras le lanzaba una mirada de desconfianza al hombre que las acompañaba, antes de sonrojarse hasta las orejas.

—Necesitan proteger sus blancas pieles o les dará una insolación. Y se morirán —espetó el hombre, lanzando una significativa mirada a Ally.

Ella resopló de indignación, a pesar de que casi nunca mostraba sus emociones.

—No sabes cómo me ha hablado, María. —Ally se acercó para hablarle de forma confidencial—. No sabes cómo me ha mirado.

María casi se rió al ver tan indignada a su estoica amiga. Luego miró hacia arriba, cubriéndose los ojos con la mano. El sol calentaba con mucha fuerza y, pese a estar en una zona repleta de islas y de tráfico marítimo, no sabían cuánto tiempo tardarían en ser rescatados. Aquel hombre tenía razón, debían protegerse del calor.

—¿María? —preguntó el hombre, que había oído a Ally pronunciar su nombre—. ¿Son españolas?

María negó con la cabeza y sonrió al ver cómo observaba a Ally de arriba abajo.

—Mi amiga es inglesa y yo soy mestiza: mi madre es inglesa y mi padre es español.

Él torció la boca en un gesto de disgusto.

—Yo no llamaría a eso mestizaje, señorita, sino más bien una doble desgracia —ironizó, aunque a su rostro acudió enseguida una sonrisa que revelaba que, en realidad, estaba bromeando—. Me llamo Julian Bassop, ¿y ustedes son...?

María se rió abiertamente.

—Me llamo María Lezcano. —El señor Bassop la contempló detenidamente—. Y esta es mi amiga: Allison Green.

—¿Lezcano? —preguntó—. ¿Tiene algo que ver con el ingenio Lezcano?

Algo se movió en el pecho de María.

—¿Es que lo conoce? —dijo con un hilo de voz.

Apenas perceptible, una sombra de tristeza acudió a los ojos del señor Bassop.

—Mi padre trabajó allí —explicó escueto—. Cuba no es el mejor lugar en estos momentos. Los españoles han recrudecido su ofensiva contra los mambises. Las cosas se han puesto muy feas por la isla, señorita. Y no solo por la isla; el barco que nos bombardeó era un buque español.

—No entiendo por qué dispararon —replicó ella—. Nuestro barco llevaba una enorme bandera estadounidense.

—Todo lo que navega ahora mismo por el Caribe es sospechoso de colaborar con la revolución.

María asintió y miró a su alrededor. Al instante se dio cuenta de que en aquel bote había espacio para más personas.

—Tal vez debimos esperar y no alejarnos tan rápido del barco —dijo, recordando la rapidez con la que el señor Bassop las subió al bote cuando las encontró asustadas y perdidas en la cubierta, y la prisa con la que luego remó para alejarse del buque, que ya escoraba ligeramente—. Podríamos volver para ver si alguien necesita nuestra ayuda.

El señor Bassop descartó la idea con un gesto de la mano.

—No creo que pretendieran hundir el barco, solo hacerse con la carga y detenernos a todos para interrogarnos.

—Pero entontes, ¿por qué nos dijo que debíamos abandonar el barco? —preguntó indignada.

—¿Nunca ha estado en un interrogatorio militar, verdad?

María negó con la cabeza.

—Créanme —continuó, mirándolas a las dos—, es mucho mejor perderse durante días en el Caribe, incluso en el Atlántico, que ser sometido a un interrogatorio de ese tipo.

—Pero si solo somos dos damas —intervino Ally.

El señor Bassop le lanzó una mirada cargada de picardía.

—Los mejores espías los son, señorita Green.

Ally enrojeció y cerró la boca.

Mientras, María observaba al señor Bassop con mucha curiosidad. Aquel hombre tenía aspecto de esclavo, pero mostraba unos modales refinados y parecía conocer muy bien cómo funcionaba el mundo caribeño. Lanzó una mirada de reojo a Ally, el cabello rubio, su pequeña estatura y la piel extremadamente blanca, y pensó que ofrecía la misma imagen de fragilidad y desamparo que ella. Tal vez, cuando lograran volver a la civilización, y Dios quisiera que fuese pronto, pudiera pedirle al señor Bassop que las acompañara hasta La Habana. Al fin y al cabo, ella era la responsable de que Ally estuviera en aquel lío, de persuadirla para que la acompañara, convenciéndola de que el viaje era algo así como una aventura romántica, una de aquellas que salían en los libros que a ella tanto le gustaba leer. Y para Ally, el romanticismo era algo tan irresistible que sobrepasaba cualquier temor a los peligros de un viaje a ultramar.

En Londres habían tomado un coche en el que pasaron varios días dando tumbos hasta llegar a Liverpool, donde habían comprado dos billetes con nombres falsos para un barco de la White Star que las llevó a Nueva York. Tras nueve días de una travesía repleta de sobresaltos, en la cual María no dejó de preocuparse por la seguridad de su amiga, llegaron a la ciudad. No paraba de pensar en el estado de ánimo de sus padres, quienes tuvieron que preocuparse mucho al descubrir su escapada. Al pensar en ellos María suspiró de añoranza. Se volverían locos si la vieran en un bote a la deriva en medio del mar.

Después de todos aquellos sobresaltos necesitaban algo de seguridad, pues el desasosiego parecía ser la única emoción que predominaba en aquel viaje. Incluso la idea había surgido al abrigo de la angustia provocada por una discusión con sus padres, después de haberles sugerido que podrían visitar Cuba durante el verano y conocer la isla. La propuesta había quedado rápidamente descartada por su padre, que terminó enfadándose por su tenaz insistencia. El problema era la necesidad vital que ella tenía de volver a ver a Alejandro Montenegro.

Con las noticias de que las revueltas se habían recrudecido hacia el occidente de la isla, el muchacho y su padre debieron marcharse a atender sus responsabilidades. María estaba pendiente de cada carta que llegaba, pero ninguna era de Cuba. Su «casi prometido» no había concretado nada antes de irse, ni siquiera había pedido permiso a su padre para cortejarla. Nada. Y no es que ella estuviera pensando en casarse con alguien a quien apenas conocía, pero sí le gustaría saber si, al menos, existía esa posibilidad. Tenía veintitrés años y en Londres ya empezaban a considerarla una solterona. Sin embargo, eso no la perturbaba tanto como la idea de que, tras haber perdido a Eric, jamás podría casarse por amor como habían hecho sus padres y hermanos. Y, a pesar de estar separados por un océano, Alejandro Montenegro era un buen candidato para averiguarlo: era guapo y, aunque no poseía fortuna, estaba bien posicionado. Pero, por encima de todo, era un hombre valeroso y atrevido, que no había dudado a la hora de plantarse frente a ella y declararle su admiración.

— ¡Ja! Mira por dónde, los dioses nos sonríen.

La exclamación del señor Bassop sorprendió a María y la devolvió al presente. El hombre se había puesto de pie en el bote y miraba con atención hacia un punto por detrás de ellas. Las dos se volvieron al mismo tiempo y entonces lo avistaron: dos mástiles y unas velas se recortaban contra el horizonte. ¡Un barco!

El señor Bassop se apuró en armar los remos y ocupó de nuevo la posición de remero. Acto seguido, el bote comenzó a avanzar al encuentro del velero. Sin embargo, una idea inquietante asaltó a María.

— ¿Y si son piratas? —espetó.

Una carcajada enorme estalló en la garganta del hombre.

—Ya no hay piratas por aquí, señorita Lezcano.

«¿Quién es ahora la que ha leído demasiadas novelas de aventuras?», pensó María con ironía.

—Creo que es el *Audacious* —explicó él—. Y aunque parece un pirata, su capitán es un tipo bastante decente. Y mire por dónde —añadió, como si acabara de darse cuenta de algo— es inglés, como ustedes.

María le miró con interés.

—¿Le conoce?

—Llevamos algún tiempo tropezándonos por el Caribe —respondió el señor Bassop con una amplia y franca sonrisa.

Ally le dio la mano y ella se la apretó ligeramente para transmitirle valor. Volviendo la cabeza hacia atrás para ver cómo el *Audacious* se acercaba, María exhaló un largo y esperanzado suspiro. Ojalá que aquella silueta en el horizonte significara que su suerte comenzaba por fin a cambiar.

CAPÍTULO 10

El navío viajaba con las velas desplegadas por la falta de viento. María no entendía mucho de barcos, pero supo enseguida que aquel era un buque distinto de aquellos en los que había viajado hasta el momento. Se acercaron lentamente al alargado casco de madera y, ladeando la cabeza, observó con atención la figura femenina del mascarón de proa. La talla simbolizaba a una muchacha de larga melena al viento y extraordinaria belleza que sujetaba con fuerza una estrella de mar contra su pecho, mientras miraba al horizonte con arrojo. A su lado, en una estampa de retorneadas letras, se podía leer: *Audacious*. María sonrió con aire soñador al percatarse de lo poético que era que una mujer con una estrella en el corazón representara un barco cuyo nombre significaba valentía. «Maravilloso», pensó emocionada.

—¡Ah del barco! —gritó el señor Bassop mientras acercaba el bote a su costado.

La cabeza de algunos marineros apareció por la borda. Ally gimió y volvió a apretarle la mano. María sabía que aquellos hombres le provocaban el mismo recelo que a ella. Desgreñados y desaliñados, la mayoría ni siquiera llevaba el torso cubierto por una camisa. Entonces, un mulato más alto que un armario surgió de entre todos ellos.

—¡Bassop! ¿Qué demonios haces ahí? —rugió con su vozarrón palmeando la baranda.

—¡Guill, amigo! No sabéis cuánto me alegro de veros.

Una escalerilla de cuerda y madera se desplegó por el costado del barco. El señor Bassop se puso de pie en el bote y la agarró con una mano mientras les ofrecía la otra a ellas.

—¿Qué? ¿Debemos subir por ahí? —jadeó Ally, volviéndose hacia María con expresión asustada.

María le puso un brazo sobre los hombros y la apretó contra ella para infundirle ánimo.

—Podemos hacerlo. Debemos hacerlo —puntualizó, tras advertir consternada que la alternativa a aquel barco de bárbaros desaliñados era seguir vagando sin rumbo por el océano.

María tomó la mano que le ofrecía el señor Bassop y se acercó a él, con cuidado de no perder el equilibrio por la inestabilidad del bote.

—Señor Bassop —susurró—, nos sentiríamos mucho más seguras si usted subiera antes.

Él la observó extrañado.

—Yo me quedaré aquí para ayudarlas. No se preocupe, subiré después de ustedes.

María echó una rápida ojeada hacia arriba y pudo ver a todos los marineros sonriéndoles con picardía y haciéndoles guiños.

—Sí, pero nos sentiríamos más seguras si usted lo hiciese primero —insistió.

Él suspiró con impaciencia.

—¿Por qué?

Sin apartar los ojos de su cara, María señaló con el dedo índice hacia arriba.

El señor Bassop siguió su mano con la mirada y refunfuñó algo sobre las mujeres. Acto seguido, se volvió y comenzó a escalar por el casco con movimientos ágiles.

Minutos más tarde, María y Ally pisaban la cubierta del *Audacious*. Después de algunos problemas con los bajos de las faldas, ambas descubrieron que trepar por la escalerilla no era tan difícil como parecía en un principio. Permanecieron juntas y tomadas de la mano, atentas a cada uno de los movimientos de sus anfitriones. María notó los fuertes latidos de su corazón, mientras una idea inquietante tomaba forma en su mente: jamás se había sentido tan lejos de casa.

El señor Bassop les saludó a todos y se dirigió al enorme mulato que les había lanzado la escalera.

—Viajábamos en el *Virginia* —informó—, cuando un buque de la armada española nos interceptó a unas siete millas de Jamaica.

El mulato asintió pensativo antes de darle la mano.

—¿Ibais cargados?

El señor Bassop asintió.

—Quinientos fusiles, cuatrocientos revólveres, seiscientos machetes, cañones, medicinas, ropa y munición. Se ha perdido todo —se lamentó.

María fijó su atención en el hombre que las había rescatado. El barco en el que viajaban llevaba un cargamento bélico del que no informaron a los pasajeros. Entonces entendió por qué el buque español les había disparado. Seguro que todas aquellas armas eran para los revolucionarios cubanos. Solo entonces comprendió que el señor Bassop era mucho más de lo que parecía, y también por qué había insistido tanto en que salieran del barco. No solo les había hecho un favor, sino que era muy posible que les hubiera salvado la vida. Si las hubiesen encontrado en aquel navío cargado de armamento para la revolución habrían sido arrestadas de inmediato.

—Bueno, al menos los españoles no podrán cobrarse tu cabeza —dijo el mulato, al mismo tiempo que le palmeaba el brazo.

Entonces aquel hombre inmenso pareció percatarse de su presencia.

—Bueno, ¿no vas a presentarme a estas adorables señoritas?

María notó que Ally temblaba y se agazapaba tras ella.

—Estas son las señoritas María Lezcano y Allison Green. *Miladies* —continuó, volviéndose hacia ellas—, les presento al señor Guillaume Temba.

El señor Temba permaneció un rato mirando a Ally, hasta que percibió que todos esperaban su reacción. Sacudió la cabeza y dio un paso al frente. Era tan alto que María casi tuvo que doblarse para mirarle a la cara.

—*Enchanté, mademoiselles* —saludó en perfecto francés.

—Mucho gusto en conocerle, señor—respondió María, pues Ally seguía agazapada tras ella—. Tengo entendido que es usted inglés.

Estaba dispuesta a congraciarse cuanto antes con aquel hombre que podía llevarlas hasta la isla y mantenerlas a salvo de sus hombres. No obstante, la profunda carcajada del señor Temba la sorprendió.

—¿Y qué la ha llevado a pensar eso? —preguntó, riendo abiertamente.

—El señor Bassop nos lo dijo.

Temba buscó con la mirada al otro, que ya había comenzado a negar con la cabeza con una sonrisa indulgente.

—Les he hablado del capitán —explicó—. Por cierto, ¿dónde está? —preguntó, mirando en todas direcciones.

—Hubo un pequeño problema en la bodega que ha requerido de su atención.

El señor Temba levantó la cabeza y sonrió.

—¡Ahí le tiene!

Todos se volvieron en aquella dirección.

María contempló a la figura masculina que caminaba por cubierta con movimientos ágiles. A cada paso firme, sus botas resonaban contra la madera del suelo. Solo se le veía el cuerpo, su perfil quedaba oculto tras las velas desplegadas. Era un hombre alto y de complexión fuerte. Una parte de los bajos de la camisa de lino blanca se habían soltado de su estrecha cintura. El pantalón de color gris se le ajustaba a las largas piernas hasta perderse bajo unas botas bien lustradas. Achicando los ojos, María ladeó la cabeza. Había algo en aquella figura que le resultaba muy familiar.

El capitán se agachó entonces y pasó bajo la botavara.

—¡Guill, ¿dónde demonios está todo el mundo?!

Aquella voz.

—¿Dónde estáis, panda de holgazanes?

Paralizada, María dejó de respirar. Todos sus sentidos se aguzaron hasta el límite mientras el capitán pasaba bajo la vela. Entonces se irguió y quedó frente a ellos.

—¿Cuál es la excusa esta vez...?

La pregunta murió en su boca en cuanto descubrió al grupo de cubierta. Se detuvo al instante y sus ojos color miel se agrandaron por la sorpresa. Por un momento, María creyó estar soñando o haber muerto durante aquella descarriada travesía. Frente a ella se alzaba Eric, con el mismo aspecto de truhán pendenciero que el resto de la tripulación. Pero era Eric. Su Eric.

Sus miradas se sostuvieron por un segundo que pareció una eternidad. La sorpresa también le paralizó a él porque se quedó en mitad de la cubierta contemplándola con una intensidad casi violenta. Los guiños y las sonrisas de los miembros de la tripulación cesaron en presencia del capitán. El señor Bassop le saludó y comenzó a detallarle la experiencia del naufragio. Con laxa lentitud, Eric se aproximó sin apartar los ojos de ella. Parecía alterado, como un luchador sorprendido por un potente golpe. Se recuperó al instante y apartó la mirada. Extendiendo el brazo, saludó con un apretón de manos al hombre.

Todos parecían ajenos a la avalancha de emociones que asolaba a María. La acción continuó, pero ella lo percibía todo como si tuviera la cabeza dentro de un gran barreño de agua. El corazón le latía con tanta fuerza que le retumbaba en los oídos como un tambor de guerra. Continuaron hablando y ella se acordó de respirar, inhalando con fuerza, colmando los pulmones. Sus ojos recorrieron ávidos aquella visión del pasado. El sol había bañado de reflejos dorados su cabello, que le caía en largos y desordenados mechones hasta los hombros. «Dios mío, parece un pirata», pensó aturdida.

—En mi afán por ponerme a salvo me topé con estas dos encantadoras damas.

Las palabras del señor Bassop le provocaron un respingo. La atención se fijó de repente en ellas; incluida la del capitán. Cuando volvió el rostro, los ojos de ella lo estudiaron con avidez. El sol también había bronceado su piel y pequeñas pecas salpicaban el puente de su recta nariz. Sus pómulos parecían más altos y la mandíbula más firme y contundente.

Sus miradas volvieron a encontrarse, lo que a ella le provocó una repentina flojera en las piernas. Oh, aquellos ojos color miel que creyó que jamás volverían a mirarla.

—...y la señorita María Lezcano.

En cuanto el señor Bassop pronunció su nombre, los párpados del capitán se abrieron en señal de reconocimiento. María se fijó en cómo tragaba visiblemente y endurecía la mandíbula.

—Señorita Lezcano, señorita Green —continuó Bassop—, les presento al capitán del *Audacious*, el famoso Eric *el Inglés*.

¿El Inglés? ¿Así le llamaban? «Claro, ¿cómo no?», pensó con sarcasmo. Todo buen pirata tenía un mote. El suyo era el Inglés. «Muy prosaico.»

El capitán saludó a Ally con una ligera inclinación de cabeza. La respiración de María se agitó en cuanto volvió a sentir su mirada clavada en ella.

Él carraspeó para aclararse la garganta.

—Señorita Lezcano.

Sus ojos de serpiente la inmovilizaron.

—Eric —la respuesta quedó marcada en sus labios en apenas un susurro.

Afortunadamente, él volvió la cabeza y comenzó a dar órdenes.

Casi una hora más tarde, María continuaba sentada en la butaca del camarote del capitán mirando un punto fijo de la pared. Él mismo había ordenado que las llevaran allí. El compartimiento estaba dividido en dos pequeñas estancias, una de ellas reservada para el descanso, ocupada únicamente por un catre y un baúl; la segunda parecía una especie de despacho, con una mesa de madera de roble y varias butacas ricamente tapizadas. Aquel era su espacio... María deseó con todas sus fuerzas acurrucarse en la butaca y abrazarse a las piernas. Y quizá llorar.

Todavía no podía creerse que estuviera allí, tan lejos de casa. Todavía no podía creerse lo caprichoso que era el destino llevándola hasta él, justo cuando se había decidido a dar un paso adelante para endcrezar su vida.

—Todo esto ha sido un error enorme. Todo, desde que salimos de Sweet Brier Path, todo...

María apenas escuchaba las lamentaciones de Ally, que no había dejado de pasear de un lado a otro mientras se retorcía las manos, nerviosa. Sus pensamientos estaban ocupados por completo con lo que acababa de suceder en la cubierta de aquel barco. Había encontrado a Eric. Una pregunta había hallado respuesta, pero muchas más habían surgido. Cuántas noches había pasado mirando al techo de su cuarto, invocando su recuerdo. Nunca pudo dejar de culparse por su desaparición. Tantas veces había pensado dónde estaba y si estaría bien...

—¡María!

La voz de Ally la arrancó con violencia de sus recuerdos.

—¿Qué?

Su amiga se arrodilló frente a ella con gesto de preocupación.

—¿Estás bien? —preguntó—. ¿Qué te ocurre? ¿No te habrá dado demasiado el sol? —concluyó, tocándole la frente para comprobar su temperatura.

María le tomó las manos y la miró a los ojos.

—Es Eric —susurró.

—¿El capitán?

Ally parecía no entender.

María asintió.

—Es él.

La boca de Ally dibujó un óvalo de sorpresa.

María jamás le había contado a nadie lo ocurrido con Eric; a nadie salvo a Ally. No sabía si era porque ella había amado sin tener en cuenta las convenciones sociales o porque había perdido a su gran amor, pero el caso era que le inspiraba confianza. Ally jamás la juzgaría por amar a un hombre al que debería ver como a un hermano, a un hombre al que la sociedad consideraba un vagabundo con mucha suerte; jamás la compadecería por haberse enamorado y no ser correspondida, porque Ally no era así. Su dolor la había despojado de cualquier prejuicio y le había conferido un don para empatizar y ofrecer consuelo.

—Pero ¿estás segura? —preguntó—. Puede que no sea él.

Chasqueando la lengua, María le devolvió un gesto de fastidio.

—Bueno —continuó su amiga en tono comprensivo—, ¿y qué piensas hacer?

Sus ojos recorrieron el rostro de Ally. ¿Qué iba a hacer? María estaba tan aturdida por su descubrimiento que no sabía por dónde comenzar a ordenar todo aquel caos. Si el viaje había sido un disparate, encontrarse a Eric era lo más perturbador de su vida.

—No lo sé, Ally —gruñó, agarrándose el pelo con las manos porque sentía que iba a estallarle la cabeza—. No lo sé.

—¿Sigues deseando ver a tu prometido?

María volvió a mirar a su amiga, esta vez con sorpresa, porque lo cierto era que no había pensado en Alejandro Montenegro; y eso era muy extraño, ya que él era el motivo por el que había comenzado todo aquello. Claro que tampoco era su prometido; no oficialmente, al menos. Pero eso no podía decírselo a su amiga, quien todavía creía que la meta de aquel viaje era un romántico reencuentro entre dos prometidos separados por una guerra. No pudo evitar sentir culpabilidad por mentir e involucrar a su amiga en aquel enredo.

María asintió, ya que Ally aún esperaba una respuesta. Ella le sonrió, dándole unas palmaditas tranquilizadoras en la rodilla.

—¿Y qué significaba eso que dijo el señor Bassop sobre las armas que iban en nuestro barco? —preguntó, cambiando de tema y bajando la voz en tono confidencial.

—Significa que aquí, Ally, nada es lo que parece.

La puerta se abrió sobresaltándolas a ambas. Bajo el umbral, ocupando casi todo el espacio, apareció el capitán.

—Señorita Green —su voz ronca resonó en la pequeña estancia—, el cocinero le ha servido un té en el comedor.

Él dio un paso al frente y se quedó junto a la puerta en actitud de espera.

Inquieta, Ally miró a su amiga.

—Ve, no te preocupes —indicó María, forzando una sonrisa.

Ally se puso de pie y se dirigió a la puerta, paseando su mirada de uno a otro, insegura. En cuanto sobrepasó el umbral, él cerró la puerta.

El corazón de María inició un fuerte martilleo contra el pecho. Sin embargo, sus ojos fueron incapaces de apartarse de la intimidante figura del capitán.

CAPÍTULO 11

Eric se quedó mirando a la puerta, su espalda subía y bajaba con largas respiraciones. Llevándose las manos a la cintura, lanzó una rápida mirada por encima del hombro hacia donde ella permanecía sentada. María enderezó la espalda al instante, como si la maestra la hubiera reprendido por sentarse mal. Él inspiró con fuerza antes de comenzar a pasearse de un lado a otro del camarote, como un enorme felino dentro de su jaula. Observando su melena castaña y su perfil malhumorado, María pensó que la metáfora le iba como anillo al dedo.

Continuó caminando durante varios segundos más. De tanto en tanto, se pasaba las manos por el pelo y murmuraba.

Se paró de repente y la fulminó con la mirada.

—¡¿Se puede saber qué malditos demonios estás haciendo aquí?! —rugió.

María se puso de pie de un brinco.

—¿Qué?

—¡¿Qué demonios estás haciendo tan lejos de tu casa?! —repitió él, plantándose frente a ella en tan solo dos zancadas.

Al oírlo hablarle de aquella forma, una especie de ola de furia comenzó a crecer en el interior de María. Le había observado pasearse malcarado, completamente subyugada por su presencia. Durante todos aquellos años había guardado la esperanza de que no la hubiera olvidado, e incluso de que la echase de menos; lo suficiente como para alegrarse, aunque solo fuera un poco, de volver a verla. Pero allí estaba, demostrándole que seguía siendo una incauta en todo lo que a Eric se refería.

María levantó los ojos hacia él.

—¿Qué hago yo? —preguntó con los dientes apretados—. ¿Qué haces tú tan lejos de casa, Eric?

Él inspiró con fuerza y apretó la mandíbula. Entonces, una especie de sombra nubló su mirada.

—¿Desde dónde viajáis solas? —preguntó.

María sabía que se esforzaba en parecer más calmado.

—No te importa.

Los ojos de Eric centellearon con un frío resplandor dorado.

—¿Desde Nueva York?

—No te importa —repitió ella, elevando el mentón con orgullo.

Con la respiración agitada, alzó las manos y la asió con firmeza por los brazos.

—¿Desde Inglaterra? —insistió.

—No te importa.

El pecho de María también subía y bajaba con largas y agitadas respiraciones. Cada fibra de su piel fue despertándose desde los brazos, en respuesta a su contacto.

—¿Tienes idea de dónde estás? ¿Sabes todo lo que ha podido pasarte, niña? —espetó él, aflojando los dedos sin llegar a soltarla—. ¿Por qué ibas a Cuba?

María trató de liberarse sin mucho éxito. Así que le miró de frente y decidió corresponder a su acoso de preguntas.

—¿Por qué te fuiste sin avisar? ¿Sabes lo mal que lo pasamos todos sin saber nada de ti? —La voz se le quebró—. ¿Era realmente necesario?

El rostro de Eric se endureció. Acto seguido la soltó y se alejó hasta la otra punta del camarote.

Se contemplaron durante varios segundos en silencio, con el único sonido de sus excitadas respiraciones.

—No me fui sin avisar, dejé una nota explicando mis motivos —suspiró resignado antes de clavar nuevamente su mirada en ella—. ¿Desde dónde viajáis solas?

María reconoció la tregua que le ofrecía y decidió aceptarla.

—Inglaterra —dijo—. Y aquellos no eran tus motivos —terminó, en referencia a su explicación sobre la nota de despedida.

—¡Maldita sea! —gruñó él, iniciando de nuevo su inquieto ir y venir por el camarote—. ¿Por qué ibas a Cuba?

—Ahora me toca a mí preguntar.

—¡Esto no es un juego! —rugió.

María dio un respingo.

—¿Sabe tu padre dónde estás?

Ella negó con la cabeza y bajó la mirada al notar el cosquilleo de las lágrimas pujando por salir.

Eric se paró de repente y se llevó las manos a la cintura.

—Muy bien —continuó con aire resolutivo—, daré la vuelta y te llevaré a Nueva York. Allí os voy a embarcar, a ti y a tu amiga, en el próximo transatlántico. Y cuando lleguéis a Inglaterra, espero que tengáis el suficiente sentido común como para regresar a casa cuanto antes.

María levantó los ojos y le contempló decidir su destino; como si tuviera aún algún derecho, como si nunca la hubiera abandonado. La ola de furia había ido creciendo hasta convertirse en una enardecida marejada.

—Pero ¿quién te crees que eres? —exclamó, tratando de conservar una calma que estaba muy lejos de sentir—. Continuaré con mi viaje, ¿me oyes? Iré a Cuba —anunció con determinación—; y lo haré con o sin tu consentimiento.

Él inspiró con fuerza y continuó mirándola con aquella frialdad acerada.

—Me creo el capitán, niña. Y mientras estés en mi barco harás lo que yo diga.

—Muy bien, capitán. Llévenos a Nueva York. Llévenos a Liverpool, si quiere. Pero en cuanto tenga la oportunidad de regresar, regresaré.

Otro silencio se extendió por la estancia mientras ambos se miraban de frente. Él suspiró y dejó caer la cabeza entre los hombros.

María observó cómo los mechones dorados de su cabello caían desordenados frente a su cara y los dedos le hormiguearon de ganas de apartarlos. Aquel absurdo deseo hizo que su enfado creciera, pero esta vez consigo misma. No podía seguir albergando aquel tipo de fantasías. Estaban prohibidas para ella. Aquel viaje era precisamente una huida definitiva de su recuerdo, un intento por seguir adelante sin él. María se dio cuenta entonces de la tremenda ironía: había atravesado un océano para escapar de su recuerdo, para ir a toparse precisamente con él. Algunas veces, el destino tenía un macabro sentido del humor.

—¿Por qué ibas a Cuba? —repitió él en tono más suave, justo antes de levantar la cabeza y mirarla de nuevo.

Estaba tan guapo que resultaba doloroso, pensó María a punto de resoplar de indignación.

—No. Te. Importa —puntualizó enfadada.

Los ojos de él captaron el resplandor de un rayo de sol que en aquel momento entró por el ojo de buey del camarote. Inspirando con fuerza, se dirigió a la puerta con aire decidido.

—Rumbo a Nueva York entonces.

Lo aborrecía con toda el alma. Pensaba volver a deshacerse de ella sin ningún sentimiento, así de poco significaba para él. Aquello no hacía más que corroborar que buscar un futuro al lado de Alejandro Montenegro era un acierto.

—Mi padre está allí —soltó sin pensar.

Eric se detuvo antes de alcanzar la puerta.

—¿Qué?

—Mi padre, «nuestro» padre —añadió, solo para agitar su conciencia—, debió viajar a Cuba hace unos meses por lo mal que iban las cosas en el ingenio. Tiempo después llegó la noticia de que le habían apresado en La Habana.

La mentira le salió tan natural que hasta se sorprendió a sí misma.

—¿Viajaba solo?

María asintió cuando él se volvió a mirarla.

—¿Y tu madre? —preguntó Eric casi en un susurro.

Una enorme punzada de culpabilidad le aguijoneó la conciencia. María sabía que estaba muy mal valerse del afecto que tenía a sus padres para salirse con la suya. Pero, al fin y al cabo, él era quien les había abandonado para irse a la otra punta del mundo a hacer Dios sabía qué.

—Mi madre está desolada —respondió apartando la mirada.

Él soltó una maldición y comenzó a moverse de nuevo por la estancia.

—Pero ¿por qué has venido tú? —gruñó, tratando de comprender—. ¿Y Paul, Peter, Archie, Magpie? ¡¿Dónde están ellos, por qué demonios te han dejado venir a ti?! —gritó.

—¡Soy una mujer, no una inválida! —María calló al recordar la enfermedad de su madre, pero continuó observándole furiosa.

Los dos se miraron igual de agitados durante casi un minuto más, hasta que, tras soltar otra maldición, Eric se volvió y salió del camarote a grandes zancadas.

—Dios mío —susurró María mirando al techo cuando la puerta se cerró—, Dios mío, Dios mío...

Alterada, comenzó a pasearse de un lado a otro mientras se retorcía las manos. Trató de pensar deprisa, pero todo aquel embrollo en el que se había metido no dejaba de crecer. En primer lugar tenía que encontrar a Ally para advertirle de que no debía mencionar a Alejandro Montenegro. No iba a pedirle a su amiga que mintiese, aunque sí que no la descubriera ante el capitán, cuyos planes desconocía. María no sabía si iba a llevarlas a Nueva York o a Cuba. Resoplando de impotencia, esperaba no tener que regresar a Inglaterra con las manos vacías.

❋❋❋

Una hora más tarde, Eric observaba con atención las líneas del mapa desplegado sobre la mesa de su escritorio. Junto a él, Guill y Bassop trataban de diseñar un plan para llegar a La Habana sin correr demasiados riesgos, pues era posible que los españoles no fueran a darles un gran recibimiento a ninguno de ellos; a Bassop por su compromiso y colaboración con los rebeldes cubanos, que pretendían eliminar la esclavitud y liberar a todos los negros, y a ellos por no pagar los impuestos a la Corona Española de los productos cubanos, gracias a los cuales habían establecido prósperas relaciones comerciales con los Estados Unidos. Hacía años que Eric había descubierto que el ron, el tabaco, el azúcar, el café y el cacao cubanos eran muy apreciados por los norteamericanos, dispuestos a pagar cualquier cantidad por aquellos lujos exóticos.

—El tráfico hacia la capital es constante, no solo de buques de guerra sino también de pasajeros. Los españoles se han propuesto poblar cada palmo de la isla —explicó Bassop meneando la cabeza.

—Sí —convino Guill—, sería muy complicado pasar desapercibidos, ni aunque lo hiciéramos por la noche.

Eric se apoyó en la mesa, mirando el mapa con atención.

—Propongo desembarcar en Batabanó y atravesar por Bejucal hasta la capital. Son unas cuarenta millas, apenas nos llevará un día, ¿qué opinas, Guill?

Su contramaestre asintió pensativo.

—Y el *Audacious* tendrá buenos escondites entre los cayos.

Eric movió la cabeza para demostrar su acuerdo. Se entendían a la perfección. Lo cierto era que Eric se consideraba muy afortunado, y no solo porque el barco no le había costado ni un dólar, pues se lo había ganado en Puerto Príncipe a un vil canalla, quien tuvo el buen tino de incluir a la tripulación en la apuesta. Entre ellos al contramaestre, el encargado de distribuir el trabajo de los marineros así como de todo lo referente a la carga. Y a lo largo de aquellos años, Guill no solo había demostrado saberlo todo acerca de la navegación, sino también cómo esquivar las trabas fiscales de las rutas comerciales del Caribe, algo que les había deparado un lucrativo negocio. Aquel tímido mulato haitiano de refinados modales franceses no solo había demostrado ser un buen contramaestre, sino también un buen amigo. Al principio no era muy hablador, aunque ninguno de los miembros de la tripulación lo era, pues, como Eric habría de descubrir más tarde, todos huían de algo. O de alguien.

La imagen de dos figuras femeninas sentadas en la tapa del baúl del camarote se coló en su mirada periférica, y al instante frunció el ceño.

—¿Cómo están las cosas en La Habana, Bassop? —preguntó, con las manos todavía sobre el mapa, más que dispuesto a no volver la mirada hacia ellas—. ¿Hay posibilidades de que Lezcano todavía esté en la cárcel de la capital?

El movimiento de María atrajo de nuevo la atención de Eric. Lanzándole otra mirada de soslayo, comprobó que se removía incómoda en el asiento. Sabía que no debía mirarla, porque le distraía. Durante aquellos años no había pasado un día en que su imagen no le asaltara; si no era en un recuerdo durante el día, lo hacía en algún abrasador sueño por la noche. Por ese motivo, cuando apareció en la cubierta de su barco creyó que soñaba. Solo que pronto descubrió que era real, tan real como la conmoción que le asaltó cuando la tuvo otra vez frente a él. Había pensado en cómo reaccionaría cuando la volviera a ver, porque, por alguna razón más allá de su comprensión, sabía que la volvería a ver. Sin embargo, en ninguno de sus pensamientos se quedaba como un pasmarote frente a ella, más petrificado que una estatua de granito. La recordaba como una muchacha bonita, pero se había convertido en una mujer arrebatadora. Su rostro seguía teniendo la misma expresión resuelta de antaño, y su piel, ligeramente bronceada por el sol, hacía que sus ojos color violeta brillaran con un fulgor casi irreal. Estaba más esbelta... Eric se vio obligado a tragar al recordar su figura. El tiempo había torneado su silueta dándole una forma más femenina y seductora.

Afortunadamente, la voz de Bassop le trajo al presente y centró de nuevo su interés en el plan que tenían entre manos.

—Lezcano ha sido un hombre incómodo para los terratenientes españoles desde hace tiempo: prohibió la esclavitud hace muchos años y les ofreció un salario a los negros; mecanizó el campo y envió a los hijos de los esclavos a la escuela para que aprendieran a usar sus máquinas. El ingenio Lezcano es un paraíso mambí en pleno occidente cubano. Desde luego, don Diego ha escogido el peor momento para regresar a Cuba. Es probable que le tengan en la cárcel real —continuó Bassop en tono pensativo, respondiendo a la pregunta de Eric—. No obstante, tratándose de un rico terrateniente, también hay posibilidades de que lo hayan llevado a la capitanía general.

Pensativo, Eric continuó mirando el mapa. Si haberse topado con María le había dejado petrificado, el motivo de su presencia allí le había llevado a reordenar todos sus proyectos. El señor Lezcano, el hombre que le rescatara de las calles de Londres, estaba ahora en un aprieto, y él jamás le volvería la espalda.

—¿La marcha hasta la capital es segura? —Quiso saber—. ¿Podríamos encontrarnos con tropas españolas?

Bassop negó con la cabeza.

—Es poco probable, las tropas se encuentran al sureste, en Camagüey, tratando de frenar el avance mambí hacia Las Villas.

—Tal vez deberíamos tomar precauciones y avanzar por la noche —intervino Guill—. La luz de la luna creciente facilitará nuestra marcha y reduciremos el riesgo de ser avistados.

Todos asintieron y continuaron haciendo planes.

CAPÍTULO 12

María se acomodó en el asiento de popa del bote auxiliar que les conduciría hasta la costa, mientras Guill ayudaba a bajar a Ally. La mirada de Eric, sentado en la proa al lado de Bassop, atrapó la suya. Al momento apartó los ojos, temerosa de que pudiera averiguar sus secretos.

Habían discutido, pero esta vez había sido una gran disputa, una de esas en las que ninguno de los contrincantes está dispuesto a rendirse. María necesitaba acompañarles a La Habana porque el único sentido de aquel viaje era averiguar algo sobre Alejandro Montenegro, y también porque, cuando llegaran allí, tendría que ver cómo explicaba que no existiera ningún preso llamado Lezcano. Pero desde el primer momento quedó claro que Eric no iba a facilitarle las cosas. Para empezar, ni siquiera le había visto en todo el día. Había dado orden de que no salieran del camarote y de que Juanito, un mulatito de unos trece años que realizaba las funciones de grumete, les llevara la comida.

—Estás mucho peor de lo que creía si piensas siquiera por un instante que te permitiría venir con nosotros —había dicho él con gesto impasible.

Había ido a verla tras el almuerzo, después de que ella le hubiera dado una nota a Juanito donde solicitaba una audiencia con el «ocupado» capitán de aquel barco.

—Es mi padre —contestó, tratando de llorar para aportar dramatismo a su alegato—. Soy yo la que debe ir.

—No irás —sentenció Eric.

Se dirigió de nuevo hacia la puerta, como si tuviera mucha prisa por marcharse y ya hubiese dicho todo lo que tenía que decir.

—Tengo miedo —murmuró ella.

La mano de él se detuvo antes de alcanzar el pomo de la puerta.

María se dio cuenta de que había captado su atención y decidió aprovechar la oportunidad.

—Tengo miedo de lo que pueda pasarnos a Ally y a mí si nos dejáis solas en este barco.

—¿De qué demonios estás hablando?

—Esos hombres con los que quieres dejarnos solas nos miran de forma muy grosera.

Eric se volvió hacia ella con el semblante endurecido.

—Esos groseros son mi tripulación, y jamás os tocarían.

—¿Cómo lo sabes? —preguntó, cada vez más exasperada—. No hace tanto que les conoces, ¿cómo puedes confiar tanto en ellos?

—Porque lo sé, y punto.

Se observaron durante unos segundos.

—Es bueno confiar —dijo ella al fin.

Los ojos de Eric recorrieron su rostro.

—Así es —convino—. Y por eso os quedaréis.

María observó su ancha espalda dirigiéndose de nuevo a la puerta.

—Yo no les conozco —se apresuró a contestar—, por lo que no puedo otorgarles mi confianza. Sabes que no me asusto con facilidad, pero desde que salí de casa el mundo parece querer comerme. Y cuando ese barco nos atacó ayer creí que iba a morirme, lejos de casa y sin oportunidad de despedirme de mi familia. —María hizo una pausa y le miró a los ojos buscando alguna señal del apego que un día le había tenido—. Tengo miedo, Eric, todo el tiempo; por mí y por Ally, de la cual me siento responsable. Y ahora tú quieres irte con el señor Bassop, en el cual confío, Dios sabe por qué, y dejarnos solas durante varios días en un barco repleto de hombres a los que no conozco y que me incomodan. Tengo miedo —gimió, limpiándose las enormes lágrimas que se deslizaban ya con total libertad por sus mejillas—, tengo mucho miedo.

«Tenía miedo.» Aquella era la curiosa y humillante verdad. Pero reconocer un sentimiento tan humano en aquel momento, frente a él, le producía además una enorme lástima por sí misma. Porque, a pesar de todo, aún esperaba que la consolara, que la envolviese entre sus brazos para que el miedo se alejara. Como cuando pensaba que la amaba y que su amor la hacía invencible.

María se cubrió el rostro con las manos y los sollozos le agitaron el cuerpo. El llanto desbordó entonces todas las barreras y le salió libre, natural, en respuesta a toda la tristeza de su corazón.

Él se plantó a su lado en tan solo una zancada y la tomó con firmeza por los brazos.

—Estarás pegada a mí durante todo el viaje. No te separarás en ningún momento, bajo ningún concepto —aseveró, con la mandíbula apretada y el gesto endurecido—. Permanecerás callada y en silencio, y no hablarás a menos que se te pregunte, ¿estamos?

María pestañeó varias veces, sorprendida por la intensidad dorada de su mirada. Sorbió por la nariz y asintió muy deprisa.

—Salimos al anochecer —espetó él, justo antes de soltarla y salir apresuradamente del camarote.

María regresó al presente al oír el pequeño grito de Ally al tropezar en la escalerilla por la que descendía al bote. Se puso de pie de inmediato para ayudarla, pero Guill se le adelantó, envolviendo a su amiga en sus enormes brazos. Aferrada al cuello del contramaestre, Ally se veía infinitamente pequeña y frágil entre los formidables bíceps.

—¿Se encuentra bien, *mademoiselle*? —preguntó él mientras la depositaba con cuidado en el asiento de popa junto a María.

Ally asintió, nerviosa.

—Sí. Gracias.

María tomó la fría mano de su amiga y se la frotó para infundirle calor y ánimo, pues de sobra conocía las reticencias de Ally con todo aquel plan alocado.

Habían pasado más de un día en el reducido espacio del camarote después de que Eric sacara algunas de sus pertenencias para cederles su aposento. No habían vuelto a ver a ningún otro miembro de la tripulación

109

salvo a Benito Soto, el anciano cocinero que hacía a la vez de médico cirujano, y a Juanito, que se había convertido para ellas en el miembro más amable y menos amenazador de toda la tripulación del *Audacious*.

Uno de los marineros tomó los remos y el bote comenzó a avanzar sobre las tranquilas aguas de la bahía de Batabanó, ya en el sur de Cuba. María observó las nubes incendiadas por el sol, que se rendía al anochecer y dibujaba una línea de sombras rojizas a lo largo de la costa. Levantó la cara tratando de que la brisa marina le refrescara la piel. A pesar de estar haciéndose de noche, todavía hacía mucho calor. Aquel era un clima tan húmedo que se pasaba el día boqueando como un pez fuera del agua. Decidió prescindir del polisón y las enaguas del único vestido que se había salvado de su equipaje, que se había quedado en el *Virginia*. Era un vestido de viaje compuesto por una blusa blanca de lino con un sencillo encaje sobre el pecho y una falda gris marengo de algodón. Sin embargo, a pesar de renunciar a parte de su ropa interior para combatir el calor y facilitar sus movimientos por la isla, había conservado el corsé, porque sentía que era lo único capaz de mantenerla erguida en aquel momento.

Llegaron a la playa cuando el sol se escondía tras el horizonte. Los hombres bajaron del bote para acercarlo a la orilla. Volviéndose hacia Ally, Guill se ofreció a ayudarla, mientras Eric hizo lo mismo con ella.

—Puedo sola, muchas gracias —respondió, remangándose las faldas y saltando del bote.

Los pies se le hundieron en la arena húmeda y la frenaron de golpe, lo que la hizo caer sobre el amplio pecho del capitán.

Él gruñó por la sorpresa, aunque se repuso enseguida.

—¿Estás bien? —murmuró, envolviéndola con sus brazos.

María cerró los ojos por un instante. Aquel abrazo era como volver a casa. Deseó rodearle con los brazos y enterrar la nariz en el pecho masculino. Pero su caricia respondería a la alegría más pura por haberle encontrado, mientras que él solo le impedía caerse de bruces en la arena. Aquel pensamiento la llevó a enfadarse otra vez consigo misma y con su absoluta torpeza.

Colocó la mano sobre su pecho y le empujó con fuerza.

—Estoy bien —respondió, tal vez con más aspereza de la necesaria.

Antes de soltarla, María se sorprendió al ver cómo su rostro se endurecía y apretaba la mandíbula.

El marinero que les había llevado hasta la orilla regresó al barco, con la misión de volver al mismo lugar en una semana. Y justo cuando el último rayo de sol se ahogaba en el mar, los cinco se adentraron en la selva cubana.

Al principio caminaron en largas tandas de dos horas, para detenerse durante media hora a recuperar fuerzas. El señor Bassop y Guill se turnaban a la cabeza del grupo mientras Eric caminaba al final, de forma que Ally y ella siempre estaban en medio, rodeadas y protegidas. Los hombres se habían colgado sendos fusiles al hombro y varios cinturones de munición cruzados al pecho. Aquello no hizo más que acrecentar la culpa y el miedo de María.

Casi todo el tiempo recorrían estrechos senderos de tierra, ocultándose al mínimo ruido y evitando los pueblos, en los que podía haber soldados españoles. La colaboración del señor Bassop con los rebeldes cubanos les obligaba a ser cautos y evitar cualquier posibilidad de toparse con el ejército. Sin embargo, las actividades de Eric seguían siendo un misterio para María, y, aunque odiara reconocerlo, también un motivo de inquietud. Durante su estancia en el barco había intentado sonsacar a Juanito, pero el pequeño y leal grumete no había soltado prenda sobre los negocios de su capitán.

El cielo estaba claro y permitía que los rayos de luna bañaran las grandes llanuras cubanas. Durante el primer descanso, María observó el paisaje. A diferencia de lo que creía, Cuba no era una gran selva virgen, sino que se parecía más a una plácida sabana en la que de tanto en tanto se alzaba una enorme palma, una caoba o alguna retorcida acacia.

El envolvente silencio solo era quebrado por el crujido de sus pisadas y el chirriar de los insectos. Tras más de cinco horas caminando, a María le dolían los pies por todas partes. Definitivamente, sus botines de viaje no eran el calzado más adecuado para atravesar la tundra caribeña. Ally caminaba delante de ella un tanto tambaleante, al parecer con sus mismos problemas.

—¿Vas bien? —susurró María, poniéndose a su altura.

Ally negó con la cabeza y torció el gesto.

—Las botas me están haciendo mucho daño.

—Ven, apóyate en mí.

Las dos continuaron caminando tomadas del brazo, hasta que el señor Bassop hizo un gesto con la mano y todo el grupo se detuvo.

—No falta mucho para que amanezca —anunció mirando al cielo—, y caminar de día es peligroso. ¿Queda mucho para llegar a ese refugio del que nos hablaste, Guill?

—Está en esa colina de ahí —respondió el mulato haciendo un gesto con la cabeza hacia una de las pocas montañas que habían visto—. Estamos a menos de media hora.

El refugio al que Guill se refería resultó ser el cafetal de uno de sus hermanos. Llegaron a Santa Mónica, que era el nombre de la plantación, con las primeras luces del alba. Aunque nadie les esperaba, en cuanto entraron en la casa principal fueron recibidos y atendidos por una eficaz coreografía de criados, que al poco tiempo habían dispuesto para ellos un suculento desayuno en el comedor. El anfitrión no tardó en aparecer, todavía en ropa de dormir. Se trataba de un mulato muy atractivo cuyo parecido con Guill era innegable. Tras abrazar efusivamente a su hermano y realizar las presentaciones oportunas, Jean-François Temba, que así se llamaba, les dio la bienvenida y les ofreció muy amablemente su casa.

La residencia señorial se encontraba en el centro de otras muchas construcciones que formaban parte de la actividad cafetalera. Las paredes de las abiertas estancias estaban recubiertas por una gruesa capa de cal, y de los techos, cruzados por gruesas vigas de madera, colgaban unas grandes aspas de tela que, accionadas por el personal de servicio mediante un sistema de cuerdas y poleas, ventilaban los cuartos en las épocas más calurosas.

María observó la cama con fino dosel que ocupaba el centro de la pieza que le habían adjudicado y una lágrima de felicidad estuvo a punto de escaparse de sus párpados; era la primera vez que dormía en una cama de verdad desde que había dejado su casa. El resto de mobiliario seguía el estilo francés de toda la casa. Las primeras luces del amanecer comenzaban a colarse entre las rendijas de las persianas que ocupaban una de las paredes al completo. María se aproximó con la intención de cerrarlas para poder dormir. Sin embargo, no pudo resistirse a la tentación de echar un vistazo al paisaje cubano a la luz del alba. Salió al pequeño balcón, agradeciendo la brisa matinal que a aquella hora ascendía por la loma de la montaña, y contempló el paisaje extasiada.

Un suave manto de tonalidades verdes se extendía más allá de la línea del horizonte, rodeando por completo los edificios del cafetal. Una serie de terrazas a diferentes niveles conformaban la plantación de café, cuyas flores blancas se abrían a las caricias de los primeros rayos del día y endulzaban el aire con su aroma. Justo al lado del balcón de su pieza y orientado al sur, crecía un colorido jardín para uso familiar en donde se alzaba una fuente alimentada por los canales que concurrían desde distintos puntos de la finca. Achicando los ojos, María se dirigió hacia aquel lugar cuando avistó la pequeña y familiar figura de Ally sentada al borde del estanque.

—Hola, ¿qué estás haciendo? —saludó, sentándose junto a ella.

Ally la miró con una sonrisa de complacencia.

—Tal vez no puedas oírlos, pero mis pies gritan de placer.

María comprobó que su amiga se había descalzado para introducir los pies en el estanque. Sonriendo por aquella ocurrencia, decidió que ella también necesitaba una recompensa tras el largo camino, así que se quitó las botas e introdujo los lastimados pies en el agua cristalina. En cuanto el refrescante líquido entró en contacto con su piel, María cerró los ojos.

—Dios mío, tienes razón —susurró, exhalando un largo suspiro de placer.

Ally rió y las dos permanecieron en silencio durante más de un minuto.

—¿Qué piensas hacer mañana? Casi no te queda tiempo.

Confundida, María volvió la cabeza hacia ella.

—Cuando lleguemos a La Habana y el capitán descubra el engaño —explicó Ally.

Desde el principio, su amiga se había mostrado contraria a mentir y muy reticente a continuar con el viaje. Y María sabía que llevaba la

113

razón en todo, pero nada en aquel viaje estaba siguiendo un orden lógico. Todo era fruto del caos y la más absoluta improvisación. Sabía que su mentira tenía un recorrido corto y que al día siguiente se descubriría toda la verdad... Aunque llegados a aquel punto, tendría que ver cómo lograr sus objetivos tratando de hacer el menor daño posible.

—No lo sé —fue su sincera respuesta—. Trataré de averiguar si Alejandro Montenegro está en la ciudad y ver cómo puedo hablar con él. No tengo más planes. Tenías razón, Ally —reconoció, tras un largo suspiro que le hundió los hombros—, he sido una exagerada y una necia, me dejé llevar por un infundado arrebato romántico y no pensé en nada más.

Sintió los ojos azules de Ally clavados en ella.

—Algunas veces el destino nos envía señales, María; y quizás el nuestro nos esté diciendo que debemos regresar a casa.

María estuvo a punto de resoplar.

—El destino se ha plantado frente a mí, me señala con el dedo y se ríe a grandes carcajadas —replicó con sarcasmo.

Ally no pudo evitar sonreír al comprender que su amiga se refería al asombroso descubrimiento de toparse con el amor de su juventud en mitad del océano. Se aproximó a ella y le dio unas tranquilizadoras palmaditas en el brazo.

—¿Has pensado en que tus padres podrían estar buscándote?

Una punzada de culpa atravesó el corazón de María al pensar en el sufrimiento que había ocasionado a sus padres. Apartó la mirada al notar el cosquilleo de las lágrimas y continuó contemplando sus pies a través del agua cristalina.

—Les escribí una carta desde Nueva York —dijo, asintiendo ante la mirada sorprendida que Ally le devolvió—. No les mencioné nada acerca de nuestros planes para no preocuparles, pero no pude resistirme a pedirles perdón y explicarles que estábamos bien, y que pronto regresaríamos a casa.

Su amiga asintió, pensativa, y también volvió su mirada al estanque. Observando su bello perfil, María no pudo evitar otro remordimiento de culpa al haber involucrado a alguien tan amable y leal en una aventura tan arriesgada.

—Oh, Ally —se lamentó—, siento mucho todo esto.

Su amiga inspiró con fuerza y volvió la cara hacia ella con un inusual brillo en los ojos.

—No pretendía torturarte, María, porque en realidad pienso que has sido muy valiente. Yo creo que jamás me hubiera atrevido a nada parecido —terminó con gesto afligido.

María negó con la cabeza.

—Una valiente hubiera medido los riesgos antes de actuar de esta forma. Yo no pensé en nada, Ally, me lancé sin más

—¿Acaso no es así como se debe amar?

Contempló su expresión de romántico orgullo y un sentimiento de cariño por aquella muchacha se desbordó en el pecho de María. Con certeza hablaba por experiencia, y su historia con Douglas había sido así: impetuosa y apasionada. Y el hecho de que siguiera pensando así, aun cuando aquel amor había valido su desgracia, hacía que la respetase y la quisiera todavía más. Sin embargo, si tenía que ser sincera consigo misma, su irreflexión no tenía tanto que ver con un amor arrebatado por Alejandro Montenegro, al que apenas conocía, y sí con el temor a no encontrar a alguien que le llegara al alma.

Alguien como Eric Nash.

CAPÍTULO 13

—¿No deberían estar descansando, señoritas?

La profunda voz les hizo dar un brinco en el borde del estanque. Ambas volvieron la cabeza al mismo tiempo, para descubrir al contramaestre contemplándolas con un extraño brillo de diversión en los ojos desde el otro lado del jardín.

María sacó los pies del agua y se volvió hacia el mulato, con el corazón latiéndole a toda velocidad contra el pecho al pensar en cuánto habría escuchado de su conversación. Aguardó a que el hombre dijera algo al respecto, pero, al no producirse ninguna reacción por su parte, la mente de María fue apaciguándose. Al fin y al cabo, no mostró ninguna señal de sorpresa o enfado, emociones esperadas si hubiera descubierto su secreto.

Ally se bajó la falda con tanta prisa que el borde de las enaguas terminó empapado en el estanque.

—Está usted en casa de su hermano, señor Temba. No tiene por qué acercarse como si fuera un ladrón —murmuró su amiga, malhumorada.

María bajó la cabeza y no pudo evitar sonreír. Al parecer, Ally también había decidido sacar su genio, a pesar de hallarse en una situación un tanto cómica, con los pies en el agua frente a alguien tan intimidante como el señor Temba. Confiando en la capacidad de su amiga para defenderse sola, María decidió marcharse a dormir.

—Con su permiso, me retiro. Que descansen —se despidió, tras recoger las botas y las medias del borde del estanque.

Se alejó sin esperar respuesta. Recorrió de puntillas el largo corredor abierto al exterior que conducía hasta su pieza, todavía con una sonrisa de orgullo por la reacción de Ally.

—¿Qué estás haciendo?

La voz grave que sonó a su espalda le hizo soltar un grito. María se volvió y casi se muere del susto al descubrir una figura masculina detrás de ella. Eric la observaba de arriba abajo con el ceño fruncido. Su mirada bajó hasta sus pies descalzos, antes de volver nuevamente a su rostro.

—¿Qué estás haciendo? —repitió con aspereza, aunque sin lograr disimular cierto brillo de diversión en los ojos.

María maldijo para sus adentros. Debía de estar oculto tras una de las columnas del corredor. Había pasado a su lado y ni siquiera se había dado cuenta. Tenía el pelo revuelto, llevaba el chaleco desabotonado y la camisa por encima de la cintura de sus pantalones. Era como si se hubiera acostado sobre la cama con la ropa puesta.

—No podía dormir y he salido a dar un paseo —respondió ella.

Los anaranjados rayos del amanecer surgieron del horizonte por detrás de él, acariciando su cabello. Cientos de reflejos cobrizos centellearon entre las hebras castañas. Un conjunto de luces y sombras se dibujó en su rostro, haciendo que sus ojos brillaran con más intensidad de una forma casi mágica. María debió entrecerrar los ojos. Parecía un maravilloso y dorado dios pagano. A punto de resoplar ante semejante ocurrencia, meneó la cabeza con estoicismo.

—¿Descalza? —preguntó Eric, enarcando una ceja.

Dando un paso atrás, ella trató de ocultar los pies bajo el dobladillo de su falda.

—Sí, me dolían los pies y los metí en el estanque, ¿cuál es el problema? —exclamó airada—. Si no les molestó a los peces, mucho menos debería de importarte a ti.

Eric exhaló un largo suspiro y le devolvió una mirada cargada de impotencia. María bajó la cabeza; sabía exactamente cómo se sentía porque ella sentía lo mismo. Era como si nunca más fueran a tener una conversación normal. Recuperar la vieja amistad que les había unido era imposible, pero... si tal vez pudieran mantener cierta cordialidad por los viejos tiempos. Al fin y al cabo, haberse encontrado al otro lado del mundo tenía que significar algo, aunque solo fuera poder hablar como dos personas normales.

—Tendrías que descansar —dijo él, sin rastro ya de aspereza en su voz—. Todavía nos queda un largo camino.

María debió doblar el cuello del todo para mirarle. Estar descalza le restaba las pulgadas del tacón y dejaba su escasa estatura en una mayor desventaja. Durante un momento se permitió explorar su rostro, aquel rostro tan asombrosamente familiar y sin embargo tan inalcanzable desde siempre. «¿Por qué no me quisiste?», la pregunta se le formó en la mente mucho antes de que pudiera acallarla.

—Tú también deberías descansar —murmuró casi con un gemido, apartando de inmediato los ojos de él.

Acto seguido se volvió y se alejó a toda prisa hacia su cuarto.

Inspirando con fuerza mientras la veía alejarse descalza, Eric estuvo a punto de ceder a la tentación de detenerla. Pero se quedó quieto y callado, porque sabía que no había otra razón para hacerlo que estrecharla con fuerza entre los brazos, enterrar la nariz en su pelo e inspirar aquel aroma a flores que inundaba sus sueños desde hacía años. Y no se detendría ahí, porque luego le tomaría la cara entre las manos y se perdería en aquellos ojos color violeta antes de besarla... Besarla hasta saciar su enorme apetito por ella.

De pie en mitad del pasillo, Eric permaneció varios minutos observando la puerta cerrada de su alcoba, hasta que se rindió a la evidencia de que no debía llamar. No era el mejor momento para hacer preguntas, y mucho menos para ofrecer respuestas. Gruñendo de frustración, se mesó el cabello con la mano derecha antes de regresar a su cama, seguro de que no lograría pegar ojo en las siguientes horas.

❊ ❊ ❊

Mientras tanto, al otro lado del jardín, Ally sentía la penetrante mirada del señor Temba clavada en su nuca. Su espalda se puso tan rígida y recta como cuando su madre la regañaba durante sus lecciones. Deseaba seguir a María y marcharse de allí, pero tenía que sacar las piernas del estanque y no podía hacerlo sin levantarse la falda y dejarlas a la vista de aquel hombre. ¡Maldición! Y él parecía saberlo porque, tranquilamente, se sentó a su lado en el bordillo con los pies hacia fuera, con lo que sus rostros quedaron casi frente a frente. Continuó observándola de una forma casi descortés.

—Señor Temba, un caballero no debe mirar así a una dama —se obligó a decir, volviendo la cara hacia él.

Sus ojos verdosos chispearon con un brillo misterioso.

—Bueno, le agradezco la información —contestó, asintiendo con una creciente y deslumbrante sonrisa—. Pero nadie en el mundo, salvo al parecer usted, me consideraría un caballero.

Perpleja, Ally abrió la boca y estuvo a punto de jadear de puro asombro. Entonces la cerró, justo antes de volver a abrirla.

—Deje de mirarme así —replicó.

Los ojos de Guill recorrieron su rostro con avidez. Exhalando un profundo y audible suspiro, estiró sus larguísimas piernas y entrecruzó las manos sobre los muslos.

—Me produce usted mucha curiosidad, señorita Green.

Ally levantó las cejas en un gesto de sorpresa. Sin embargo, bajó la cabeza y miró hacia su regazo, poco dispuesta a pedir al señor Temba explicaciones que alargaran aquella conversación en la que estaba atrapada.

Él le lanzó una mirada de soslayo y volvió a sonreír.

—Tiene usted el inalcanzable aspecto de una dama de clase alta, de las que nacen en cuna de oro y son criadas para establecer alianzas con hombres de igual o superior posición social —explicó él.

—¿Y eso le resulta curioso? —preguntó ella con ironía.

Guill negó con la cabeza.

—No, lo que en realidad estimula mi curiosidad es el hecho de que esté aquí.

Ally le observó sin comprender.

—Supongo que la une una fuerte amistad a la familia Lezcano —explicó—. Pero ¿cómo es que su padre ha consentido su viaje? No lleva anillo —continuó, buscando con la mirada el dedo anular de su mano izquierda—, por lo que entiendo que no hay ningún marido del que esté huyendo.

Aquellas palabras fueron dos golpes directos al pecho de Ally. Inspirando con fuerza, enderezó la espalda y le fulminó con la mirada.

—Supone usted bien —dijo, tratando de no perder el control con aquel hombre que tal vez no fuera un caballero pero sí parecía bastante intuitivo—. Los Lezcano son personas excepcionales. Cualquiera que les conozca podrá confirmarlo; incluso su capitán —continuó, sin pasarle inadvertido que el señor Temba no se inmutaba al mencionar a su capitán, por lo que intuyó que conocía los detalles de su pasado en Inglaterra—. Y una dama puede ser mucho más que una hija o una esposa, señor Temba.

Se calló, decidida a no hablar de su desgracia con aquel hombre, que no había dejado de incomodarla desde que le había conocido. Volviéndose hacia la dirección contraria a él, sacó los pies de la fuente y se levantó. Al momento, los bajos de su empapada falda dejaron un pequeño charco a su alrededor. El señor Temba continuó mirándola sin inmutarse, mientras ella estiraba el brazo para agarrar sus botas y las medias.

—Si me disculpa, debo retirarme a descansar.

Ally se dio la vuelta para marcharse, pero al pisar el charco que había formado su falda en las losas del jardín se resbaló.

Él se incorporó y la sostuvo al instante, rodeándole la cintura con el brazo e impidiéndole caer. Los pies de Ally se separaron del suelo por un momento hasta que el hombre redujo la fuerza con que la sujetaba.

—Tenga cuidado —murmuró él con la voz algo enronquecida.

Su enorme brazo le rodeaba con firmeza la cintura, obligándola a arquearse contra él para mantener la distancia. Respirando con dificultad, ella trató de empujarlo. Llevaba el chaleco desabrochado y también los primeros botones de la camisa, por lo que debió fijarse

121

en dónde ponía la mano para no tocar su piel. De repente, la perspectiva de aquel contacto le provocó un sorprendente acaloramiento.

—Estoy bien —jadeó—, ya puede soltarme.

Empujó con fuerza los puños contra su robusto pecho tratando en vano de moverlo. Arrugó el entrecejo y su mirada ascendió por su cuello surcado de nervios. Le sorprendió ver que tragaba con dificultad, lo que aumentó su confianza.

—Puedo sola, gracias —dijo alzando el rostro para mirarle de frente.

Los ojos de él brillaron justo antes de inclinarse para tomarla en brazos. La alzó tan de repente que a Ally se le escapó un jadeo de entre los labios.

—Suélteme —murmuró mientras se sujetaba a su robusto hombro.

Guill comenzó a andar hacia la casa. Entonces la miró y le sonrió, una amplia y sincera sonrisa que resplandeció en su rostro de ébano. Aquello pilló a Ally desprevenida por completo, lo que la llevó a contemplarle con más detenimiento: las arruguitas alrededor de sus párpados, su mandíbula cuadrada, los contundentes pómulos y su nariz ligeramente achatada sobre los gruesos labios, propios de sus antepasados africanos. Un tanto desconcertada, se dio cuenta de que jamás había estado tan cerca de un hombre que no fuera su prometido. La imagen de su querido Richard se materializó entonces en su mente: el pelo rubio y los ojos azules, la blancura de su piel salpicada de doradas pecas, que armonizaba con aquella delicada constitución de caballero. Nada que ver con la rudeza exótica del señor Temba.

Cuando las baldosas del jardín dieron paso a la hierba, Guill se detuvo y la bajó muy lentamente sin llegar a soltarla. Los pies de Ally tocaron la frescura de la hierba muy despacio, mientras su cuerpo se estiraba por completo contra él.

—Gracias —jadeó—. Ya puede soltarme, por favor.

Tratando de apartarlo, colocó de nuevo las manos sobre su pecho. Los fuertes latidos del señor Temba la sobresaltaron. Sorprendida, levantó los ojos hacia su rostro y su intensa mirada la hizo pestañear varias veces.

—Señor Temba, por favor...

Al instante quedó libre. Ally dio varios pasos hacia atrás, incapaz de dejar de mirarlo. Los brazos de él cayeron poco a poco, mientras su pecho subía y bajaba, tan agitado como si cargarla le hubiera costado un gran esfuerzo. Ella rompió el contacto visual y se alejó de allí a toda prisa.

—Allison —susurró Guill cuando ella estuvo lejos, cuando ya no pudo oírle.

CAPÍTULO 14

El viento aromatizado de salitre ascendía desde la bahía y mecía los árboles que rodeaban el cementerio nuevo de La Habana. El grupo había caminado a buena marcha durante horas desde el anochecer del día anterior, cuando habían salido del cafetal Santa Mónica. Tardaron más de lo esperado en llegar a la capital debido a las paradas que habían tenido que realizar para descansar, dado que María y su amiga no estaban preparadas para un esfuerzo físico tan grande. Eric les lanzó una rápida mirada: recostadas contra uno de los sarcófagos del panteón que les servía como refugio, las dos mujeres dormían abrazadas.

Hacía un buen rato que había amanecido cuando los cinco entraron en la capital. La ciudad hervía ya de actividad con las primeras luces del alba, y era demasiado peligroso dejarse ver por unas calles repletas de soldados. Bassop, al que le sería más fácil pasar inadvertido solo, tenía que ir a ver a uno de sus contactos para que les consiguiera una casa. Se le ocurrió entonces la idea de que podían esperar a la noche en el cementerio nuevo, al oeste de la ciudad. La guerra había paralizado su construcción y los españoles nunca buscarían a un grupo de mambises en un cementerio. El ejército mambí, en su mayoría formado por esclavos libertos, temerosos discípulos de la magia vudú, jamás se esconderían en el hogar sagrado de los muertos. A Eric le pareció que la idea tenía lógica; eso, unido al hecho de que las mujeres parecían demasiado cansadas como para emprender una posible huida en caso de

125

ser descubiertos, le hicieron tomar la decisión de pasar el día en uno de aquellos panteones edificados en elegante mármol italiano.

—¿Confías en Bassop? —preguntó Guill, que se había acercado hasta el ventanuco desde donde él vigilaba el exterior.

Eric echó un vistazo al preocupado perfil de su amigo. Sabía que no estaba cómodo en el cementerio, porque estaban atrapados en un recinto de difícil escapatoria, pero también por superstición. Su abuela paterna le había inculcado las viejas tradiciones vudú.

Asintiendo, le colocó una tranquilizadora mano en el hombro.

—El padre de Bassop trabajó en el ingenio Lezcano. Él nació libre y eso le permitió estudiar. Estoy seguro de que se siente lo suficiente agradecido como para echarnos una mano.

Guill asintió. Aunque mulato de segunda generación, él conocía a la perfección lo inusual que era que el hijo de un negro fuera a la escuela. En todos aquellos territorios con historia esclavista, las oportunidades se medían en función de la cantidad de sangre negra que circulara por las venas de un ser humano. Así, cuantos más rasgos físicos tuviera una persona de sus antepasados africanos, menos posibilidades tenía también de escalar socialmente.

Guill era hijo de un rico cafetalero haitiano y una dama francesa desposeída de fortuna. Sus hermanos, al igual que su padre, se habían dedicado al cultivo del café y la caña de azúcar, y usaban mano de obra esclava, algo que su amigo rechazaba de plano. Su abuela, *Maman* Brigitte, que había sido esclava, le había inculcado un fuerte apego por sus raíces africanas, y por ello vendió su parte de la herencia en los cafetales a sus hermanos y decidió buscarse la vida en el mar. Eric lo admiraba por eso, y no podía dejar de sentirse hasta cierto punto identificado con él. Claro que a él la sociedad no le había defenestrado por el color de su piel, sino por el lugar de su nacimiento. Era un chico de la calle con nada que ofrecer, forzado a corresponder a la caridad de los demás con gratitud. Aunque eso le impidiera tomar lo que quería, lo que más deseaba.

Los ojos de Eric volvieron a fijarse en María. Apoyada contra la pared del sarcófago de mármol que ocupaba el centro del panteón, pasaba el brazo sobre los hombros de su amiga con gesto protector. Observó su expresión plácida mientras respiraba de forma lenta y constante. Sus largas y espesas pestañas proyectaban pequeñas sombras sobre la fina piel de sus mejillas.

—¿Por qué no te acuestas junto a ella mientras yo hago la primera guardia?

La voz de Guill le expulsó de su contemplación.

—¿Qué? —carraspeó, sacudiendo la cabeza.

Guill le clavó la mirada con tal intensidad que parecía estar leyendo sus pensamientos.

—¿Ella es la muchacha, verdad?

Eric fingió no entenderle. Algunas veces las travesías se hacían largas y tediosas, y Guill no hablaba mucho, pero sabía escuchar, y a Eric le gustaba recordar a su singular familia. Hablar de ellos era una forma de tenerlos cerca. Sin embargo, a pesar de haberle contado su historia solo de manera superficial, su amigo había demostrado ser un tipo endemoniadamente perspicaz; o quizá sí que tenía algún tipo de pacto con sus Loas, los espíritus vudú que regían su mundo, porque algo debió de percibir en su voz al hablarle de María que resultaba diferente a cómo lo hacía de sus otros hermanos. De esta forma, intuyó enseguida que el auténtico motivo de su partida de Inglaterra no era la búsqueda de su propia fortuna, sino más bien la huida de un destino marcado. Al menos, aquellas habían sido las palabras de su amigo, justo antes de que Eric se riera abiertamente de su misticismo, justo antes de cerrar la boca para no descubrir más de lo deseado.

—Ve a descansar junto a ella —repitió Guill con una sonrisa asomando a los ojos—. Yo haré la primera guardia.

—Por supuesto que harás la primera guardia, y la tercera —bufó de malhumor, pasando a su lado para dirigirse al centro del panteón.

Erguido frente a las dos mujeres, Eric las contempló durante unos segundos. Los brazos de María colgaban laxos sobre el cuerpo de su amiga, mientras su pecho subía y bajaba acompasadamente. En aquel momento, Ally abrió los ojos y levantó el rostro. Eric se llevó el dedo índice a los labios para indicarle que guardara silencio, antes de quitarse la levita para taparlas del fresco de la noche y, muy despacio, depositarla sobre ellas. «Gracias», fue la palabra que los labios de Ally dibujaron antes de esbozar una ligera y tierna sonrisa.

—De nada —susurró—. Trate de dormir.

Eric se sentó frente a ellas y, estirando las piernas, apoyó la espalda contra la fría pared de mármol. Se cruzó de brazos mientras los párpados comenzaban a cerrársele. Pero sus ojos se negaron a sucumbir a la oscuridad del sueño sin buscarla de nuevo a ella. «Buen Dios, ¿cómo huir de esta maldición a la que me has condenado?», pensó abatido. Exhalando un largo y hondo suspiro, la observó dormir con una fuerte emoción prendida al pecho.

Bassop regresó una hora después del anochecer. Al parecer, les había conseguido alojamiento en casa de un rico viajante de encajes que simpatizaba con la causa revolucionaria.

—No me ha dado tiempo a indagar demasiado, aunque me extraña que nadie haya oído nada sobre la detención de Lezcano —expuso reflexivo.

—¿Y eso qué significa? —preguntó Eric.

Bassop meneó la cabeza.

—No tiene por qué significar nada —respondió, restándole importancia con un movimiento de la mano—. Lezcano es una figura importante en la isla y pensé que la ciudad herviría con la noticia de su encarcelación, pero también es posible que la noticia se haya llevado con discreción por parte de los españoles para no encender los ánimos de los mambises y no alentar su avance a la capital.

Antes de salir del mausoleo, Ally lanzó una inquieta mirada a María, quien apartó los ojos nerviosa. Ambas habían escuchado la conversación y sabían que pronto se descubriría la verdad. Todos siguieron a Bassop a través de la oscuridad del cementerio, iluminado solamente por la resplandeciente noche de La Habana.

Mientras el grupo avanzaba entre las tumbas vacías, María observó la ciudad en la lejanía. La línea irregular de los tejados, únicamente rasgada por las palmeras, que parecían darles la bienvenida con su suave balanceo. La bahía repleta de barcos y custodiada por la enorme fortaleza, testigo mudo de su pasado pirata. Allí la vida parecía surgir por todas partes, a diferencia de Londres, que siempre le había parecido lúgubre y oscura. María suspiró, ¡qué bella le habría parecido La Habana en cualquier otra circunstancia! Sin embargo, la idea de que su destino se iba a definir allí en las próximas horas la mantenía en un permanente estado de desasosiego.

Poco después, Bassop les instalaba en un palacete neoclásico de tres pisos en la céntrica alameda de Isabel II. El señor de la casa se encontraba de viaje, pero él gozaba de su amable hospitalidad en cualquier momento. Madame Moulian, una anciana francesa de mirada amable a quien Bassop saludó como el ama de llaves, les brindó una afectuosa bienvenida antes de mostrarles sus alcobas e informarles de que la cena se serviría en media hora. Estaban hambrientos, aunque todos agradecieron aquel tiempo para asearse. Tras el largo camino y las últimas horas en la polvorienta cripta, su aspecto debía de ser un espanto.

A María y Ally les asignaron dos piezas con baño completo en el segundo piso, mientras los hombres eran hospedados en la última planta. Al entrar en la elegante estancia de paredes azules y blancas, María salió al balcón con vistas a la alameda. Se apoyó en la baranda de hierro y alzó la barbilla, disfrutando de cómo el aire marino le mecía el pelo. Se sentía tan diferente a la muchacha que correteaba por la campiña de Sweet Brier Path, tan distinta de la persona que había dejado Inglaterra con el corazón encogido ante la perspectiva de un gran viaje, que en algunos momentos incluso había olvidado qué hacía allí. Y su gran descubrimiento en mitad del océano era el detonante de aquella explosión emocional en la que parecía inmersa, que dificultaba enormemente su atención.

Tras darse un baño y ponerse los bonitos vestidos de lino y encaje europeo que una joven doncella les dejó sobre la cama, Ally la ayudó a arreglar su ensortijada melena.

—¿Cuándo piensas hablar con el señor Bassop? —preguntó, observando su rostro en el reflejo del tocador frente al que se encontraba sentada.

—Trataré de buscar un aparte después de cenar.

—¿Le hablarás de Alejandro?

María contempló a Ally con detenimiento. Estaba preocupada porque sabía que en breve todos se iban a enterar del engaño.

—Tendré que hacerlo, Ally —murmuró con impaciencia—, si quiero averiguar dónde está.

Su amiga asintió, aunque visiblemente inquieta, y prosiguió peinándola con delicadeza.

Minutos más tarde, ambas se reunían con el resto del grupo en el comedor del primer piso.

—*Mademoiselles*, acérquense, por favor. —Bassop se volvió en cuanto aparecieron bajo el umbral—. Permítanme decirles lo preciosas que están; cualquiera diría que acaban de atravesar la peliaguda sabana cubana —bromeó, dedicándoles una de aquellas amplias sonrisas—. ¿Desean que les sirva una copa antes de la cena?

María y Ally sonrieron y negaron con la cabeza mientras se acercaban a la pequeña mesa de bebidas alrededor de la cual se concentraban los demás. Los ojos de María recorrieron la estancia hasta hallar lo que buscaban. Alto e imponente, Eric esperaba en el centro del comedor con una copa en la mano. Llevaba un traje claro de lino y la larga melena recogida en una coleta. Sus ojos castaños brillaron como el ámbar bajo la luz de las velas, y por un momento a María le pareció el Eric de antes.

El señor Bassop asumió con mucha naturalidad el papel de anfitrión. Por la confianza con que le trataba el personal de servicio se diría que existía una fuerte amistad entre él y el dueño de la casa. En cuanto ocuparon sus lugares en la mesa, un mayordomo comenzó a servir un apetitoso guiso de maíz. El maravilloso olor de la carne guisada hizo que el estómago de María gruñera de entusiasmo. Las provisiones del barco y del cafetal, a base de embutidos ahumados y tortillas de harina, no habían compuesto un menú excesivamente apetitoso en esos últimos días. La cena transcurrió en un relativo silencio. Los postres dieron paso al brandi y a la posibilidad para los caballeros de retirarse a disfrutar de un aromático habano. Un tanto aletargada por el cansancio y por el suculento banquete, María tardó unos segundos en darse cuenta de que Bassop se despedía.

—Bueno amigos —dijo, tras mirar su reloj de bolsillo—, si me disculpáis, me esperan dentro de veinte minutos.

—¿Qué podemos hacer nosotros? —preguntó Eric, levantándose al mismo tiempo que él.

Bassop pareció pensar la respuesta.

—No os dejéis ver por la ciudad —respondió—. Puede parecer que el mundo está de fiesta, pero en esta tensa calma todo es susceptible de sospecha.

Horrorizada, María lo contempló dirigirse a la puerta.

—¡Espere! —exclamó, levantándose con tanta prisa que estuvo a punto de derribar su silla—. De... debo hablar con usted.

Bassop se detuvo bajo el umbral.

—Tengo que irme o no llegaré a tiempo, señorita Lezcano. ¿No puede esperar?

—No —contestó al llegar a su lado.

Bassop suspiró impaciente.

—Dígame entonces.

—¿Podríamos hablar a solas, por favor? —murmuró mirando hacia el salón, donde Guill y Ally la observaban sorprendidos mientras Eric lo hacía con un profundo surco entre las cejas.

—Señorita Lezcano, si no me marcho ahora no llegaré a tiempo, y mi entrevista se arruinará. ¿Qué es eso tan importante que no puede esperar a mi regreso, niña?

El mayordomo se aproximó en aquel momento con su capa y el sombrero.

—Necesito saber de alguien más, además de mi padre —explicó.

—Bueno, ¿y de quién? —la urgió, tras ponerse la capa y volverse de nuevo hacia ella.

María echó una nerviosa mirada al comedor antes de volverse de nuevo hacia él y hablarle en tono confidencial.

—Alejandro Montenegro.

Bassop se detuvo y la contempló atónito.

—Alejandro Montenegro —repitió.

María asintió.

—¿El abogado?

María volvió a asentir.

—¿Le conoce? —preguntó, sorprendida y esperanzada.

Arrugando el ceño, Bassop permaneció durante unos segundos escudriñando su rostro.

—Señorita Lezcano —dijo con cautela—, la pregunta no es si yo le conozco, sino por qué le conoce usted.

Entonces ocurrió algo que los dejó igual de desconcertados a todos. Bassop entró al comedor y se sentó de nuevo en su silla. Introdujo la mano derecha bajo la solapa de su abrigo y sacó un revólver con el que apuntó a María.

—Siéntense todos —ordenó, paseando los ojos de uno en uno.

Completamente estupefactos, todos se miraron entre sí, tratando de hallar alguna explicación para el agresivo comportamiento de Bassop. La tensión se apoderó de la estancia. Eric y Guill se movieron con lentitud y cautela, como los leones lo hacen en la jaula del domador, dispuestos a atacar a la menor provocación. Todos volvieron a sus asientos.

Con la respiración agitada, Ally negó con la cabeza mientras observaba a María, quien se había sentado como una autómata mientras les contemplaba uno por uno, sin saber qué decir. Estaba aturdida, aunque no sentía miedo; estaba convencida de que todo aquello se debía a algún malentendido que trataría de explicar.

Bassop bajó el arma y la dejó sobre la mesa.

—Señores, esto no va con ustedes —dijo observando a Eric y a Guill—. Nuestro encuentro fue algo fortuito. Además, sé por experiencia que son dignos de mi confianza. Pero ustedes, señoritas —continuó, paseando su mirada entre las dos—, me pregunto si encontrármelas en el pasillo del *Virginia* fue producto de una casualidad o si, por el contrario, lo habían premeditado por alguna razón.

—Bassop —gruñó Eric—, ¿de qué demonios estás hablando?

El hombre levantó la mano para silenciarlo y acto seguido señaló a María.

—¿De qué conoce a Alejandro Montenegro?

—¿Montenegro? —repitió Eric—. ¿El hijo de Manuel Montenegro, el encargado del ingenio?

Tímidamente, María bajó la mirada y asintió.

Bassop la contempló durante varios segundos. La curiosidad había substituido a la irritación de su rostro.

—¿Qué es lo que quiere saber sobre Alejandro Montenegro? —preguntó, reclinándose tranquilamente en su silla.

Los ojos de María recorrieron el comedor. Se fijó por un momento en el rostro turbado de Ally y apenas reparó en Guill, porque su atención voló de nuevo a Eric, cuya afilada mirada continuaba clavada en ella.

—Quisiera... —titubeó—. Me gustaría saber cómo se encuentra.

—¿Por qué? —preguntó Bassop, centrando en ella toda su atención.

—Porque es importante para mi familia saber cómo se encuentra —dijo, tratando de no mirar la pistola y ganar algo de tiempo en aquella situación de máxima tensión.

Sus palabras tardaron unos segundos en ser comprendidas por su interlocutor. Entonces, sus blanquísimos dientes surgieron en una perpleja sonrisa.

—¿Eso es todo? —concluyó con cierta ironía.

María asintió deprisa. Sabía que debía contarles toda la verdad, pero la situación se le había ido tanto de las manos que no sabía cómo empezar.

—Alejandro Montenegro es mi contacto, quien va a pasarnos información fiable sobre su padre —declaró Bassop—. Él defiende a casi todos los presos políticos de la capital, o por lo menos a aquellos a quienes se les concede el paripé de un juicio. Debe disculpar mi desconfianza —continuó, mientras guardaba de nuevo el revólver bajo su abrigo—, pero, como comprenderá, corren tiempos peligrosos y toda precaución es poca. Me pareció sospechoso que supiera el nombre de mi informante, eso es todo. Había olvidado que el padre de Montenegro trabajaba para el suyo. Sin embargo, tengo entendido que el joven Montenegro nunca estuvo muy relacionado con el ingenio.

El silencio se extendió por la estancia, hasta que María advirtió que todos esperaban que hablara.

—Él y su padre estuvieron en Londres durante las pasadas navidades. Le conocimos entonces y toda la familia le ha tomado mucho afecto.

Bassop la observó en silencio durante algunos segundos, parecía estar meditando si creerla o no.

—¿Cuánto tiempo lleva tu padre en Cuba, María?

La profunda y perspicaz voz de Eric le hizo dar un respingo en la silla. María volvió a notar todas las miradas clavadas en ella; la de él podría seccionar por la mitad el canto de una hoja de papel. Estaba atrapada entre la espada y la pared. Su mentira ya no tenía mucho más recorrido que aquel. Notando cómo el rubor se le extendía por las mejillas, bajó la cabeza.

—Mi padre no está aquí —susurró.

Eric se puso en pie de inmediato.

—¿Aquí dónde, María? —preguntó, comenzando a pasear de un lado a otro—. ¿Aquí en La Habana? ¿Aquí en Cuba? ¿Aquí dónde, María? —repitió, apoyando ambas manos sobre la mesa del comedor para inclinarse hacia ella.

—Aquí, en Cuba —farfulló antes de lanzarle una rápida mirada—. Porque está en Inglaterra.

El silencio volvió a extenderse por la sala. Tras unos segundos respirando agitada, María se atrevió a levantar los ojos del mantel. Todos la estaban observando: Ally le dedicó una media sonrisa de ánimo; Guill se había cruzado de brazos y la contemplaba con una expresión divertida. Y a Eric ni siquiera fue capaz de echarle un rápido vistazo, porque percibía el frío glacial de sus ojos clavados en ella.

—No sé si preguntar —intervino Bassop con un dejo de diversión—. Aunque, después de todo, siento curiosidad. Dígame una cosa, señorita Lezcano —continuó—, si no ha venido en busca de su padre, ¿a qué ha venido a Cuba?

Inspirando muy profundamente, María deseó que llenar el corazón de arrojo fuera tan fácil como inundar los pulmones de aire.

—Por mi prometido. —El aire resbaló entre sus labios, revelando la temida verdad.

—¡¿Tu qué?!

La mano de Eric se estrelló contra la mesa con tanta fuerza que las copas tintinearon, oscilando de forma peligrosa.

María dio otro respingo en la silla pero se negó a mirarle. Estaba decidida a no hacerle caso durante el mayor tiempo que le fuera posible.

—¿Quiere eso decir que el licenciado Montenegro es su prometido? —preguntó Bassop, con una ancha y genuina sonrisa..

María asintió con una mueca con la que pretendía corresponder a su sonrisa.

—Bueno, más o menos —rectificó, arrugando el ceño—. El señor Montenegro pidió mi mano durante su estancia en Inglaterra, pero debió partir de inmediato cuando llegaron noticias de las revueltas y no tuve tiempo de darle una respuesta —sonrió, contagiada por la mueca de efusiva alegría que se había ido dibujando en el rostro de Bassop.

El hombre se puso de pie de inmediato.

—Pero eso es inadmisible —replicó—. Debo insistir en que se me permita remediar de inmediato esta situación.

—Siéntate, Bassop.

La voz calmada de Eric no hacía presagiar nada bueno. María se atrevió por primera vez a levantar la cabeza para mirarle. Todavía de pie al otro lado de la mesa, sus ojos relampagueaban de furia.

—Siéntate —repitió, lanzando una mirada de advertencia a Bassop que no admitía réplica.

El americano volvió a acomodarse en su silla.

—No debería dar órdenes a un hombre armado, capitán —ironizó.

Pero Eric no hizo el menor caso, ya que sus ojos no se apartaban de María.

—¿Está preso tu padre, María? —preguntó con los dientes apretados.

María parpadeó varias veces antes de negar con la cabeza. El pecho de él se elevó con una larga y entrecortada inspiración.

—Dejadnos solos —ordenó—, por favor.

A María se le quebró la respiración. Odiaba aquella situación, ¿quién se creía que era para dar órdenes a todos? No estaban en su barco. Aunque nadie parecía muy dispuesto a llevarle la contraria. Bassop alzó las manos en señal de rendición y se levantó de la silla. Se excusó, saliendo del comedor con paso tranquilo. Guill también se puso de pie y, con mucha serenidad, apartó la silla de Ally, quien se irguió de forma mecánica, retorciéndose con fuerza las manos.

—Tal vez este no sea el mejor momento para hablar de lo que ha pasado —murmuró su amiga vacilante.

María la observó con profundo agradecimiento.

—No te preocupes. —Sus labios articularon aquellas palabras sin emitir ningún sonido. Solo pretendía tranquilizarla sin agravar el enfado de Eric, que seguía sin quitarle ojo desde el otro lado de la mesa.

Visiblemente recelosa, Ally abandonó el comedor por delante de Guill, que aguardó a que ella pasara primero.

Un amenazador e inquietante silencio sobrevoló la estancia. María lanzó una mirada hacia el otro lado de la mesa. Harta de la cobardía que le infundía aquella situación, y decidida a enfrentarla, se puso de pie y le miró directamente. Alzó el mentón con seguridad para hacerle entender que no le tenía miedo, aunque sin la altivez de desafiarlo, pues algo le decía que aquel hombre de aspecto salvaje no era el mismo que protegía sus torpes pasos infantiles, ni siquiera era el mismo que unos años antes la había dejado en Inglaterra.

—¿Te das cuenta de lo que has hecho? —masculló.

María suspiró con impaciencia.

—Sí, te mentí, y te pido perdón. Pero no me dejaste otra opción.

Sus ojos centellearon con un inquietante brillo ambarino.

—¡¿Que no te dejé opción?! —gruñó con los dientes apretados.

Él dio un paso hacia el lado izquierdo de la mesa y María hizo lo mismo en la dirección contraria. No le tenía miedo, aunque consideraba necesario mantener la mesa entre sus cuerpos. Su movimiento provocó en Eric una mueca de sorpresa. Se detuvo al momento y los músculos de su rostro se relajaron.

—No solo me mentiste y aprovechaste mi afecto por tu padre —prosiguió furioso—, sino que nos pusiste en peligro a todos. ¿Sabes dónde estás? ¡¿Te das cuenta de que esto no es una de tus fantasías sino una guerra, loca del demonio?!

136

A María no la molestó tanto el exabrupto como el hecho de que llevara razón. Se había arrepentido de la mentira desde el primer momento. Sin embargo, él jamás le hubiera permitido llegar hasta allí, alcanzar aquel objetivo decisivo para ella.

—Puede que sea una locura —respondió—, pero jamás quise involucrar a nadie.

Él achicó los ojos.

—¿Ah, no?

—No —replicó con firmeza—. Sabes muy bien que habernos encontrado fue algo fortuito. Pero tú, en aras de no sé qué responsabilidad, querías mandarme a Inglaterra como si fuera un molesto paquete.

—¿Responsabilidad? —repitió él, inspirando con fuerza—. No, niñita, impedirte venir era una cuestión de sentido común.

A María no la molestaban sus gritos, sino que siguiera tratándola como una niña.

—Ya estamos aquí, ¿no? —dijo, fingiéndose resuelta—. Eso demuestra que no era tan peligroso, ni tan difícil —añadió, y retrocedió de nuevo cuando sus ojos volvieron a centellear peligrosamente.

—Debería darte unos azotes.

María parpadeó varias veces, estupefacta. Sabía que Eric jamás le haría daño, que aquello no era más que bravuconería masculina, pero toda su piel hormigueó anticipando su contacto. Más molesta por su propia reacción que por sus palabras, inspiró con fuerza y alzó el mentón.

—No te atreverás.

CAPÍTULO 15

Eric achicó los ojos y con un rápido movimiento estuvo a su lado. Una silla se interpuso en su huida, lo que le permitió atraparla en menos de un segundo.

—Este es un gran momento para mostrarte muy arrepentida y muy humilde, señorita —advirtió él, sujetándola con firmeza por los brazos.

Los párpados de María se abrieron por la sorpresa, pero el efecto duró apenas unos segundos, justo lo que tardó en comenzar a luchar.

—Ya te he pedido perdón —gruñó por el esfuerzo—, ¿qué más quieres que haga?

Algo casi perverso saltó en el pecho de Eric al descubrir que deseaba castigarla, sentarla sobre su regazo y calentarle bien el trasero; y no por ser una arpía mentirosa, sino por ser una arpía mentirosa comprometida. ¿Cuándo demonios había pasado aquello, si tan solo llevaba cuatro años fuera de casa? Desde luego que no se había tomado mucho tiempo en reemplazarle y salir corriendo a arrojarse en los brazos del tal Montenegro. Los pensamientos de Eric continuaron ensombreciéndose mientras trataba de contenerla. Unió las manos por detrás de su cintura, con lo que ella quedó apresada entre sus brazos. La fragancia floral de María subió hasta sus fosas nasales y a punto estuvo de cerrar los ojos, saboreando la marea de recuerdos que su aroma le provocó.

—Estate quieta —ordenó, apretándola más.

Tras comprender que poco podía hacer contra su fuerza, María se quedó inmóvil.

—¡Suéltame! —balbuceó, justo antes de levantar la cara y fulminarlo con la mirada.

Eric estudió su rostro: los chispeantes ojos color violeta, la pequeña nariz cuyas aletas se abrían por las agitadas respiraciones, y su boca, fruncida por el disgusto. Su atención se concentró en aquellos generosos labios que él había besado y, de repente, una lluvia de recuerdos le caló hasta el alma: su sabor, su suavidad, y lo bien que encajaban en los suyos.

Eric apretó el abrazo casi de forma inconsciente, disfrutando lo indecible de cómo sus curvas femeninas se ajustaban contra él.

—¿Desde cuándo le quieres?

María parpadeó perpleja antes de colocar una mano en su pecho y volver a empujar con fuerza.

—¿De qué demonios estás hablando? —preguntó, inclinando otra vez la cabeza hacia atrás para verle la cara.

—A ese a quien has venido a buscar, debes de quererle mucho —replicó con sorna—. ¿Desde cuándo?

Sus ojos se oscurecieron antes de que ella se diera cuenta de que estaba completamente aprisionada entre sus brazos. Olía a mar y su cuerpo irradiaba el calor del sol; atravesando las capas de su ropa y envolviéndola por completo. La respiración de María se agitó y notó que su cabeza comenzaba a dar vueltas. Se sintió mareada y enferma, lo que la llevó a forcejear de nuevo con renovada energía. Empujó las manos con fuerza contra el regio pecho masculino y se sorprendió al notar que su corazón latía con la misma fuerza que el de ella.

—Nos conocimos en una fiesta la pasada Navidad.

—La pasada Navidad, ¡vaya! —exclamó él con un teatral levantamiento de cejas—. ¿Amor a primera vista?

María fue muy consciente del sarcasmo de su pregunta. Sin embargo, el excitante roce de sus piernas contra su falda durante el forcejeo y la presión de sus brazos alrededor de la cintura le impidieron responderle como se merecía.

—Desde luego que lo fue —espetó, alzando el mentón con orgullo.

El gesto tomó a Eric desprevenido. Su boca quedó a un palmo de la suya y sus ojos centellearon de irritación; más violetas, más hechizantes que nunca. Entonces, un pensamiento le flageló la conciencia: María pertenecería a otro, y él no podía hacer nada al respecto.

El calor de Eric la envolvía por todas partes. La mirada de él bajó hasta su boca y a punto estuvo de jadear. Luchando contra la neblina que comenzaba a afectarle a la mente, María trató de aferrarse a su sentido común. Estaba enfadado y aquello no era más que una demostración de dominación masculina; el jefe de la manada había intuido a un competidor, y trataba de ejercer su supremacía. Se giró entre sus brazos y le propinó un fuerte pisotón. Su tacón se enterró en el empeine de la bota, obligándolo a doblarse hacia delante.

María aprovechó el movimiento para escabullirse hasta el otro lado de la mesa. Él hincó una rodilla en el suelo mientras se quejaba y se frotaba la bota.

—Me has pisado —gruñó.

Ella se inclinó para echarle una ojeada por encima de la mesa.

—Me has asustado.

—¡Ven aquí!

Los ojos de ella se abrieron alarmados, antes de esquivarle y escabullirse a su cuarto.

Con la rodilla todavía en el suelo, Eric la observó alejarse corriendo. Estrangularla era lo menos malo que se le ocurría hacerle. Le había mentido; y no solo eso, les había puesto en peligro a todos por una de sus chiquilladas. No había cambiado en absoluto durante aquellos años. Puede que su aspecto se pareciera más al de una mujer, pero su comportamiento seguía siendo el de una niña imprudente que perseguía quimeras. Porque aquella tontería de un prometido no era más que eso: una condenada e inoportuna fantasía.

Una extraña sensación de impaciencia lo instó a tomar impulso y ponerse de pie. En aquel momento, la formidable idea de un brandi le condujo inmediatamente al mueble de los licores.

❋ ❋ ❋

Ally salió con reticencia del comedor, empujada sin ningún disimulo por el señor Temba. Su enorme mano en la curvatura de su espalda no admitía objeción. No obstante, una vez que atravesaron el pasillo y llegaron al vestíbulo, Ally se percató de que su mano todavía seguía allí; sin ejercer ya la presión necesaria para empujarla, pero sí la justa como para notar sus largos dedos abarcando casi la totalidad de su cintura. Trató de apurar el paso para romper aquel contacto, que creyó involuntario por su parte, pero él no hizo amago alguno de apartarse.

El corazón de Ally dio un brinco al hallarse frente al primer escalón de la escalinata que subía al primer piso, con la mano de él todavía en su espalda. Lo notaba tan próximo que podía oír cada una de sus respiraciones. Una especie de corriente eléctrica ascendió por su columna vertebral hasta terminar hecha un ovillo en su estómago. Jamás se había visto en una situación parecida, pues de donde provenía ningún caballero tocaba a una dama que no fuera de la familia. Claro que aquel hombre no era un caballero, y ni siquiera se molestaba en disimularlo. No le habían pasado desapercibidas sus intensas miradas, aun cuando ella volvía la cabeza hacia él. La observaba con tal descaro que la incomodaba, hasta el punto de que cada uno de sus movimientos le hacía permanecer alerta.

—¿Puede soltarme, por favor? —dijo, levantado los brazos y volviéndose levemente hacia él para fulminarle con la mirada, por si no era consciente de que aquel contacto le disgustaba.

El señor Temba aprovechó el movimiento y giró la muñeca, de tal forma que su cintura quedó prácticamente rodeada por su enorme brazo. Una oleada de calor pareció invadirla de los pies a la cabeza. Colocó los puños sobre su regio pecho y empujó con fuerza.

—¡Suélteme! —murmuró, con los dientes apretados y su rostro ardiendo de rabia.

Dobló del todo el cuello para poder observarle el rostro, y lo que vio le produjo una insólita sensación de vértigo. Su boca carnosa dibujaba una apretada línea de contención mientras las amplias ventanas de su nariz se abrían en profundas respiraciones. Sus ojos esmeraldas brillaron bajo la luz de las lámparas de una manera asombrosa; como si mirara sin ver, como si se hallara sumido en un trance.

Entonces levantó el otro brazo y la estrechó con fuerza.

—Oh, Ally —susurró con la voz enronquecida y la nariz enterrada en su pelo—, me muero por acercarme a usted.

Paralizada, Ally fue incapaz de moverse. Aquellas palabras le cortaron la respiración. No sabía lo que le ocurría, pero estaba muerta de miedo; y no es que pensara que él podía hacerle daño, ya que algún tipo de voz interior le decía que eso era imposible. Se quedó muy quieta, y fue percibiendo cómo su cuerpo respondía al enérgico abrazo. Él se inclinaba casi por completo por la enorme diferencia de altura, mientras la aprisionaba entre los brazos. Al no hallar más resistencia, dio un paso adelante y sus largas piernas terminaron enredadas entre los volantes de su falda. Ally abrió la boca en busca de una bocanada de aire, pero el gesto fue inútil. Se sentía arder. Notó que su cabeza daba vueltas y temió caerse al suelo. Apoyó entonces las manos en los fornidos hombros de él, y sus pechos quedaron aplastados contra el formidable torso masculino. Ningún hombre la había abrazado así, salvo su amado Richard. Y ni siquiera él la había abrazado hasta robarle el aliento, pues sus encuentros siempre habían sido comedidos y tiernos.

El recuerdo de su prometido avivó su necesidad de alejarse. Volvió a colocar las manos en su pecho para empujar con todas sus fuerzas. A través de la seda de su chaleco pudo sentir los violentos latidos de su corazón.

—¡Déjeme! —exclamó con voz aguda—. Se lo ruego.

Él aflojó el abrazo enseguida, permitiéndole escapar.

Sorprendida, Ally trastabilló varios pasos hacia atrás hasta recuperar el equilibrio. Con la respiración agitada observó cómo él dejaba caer los brazos con un gesto de sufrimiento dibujado en el rostro.

—¡No vuelva a tocarme jamás! —murmuró con los dientes apretados—. Ni vuelva a mirarme como lo hace —añadió, justo antes de recogerse la falda y subir corriendo las escaleras.

Con la sangre hirviendo aún en las venas, Guill la observó alejarse. Se agarró al robusto pasamano de roble, y vació los pulmones con un ronco suspiro. Aquella mujer lo enardecía de mil maneras. Lo iba a volver loco, y se preguntó si aquello no terminaría matándolo. Sin embargo, sus Loas se la habían mostrado mucho antes de que ella llegara hasta él, y sus espíritus jamás lo habían perjudicado; y mucho menos ahora que su abuela se encontraba en su mundo. Pero tampoco entendía por qué se empeñaban en introducirla en sus sueños cada noche para dejarle amarla, si ella no le deseaba. Él le pertenecía, pero ella también debía querer pertenecerle para que sus almas se fundieran en una. No obstante, tras contemplar su cara enrojecida de cólera, era muy poco probable que aquello fuera a ocurrir.

Guill estuvo a punto de resoplar. ¿Por qué sus Loas estarían torturándolo con aquel sufrimiento? Y no solo por la fuerte opresión que sentía en el pecho cada vez que la tenía cerca, sino por permitirle alcanzarla en sueños para luego hacerle despertar solo y enfebrecido de deseo.

✿ ✿ ✿

—Quiero irme a casa.

María miró a Ally con cierta sorpresa pues, aunque se mostrara reticente ante algunas decisiones que había tomado, jamás se había quejado. Sentada en su cama, con los hombros caídos y las manos juntas sobre el regazo, su amiga miraba a un punto fijo del suelo.

—Ally, ¿te encuentras bien? —preguntó, al percibir cierta palidez en su rostro.

Después de la horrible discusión con Eric, María se había refugiado en su cuarto. Tras entrar y echar el pestillo a la puerta, por si a él se le ocurría seguirla hasta allí, se había topado con Ally en aquella misma posición. Por algún motivo, parecía más alterada que cuando se había marchado del comedor.

—Solo quiero volver a casa —repitió, pero esta vez alzando los suplicantes ojos azules hacia ella.

Aquellas palabras instaron a María a acudir a su lado. Atravesó la estancia y se arrodilló frente a ella.

—¿Qué te ocurre? —dijo, tomándole las manos.

Las lágrimas acudieron a los ojos de Ally, y entonces sí supo que algo iba mal.

—Por favor, por favor María —susurró, sorbiendo por la nariz—, prométeme que, en cuanto hables con Montenegro, regresaremos en el primer barco que salga para Inglaterra.

María le frotó las manos en un intento por calmarla.

—Te lo prometo. Pero dime qué te ocurre.

Ally apartó las manos y se puso de pie, mientras comenzaba a caminar de un lado a otro del cuarto.

—No soporto al señor Temba —soltó sin más, antes de detenerse y lanzarle una mirada desconsolada—. No quiero que me hable, ni que me mire; ni siquiera quiero tenerle cerca.

María se sentó en el suelo, apoyando la espalda contra la cama.

—¿Es que te ha hecho algo malo? —preguntó, sorprendida por la diatriba de su amiga contra el contramaestre.

Negando con la cabeza, Ally comenzó a pasear de nuevo mientras se mordía el labio y se frotaba las manos con nerviosismo.

—No soporto cómo me habla, ni cómo me mira —se detuvo y se volvió hacia ella—. Creo que le odio.

A punto de resoplar, María subió una rodilla para apoyar el brazo, pensando en cómo se complicaba aquel viaje cada día. Si ella y Eric apenas podían estar juntos en la misma estancia, ahora Ally se volvía contra el señor Temba. «Bueno, si para regresar a Inglaterra debemos tomar un transatlántico en Nueva York, y para llegar allí necesitamos un barco, difícilmente podrá ser uno donde el capitán y el contramaestre no puedan ni vernos», meditó con cierta ironía.

María continuó mirando a su amiga mientras esta reanudaba su inquieto paseo. Sin embargo, se dio cuenta de algo muy sorprendente: Ally jamás había afirmado odiar a nadie. Era buena y leal, y nunca hablaba así

145

de nadie. Ni siquiera cuando su familia la repudió y la echó a la calle había dicho nada malo de ellos, llegando incluso a mostrarse comprensiva con aquella conducta.

Unos golpecitos en la puerta arrancaron a María de sus cavilaciones. Sus ojos buscaron los de Ally, quien se había detenido y le devolvía la misma mirada de sorpresa.

—¿Quién es? —exclamó María cautelosa, temerosa de que Eric la buscara para un segundo asalto en su disputa.

Entonces, la vocecilla de una criada llegó desde el otro lado de la puerta.

—Señorita Lezcano, el señor Bassop y un caballero la esperan en el salón del primer piso.

María jadeó por la sorpresa y se puso de pie de un salto. Sonriendo, tomó las manos de Ally que se había acercado hasta ella.

—¿Crees que será él? —preguntó su amiga con expectación.

María inspiró con fuerza y le sonrió.

—No lo sé.

Y en verdad no lo sabía, pero deseaba que así fuera. Deseaba volver a ver a Alejandro Montenegro. María ansiaba aclarar el asunto del compromiso pero, sobre todo, necesitaba recordar cómo era. Llevaba demasiado tiempo sin poder recrear los rasgos de su rostro y el color exacto de sus ojos. Además, y para mayor frustración, en sus sueños había sido reemplazado por otro: alguien más alto, con una larga cabellera dorada, y los ojos castaños más malhumorados y brillantes que había visto nunca.

Descartó enseguida aquellos pensamientos mientras se dirigía a la puerta. Bajó la gran escalinata con su corazón galopando contra el pecho. Ally la acompañaba para conocer al hombre por el que había atravesado el océano, mientras le daba tranquilizadoras palmaditas en el dorso de la mano.

—Bueno: entro, saludo, y me marcho —indicó, cuando llegaron al gran arco de mármol que conducía al salón.

Con una tensa sonrisa, María observó a su amiga con infinito agradecimiento por entender que las convenciones sociales acerca de la necesidad de una carabina estaban de más en aquella situación. No habían recorrido aquel largo camino para andarse ahora con remilgos. Estirándose una inexistente arruga de su talle, María inspiró con fuerza y atravesó el umbral del salón.

Bassop se encontraba de pie en mitad de la estancia con una copa de jerez en la mano. Le acompañaba otro caballero vestido con un traje de lino claro, como era la costumbre en la isla. Los ojos de María recorrieron con avidez su ancha espalda y la bronceada piel del cuello donde varios de sus rizos oscuros se encrespaban.

Al verlas entrar, Bassop calló y dejó su copa sobre la mesa para ir a recibirlas. Entonces, su acompañante se dio la vuelta y María pudo verle la cara al fin, permitiendo a cada recuerdo retomar su lugar. El semblante anguloso y amable en el que destacaban los altos y marcados pómulos; las espesas y oscuras pestañas que se abrieron y cerraron varias veces cuando sus ojos se posaron en ella. Alejandro Montenegro se hallaba en mitad de la sala, mucho más apuesto de lo que era capaz de recordar.

—María... —susurró sorprendido.

Alejandro dejó su copa en la mesita que tenía más cerca y fue a su encuentro. Ella lo contempló con avidez. Era exactamente como lo recordaba; no, en realidad era mucho más guapo de lo que recordaba. Su corazón comenzó a brincar con ímpetu mientras lo veía acercarse. Los ojos de él brillaron, anticipando una sincera sonrisa que terminó descubriendo una hilera de blanquísimos dientes.

—María —repitió, mientras le tomaba las manos entre las suyas—, ¿qué estás haciendo aquí?

Ella miró hacia arriba, sintiéndose de repente abrumada por su proximidad.

—Necesitaba volver a verte —titubeó, pues no estaba muy segura de si debían tutearse.

Alejandro bajó la cabeza para besar su mano.

Ally carraspeó, y María se apartó ligeramente de él.

—Quisiera presentarte a mi acompañante en este viaje: mi mejor amiga, Allison Green.

Alejandro se volvió hacia ella con una sonrisa.

—Señorita Green, es un placer conocerla —dijo, inclinándose para besar galantemente el dorso de su mano.

—Lo mismo digo, señor Montenegro.

María notó cómo los ojos de Ally buscaban los suyos para lanzarle una apreciativa mirada.

—Señorita Green, permítame ofrecerle una taza de cacao —dijo Bassop, que se había aproximado a ellos.

Sonriendo, Ally asintió con timidez, perfectamente consciente de que aquella solo era una excusa para dejar a los novios un tiempo a solas. Tomó el brazo que le ofrecía Bassop y ambos salieron juntos de la estancia.

CAPÍTULO 16

—¿Por qué has venido? —susurró Alejandro, estrechándole de nuevo las manos contra su pecho—. No debiste exponerte a tantos peligros.

María estuvo a punto de resoplar al pensar en cuán desesperantes podían ser los hombres. Todavía no habían entablado una conversación, y ya estaba diciéndole lo que tenía que hacer.

—Necesitaba hablar contigo.

Alejandro inspiró con fuerza y la miró intensamente.

—¿Y has venido hasta aquí solo para eso? —preguntó, entre extrañado y emocionado.

Los dedos de él seguían enredados en los suyos y había comenzado a acariciarle los nudillos con los pulgares. Olía a lino almidonado, tabaco y brandi, y su cálido aliento le hacía cosquillas en las mejillas. Tenían mucho de lo que hablar y, aunque María sabía que debía mantener una distancia que le permitiera pensar, deseaba tanto sentirse necesitada que lo dejó hacer.

—Bueno, en realidad mis planes terminaban al llegar a Cuba —reconoció tras aclararse la garganta.

Alejandro volvió a reír. A María le gustaba su sonrisa; suave y ronca. Sin embargo, algo la interrumpió de repente. Una sombra de sorpresa se dibujó en sus ojos cuando estos se fijaron en un punto detrás de ella. María se volvió y lo que vio la dejó paralizada: de pie bajo el arco de entrada, con un semblante horrible, se encontraba Eric.

María soltó las manos de Alejandro como si tuvieran fuego y la quemaran. Eric se aproximó a ellos con una lentitud exasperante, y con la misma expresión que un gato mira a dos ratones.

—Alejandro Montenegro, supongo —dijo, lanzándole una significativa mirada de soslayo al pasar frente a ella.

Alejandro asintió y extendió su mano hacia el recién llegado.

—¿Y usted es? —preguntó, mientras le estrechaba la mano.

—Soy el hermano y también el responsable de la señorita con la que se manoseaba.

María estuvo a punto de jadear de puro bochorno.

—Eso no es cierto —gruñó, fulminándolo con la mirada.

—Sí lo es —replicó sin mirarla, mientras se colocaba frente a Alejandro para obligarlo a mirar hacia arriba, dejando patente la diferencia de altura entre ambos—. Y aunque la dama en cuestión tenga cierta tendencia a la conducta descocada —continuó, pasando por alto su resoplido de indignación—, cualquier caballero que se precie de ser llamado así, debería contener dicha conducta y no fomentarla.

Alejandro titubeó, desviando la mirada de uno a otro.

María agarró la manga de Eric.

—Te ruego que me disculpes un momento —trató de sonreír a Alejandro mientras tiraba sin disimulo de Eric, que se dejó arrastrar hasta el otro lado del salón sin apartar los ojos del muchacho—. ¿Qué diablos estás haciendo? —siseó.

—Salvaguardar tu honor, querida niña —respondió, observándola con aire de suficiencia.

María inspiró con mucha fuerza; estaba tan enfadada que podría estrangularlo allí mismo. Los labios de él se curvaron hacia arriba en lo que parecía el comienzo de una sonrisa, lo que la enfureció todavía más.

—No tienes ningún derecho, ¿me oyes? —masculló, mientras le clavaba las uñas en el antebrazo.

Haciendo un gesto de dolor, Eric se frotó exageradamente el brazo.

—Soy tu hermano —respondió, elevando la voz para que Alejandro le oyese.

—No, no lo eres. Ningún hermano se marcharía al otro lado del mundo tras dejar una mísera nota en la que ni siquiera se despedía —espetó, alzando el rostro hacia él.

Eric descartó sus palabras con un movimiento de la mano.

—A este lado del mundo sigues necesitando una carabina.

María achicó los ojos e inspiró con fuerza, tratando de serenarse.

—He viajado miles de millas y me he arriesgado porque tengo una conversación pendiente con ese hombre —dijo, señalando a Alejandro—, ¿no creerás que, en estas circunstancias, me importan los convencionalismos? Y mucho menos me importa lo que pienses tú.

Ambos se miraron en silencio durante casi un minuto, como dos contrincantes midiendo sus fuerzas. Los ojos de Eric brillaron de una forma extraña cuando recorrieron su rostro, alzado con orgullo hacia él.

—Muchachito —dijo de repente.

Confundida, María arrugó el ceño.

—¿Qué?

—Has dicho que tenías una conversación pendiente con ese hombre —negó con la cabeza antes de enarcar una ceja y cruzarse de brazos—. Todavía le falta, niña. Di mejor que tenías una conversación pendiente con ese «muchachito».

Inspirando con fuerza, María entrecerró los ojos y también se cruzó de brazos. Era como si comportarse como un cretino le divirtiera. Eric no se caracterizaba por ser un hombre correcto, de hecho siempre había sido distante y un tanto amenazador, por eso no entendía por qué estaba representando aquella escena.

—¿Muchachito, niña, hombre...? —dijo, tras alzar una ceja de forma irónica al igual que había hecho él—. ¿Hay algún complejo que quiera compartir con nosotros, capitán?

Eric no respondió. Sus labios formaron una sonrisa socarrona mientras pasaba por su lado para dirigirse a Alejandro.

—Bueno, muchacho, espero que tus intenciones con mi hermana sean honradas —indicó, pasándole el brazo sobre los hombros.

Alejandro la buscó con la mirada por encima del brazo de Eric mientras se dejaba arrastrar por él hacia el mueble de los licores.

—Mis intenciones no podrían ser más nobles, señor... ¿Lezcano?

—Nash —corrigió—. Eric Nash.

—Eric Nash —repitió Alejandro, pensativo— ¿Eric, *el Inglés*? Él asintió.

—¿El contrabandista?

Eric lanzó una mirada hacia ella y sonrió con tanta suficiencia a su interlocutor, que María estuvo a punto de poner los ojos en blanco. Era increíble lo jactancioso que podía llegar a ser.

—Bueno, yo prefiero llamarme «comerciante» —indicó, con lo que a María le pareció la modestia más falsa que había visto nunca.

—¿Comerciante? ¿Bromea? —Alejandro apenas trataba de disimular su admiración—. No solo los españoles han puesto precio a su cabeza, sino también los estadounidenses. Dicen que su fortuna es incalculable, y hasta corren leyendas sobre un gran tesoro con su nombre enterrado en alguna isla del Caribe —concluyó, apenas ocultando su curiosidad en aquel asunto.

Molesta, María miró a los dos hombres. No habían hablado de las actividades de Eric, pero su forma de ganarse la vida al margen de la ley ya no era ningún secreto para ella. Y todavía menos para Alejandro, que conocía todo lo que se movía en la isla; tanto de forma lícita como ilícita. Sin embargo, el disgusto de María estaba más relacionado con la falta de atención de su prometido, que parecía haberse olvidado de su presencia para manifestar una humillante admiración por Eric, quien no hacía más que interferir en el único propósito de su viaje.

—Siento interrumpirles, caballeros —exclamó con ironía—. Pero he hecho un viaje demasiado largo como para malgastar el tiempo hablando de tesoros. Alejandro, ¿te importaría...? —preguntó, pestañeando con coquetería. Jamás usaría aquel tono ni su nombre de pila si no fuera por la presencia de Eric, y por su renovado deseo en molestarlo.

Su reclamo obtuvo respuesta al instante: tanto por parte de Alejandro, que acudió enseguida a su lado, como del otro, cuya contracción de mandíbula confirmó a María su disgusto.

—Estoy aquí para que hablemos del compromiso que dejamos pendiente en Londres —confesó María sin más, pues los remilgos estaban de más en su situación. Y la presencia de Eric la traía sin cuidado; si quería quedarse, que se quedara—. Te marchaste y no volví a tener noticias tuyas. No sabía cuándo ibas a regresar, ni si tu propuesta seguía en pie.

Los inmensos ojos negros de Alejandro brillaron con una intensa emoción.

—Te escribí, María. Creí que no me contestabas porque preferías olvidarlo. —Él le tomó las manos de nuevo—. ¿Por eso estás aquí, porque nunca recibiste mi carta?

María no sabía por qué aquella carta jamás llegó hasta su casa, puede que la guerra la hubiera extraviado. Sin embargo, aquello significaba que él la amaba, y que sus planes de casarse seguían en pie. Y además, por si no le quedaba claro, lo que él hizo a continuación se lo dejó claro: Alejandro hincó una rodilla en el suelo y le besó el dorso del a mano.

—En Londres me pareciste la mujer más hermosa que había visto nunca. Pero esto que has hecho me ha demostrado que también eres la más valiente, y que lo hayas hecho por mí me hace sentir el hombre más afortunado del mundo. María Lezcano —dijo con mucha solemnidad—, ¿me concederías el honor de ser mi esposa?

María sonrió con nerviosismo. Al fin, allí estaba la propuesta que tanto había esperado. Alejandro elevaba su bello rostro hacia ella, esperando una respuesta. Deseaba decir que sí, abrazarle y cerrar el trato con un beso. Sin embargo, sintió que le faltaba el aire. Sus ojos se alzaron de forma involuntaria hasta posarse en Eric, quien, de pie en medio de la sala, la observaba con las manos en la cintura y la mandíbula apretada. «¿Por qué no me quisiste?». La diabólica pregunta surgió de nuevo como la tupida bruma, para enturbiar su felicidad y no dejarla avanzar.

—Sí —sus labios dibujaron la palabra casi en un susurro—, sí quiero.

La sonrisa de Alejandro surgió de forma espontánea y radiante. Se incorporó y le tomó la cara entre las manos antes de unir su boca a la de ella. María recibió el beso con un largo y entrecortado suspiro. Cerró los ojos, decidida a dejarse envolver por su dulzura, a acallar a su conciencia, y a enamorarse de él con toda la fuerza de su corazón.

Alejandro se separó de repente y ella abrió los ojos, un tanto desorientada. Pero enseguida se dio cuenta de que su prometido no se había apartado de forma voluntaria, sino forzado por Eric, que le sujetaba el brazo con fuerza.

—Excúsenme, jovenzuelos —interrumpió con sarcasmo—. Vamos a aclarar esta situación, ¿de acuerdo? —preguntó de forma retórica, paseando su fría mirada de uno a otro—. Aún pasando por alto la informalidad del acontecimiento, me veo en el deber de oponerme.

María le fulminó con la mirada.

—Tú no tienes ningún deber, ni tampoco derecho —exclamó furiosa. No podía entender por qué aquel ser endiablado se empeñaba en arruinarle un momento tan especial.

Eric ni siquiera la miró, sino que continuó observando a Alejandro, a quien todavía mantenía aferrado del brazo.

—Soy el único hombre de su familia a este lado del océano, el único con la potestad para conceder la mano de la novia. Por muy desesperada que esta esté por entregársela a cualquiera —concluyó mordaz, atravesándola con al mirada.

María le propinó un empujón tan violento que él terminó sentado sobre los cojines de un sillón cercano. La mala fortuna hizo que arrastrara con él al pobre de Alejandro, que terminó sentado a su lado con cara de circunstancias. Ella le ofreció la mano para ayudarlo a incorporase, deseando con todas sus fuerzas que no fuera a retirar su proposición por el comportamiento de aquel chiflado.

—Querido Alejandro, no puedo prometerte un matrimonio al uso, pero trataré de ser una buena compañera. —Alejandro le dedicó otra radiante sonrisa que desvaneció sus miedos—. Debemos regresar a Inglaterra para que puedas hablar con mi padre y, si te parece bien, comenzar a organizar la boda...

—Oh, corazón mío —la interrumpió él—, yo no puedo irme ahora a Inglaterra, y no podré hacerlo hasta que no ganemos la guerra. Tengo un compromiso con mis compatriotas, a quienes amontonan en las cárceles sin medios disponibles para una defensa justa.

María paseó su mirada por el contrariado rostro de su prometido, sin saber si entendía bien lo que le estaba diciendo.

—Pero entonces no podremos casarnos hasta que termine la guerra.

Él se apresuró a tomarle las manos de nuevo.

—No sabes cómo me gustaría que esto fuera de otra forma, querida mía. Pero no tengo opción, no podría abandonar a mi gente, ¿lo entiendes, verdad?

María observó sus dedos entrelazados, tratando de comprender, deseando que la decepción que la asaltaba no fuera tan grande.

Sin embargo, su grado de humillación aún iba a ascender varios puestos más, cuando por el rabillo del ojo vio que Eric se levantaba del sillón hasta quedar frente a ellos. María no le miró, pero sabía que sonreía, podía intuir una enorme e irónica sonrisa dibujada en su rostro.

—Bueno, bueno, bueno —intervino por fin en tono socarrón—, como supongo que habrá muchísimo tiempo para elegir los vestidos de las damas de honor, ha llegado el momento de despedirse.

Alejandro pareció no escucharle, pues toda su atención seguía puesta en ella.

—María, es lo que debo hacer. ¿Podrás esperarme? —imploró, aproximándose de nuevo a ella—. Por favor, dime que me esperarás.

María titubeó por unos instantes. Era un hombre muy apuesto que acababa de declararle su amor. Pero ella había hecho un largo viaje, había arriesgado mucho por conseguirlo y, pese a ello, aún debía esperar; y ni siquiera sabía cuánto, pues aquella guerra podía durar meses, e incluso años. Por supuesto que admiraba el carácter solidario de Alejandro con sus compatriotas, pero hubiera preferido ser su prioridad, al igual que él lo había sido para ella. No sabía qué hacer. No obstante, la apabullante presencia de Eric y su socarrona sonrisa, la instaron a responder.

—Te esperaré —aseveró—. Pero debemos encontrar la forma de escribirnos para ir conociéndonos mejor.

La sonrisa de Alejandro la deslumbró.

—Te daré mi tarjeta de visita —indicó mientras introducía la mano en el bolsillo interior de su levita—. Escríbeme siempre a esta dirección, es más segura y hay menos posibilidad de que los españoles intercepten mi correspondencia.

María observó las pequeñas letras torneadas en las que se podía leer su nombre y una dirección que debía corresponder a su oficina.

—Me sentiría muy honrado de que aceptaras una invitación para almorzar mañana conmigo.

Ella volvió a mirarle y asintió.

En respuesta, Alejandro sonrió y se inclinó para besarla. Pero justo antes de que sus labios se tocaran, él lanzó una rápida mirada hacia Eric y cambió la dirección del beso, que terminó estampado en su frente.

—Te veo mañana, corazón mío —se despidió, soltándole las manos para dirigirse a la puerta—. Buenas noches, capitán.

Eric se cruzó de brazos e inclinó la cabeza a modo de saludo. En cuanto se quedaron a solas, sintió la afilada mirada de María clavada en él.

—¿Se puede saber a qué demonios ha venido todo eso?

Fingiéndose afectado por la pregunta, se volvió hacia ella.

—Agradece que además de un buen hermano, sea también un dechado de tolerancia —respondió con sorna, disimulando apenas cuánto lo divertía aquella situación.

Inspirando con fuerza, María entrecerró los ojos. Acto seguido atravesó el salón y se plantó frente él.

—No estás siendo tolerante, sino un cretino manipulador —espetó—. Y puedes repetirlo hasta la saciedad, pero aún así seguirás sin ser mi hermano; ni de sangre, ni de corazón. Renunciaste a ese privilegio al abandonarme. No tienes ningún derecho a opinar en nada de lo que me concierne, ¿lo entiendes?

Eric se llevó pacientemente las manos a la cintura.

—Yo no hablaría en este caso de derechos, sino del simple deber de un hombre que contempla el errático comportamiento de una niña que juega a ser mujer, y que entrega su corazón a un chiquillo que tiene el suyo en una cárcel, junto a un puñado de presos —respondió en tono mordaz.

Los ojos de María relampaguearon de indignación. Porque sabía que llevaba razón; pero odiaba que él, precisamente él, fuera quien estuviera allí para decírselo.

—Pues tendrás que disculparme, pero yo no veo por aquí a ningún hombre —espetó, alzando el mentón para mirarlo a los ojos, y haciendo suyo el dicho de que la mejor defensa era siempre un buen ataque.

Él levantó las manos de repente y la asió por los brazos.

—¿Ah, no? —gruñó, casi estrechándola.

—No.

Eric inspiró con fuerza y bajó la cabeza, de forma que sus caras quedaron a menos de un palmo de distancia. Ambos respiraban agitados mientras se sostenían la mirada, en un auténtico pulso entre dos voluntades obstinadas.

Los sentidos de María se aguzaron en respuesta a su cercanía. Fue muy consciente del calor que emanaba de su cuerpo y de la forma en que los ojos de él vagaban por su rostro hasta detenerse en su boca. Contuvo la respiración y percibió como él apretaba la mandíbula y tragaba con dificultad. Entonces se fijó en sus labios, y el recuerdo de sus besos le provocó al instante una inoportuna flojera en todos sus miembros. Como los astros del firmamento, el cuerpo de Eric la atraía con una fuerza invisible contra la que era incapaz de luchar.

Sacudiéndose aquellas inoportunas emociones, posó las manos sobre su pecho y le propinó un empujón. Él la soltó de inmediato, también sorprendido. Intentando no decir ni hacer nada que fuera a hacerle sentir aún más abochornada, María le dio la espalda y se dirigió a su cuarto. Mirando al frente, cerró los puños y levantó la cabeza, dispuesta a que no la afectara el repentino temblor en las rodillas y a, bajo ningún concepto, volver la cabeza para mirar atrás.

CAPÍTULO 17

La gravedad sustituyó a la burla del rostro de Eric mientras la observaba salir del salón, con la espalda tan envarada que parecía a punto de doblarse. Se pasó una mano por la cara con desesperación y comenzó a pasearse de un lado a otro con ganas de romper algo. Mirando a su alrededor, se preguntó hasta qué punto el propietario de la casa apreciaría las figuras de cerámica china que había sobre una de las mesitas, porque en aquel momento le parecían unos objetos ideales para cobrarles su frustración.

Desear a María cuando vivían juntos y cuando debía esforzarse en verla solo como una hermana fue una dura lucha de la que salió perdedor. La derrota le obligó a huir, y la vida sin María resultó aún mucho más cruel. La perspectiva de no volver a verla le reconcomía el alma cada día que pasaba lejos de ella. Sin embargo, el macabro destino todavía no se había despachado a gusto con él; ahora, además de volver a ponerla en su camino, lo hacía bajo la contingencia de que fuera a pertenecerle a otro.

Durante los últimos cuatro años había pensado en ella a diario; en si habría encontrado a alguien con quien estar, alguien que pudiera corresponderle y hacerla feliz. Aquella idea le había reconcomido el alma cada noche, hasta que una buena dosis de ron le ayudaba a dormir. Pero si la vida había sido cruel con él hasta entonces, nada se podía comparar a la atroz visión de María en brazos de otro hombre aceptando ser su mujer. Porque si aquello tenía que pasar, él no debía estar cerca para verlo; ni siquiera debía estar vivo para enterarse. ¡Maldición!

Con todas aquellas ideas torturándole la conciencia, Eric se encaminó a su cuarto. Debía descansar, pues al día siguiente le esperaba otra buena pelea cuando le prohibiera a María acudir a la cita con su picapleitos.

El ruido de un forcejeo desde la cocina le arrancó de sus pensamientos y le llevó hasta allí para ver lo que sucedía. En cuanto empujó la puerta se topó con una pequeña trifulca entre un grupo de criados. Uno de ellos cayó hacia él y le apartó con un acto reflejo, pero todo su cuerpo se puso alerta cuando creyó percibir varios uniformes españoles en la reyerta. La culata de un fusil surgió de repente y se estrelló en su cara. Acto seguido todo se volvió negro a su alrededor.

❀ ❀ ❀

María se tumbó sobre la colcha de su cama tras despedir a Ally, que la había esperado para que le contara cómo le había ido con Alejandro. Su amiga se había alegrado de que su situación se hubiera aclarado, y le restó importancia al comportamiento de Eric.

—¿Has pensando que podría estar celoso? —había preguntado Ally en referencia a Eric—. Me he dado cuenta de cómo te mira cuando cree que nadie le ve.

María se limitó a negar con la cabeza. No deseaba pensar en nada que no fuera en Alejandro y en su historia; y mucho menos ponerse a elucubrar sobre las posibles motivaciones del fastidioso de Eric. Pero sobre todo, estaba más que dispuesta a obviar las cosquillas que aquella idea le provocaba en el estómago, segura de que lo único que le movía era un sentimiento de deber en virtud de la gratitud que profesaba a sus padres.

Se volvió de lado y observó la fina tela del dosel que cubría su cama, tratando en vano de borrar las palabras de Ally de su mente. Entonces, unos golpecitos en la puerta la hicieron incorporarse de inmediato. Se abrazó a sí misma cuando sintió cómo un escalofrío le recorría la espalda. Se había quedado transpuesta sobre la colcha y el cuarto se había enfriado después de que el fuego de la chimenea se apagara. María se puso de pie antes de que alguien volviera a tocar su puerta.

—¿Quién es? —preguntó, tras comprobar que ya pasaba de la media noche en el reloj que había sobre la repisa.

—Soy Guill. Abra, debo hablar con usted.

María abrió la puerta y se topó con Guill y Ally en mitad del pasillo, observándola con sendos rostros preocupados.

—¿Qué sucede? —dijo extrañada, paseando su mirada de uno a otro.

❀ ❀ ❀

Media hora después, María paseaba de un lado a otro de su cuarto mientras se frotaba las manos con nerviosismo. Un criado había avisado a Guill de que los soldados del gobierno se habían llevado a su capitán.

—No debemos quedarnos aquí —advirtió Guill—, ya no es un sitio seguro.

María se detuvo de inmediato.

—¿Y Bassop? Necesitaremos su ayuda para liberar a Eric.

A pesar de la sombra de preocupación que se cernía sobre Guill, este no logró reprimir una irónica sonrisa antes de responder.

—Bassop ha desaparecido, seguro que alertado por alguno de sus criados. Sin embargo, antes de idear cualquier plan de fuga, el capitán querría que las pusiera a salvo.

—Oh, por el amor de Dios —resopló Ally—, deje de hacerse el gran jefe protector, ¿quiere? Necesitará de nuestra ayuda para rescatar a su capitán.

Los ojos verdes de Guill centellearon con un inusual brillo esmeralda.

—Lo siento por usted —respondió con sarcasmo—. Jefe o no, soy el único hombre aquí y, por tanto, el responsable de su seguridad.

—¿Quién dice eso? —murmuró Ally, cada vez más irritada.

María descartó con una mano aquella discusión y continuó con su paseo. Necesitaba moverse, pues sus piernas no podían parar. Eric podría estar siendo torturado en aquel momento, o incluso estar muerto.

161

Aquella idea le cortó la respiración, obligándola a apartarla de inmediato. Debía pensar en otra cosa o se volvería loca.

—No contar con Bassop es un gran inconveniente —meditó en voz alta—. Vamos a necesitar a alguien que conozca la ciudad tan bien como él, y la prisión a la que le hayan llevado...

Entonces, una idea se coló como un rayo de luz en su mente. Se dirigió de inmediato al tocador y tomó la tarjeta que Alejandro le había dado antes de marcharse.

—Guill, vayamos a esta dirección —exclamó decidida, mostrándole la tarjeta al contramaestre.

※ ※ ※

Los ecos de unas voces cercanas arrancaron a Eric poco a poco de su inconsciencia. No sabía con exactitud lo que había pasado, aunque el fuerte dolor de cabeza y el sabor metalizado de su boca comenzaron a refrescarle la memoria. Abrió los pesados párpados poco a poco y lo primero que vio fue una maraña de hierbajos secos y malolientes. Se encontraba acostado boca abajo en el suelo de lo que parecía una celda. Se incorporó despacio, desoyendo el atronador dolor de cabeza y se sentó, apoyándose contra la pared de mampostería. En el pequeño espacio apenas cabía un camastro de madera y un sucio jergón. No había ventanas y la reja ocupaba por completo uno de los muros. Sintió el cosquilleo de algo caliente y húmedo resbalar por su cara. Se tocó y observó los dedos, confirmando sus sospechas: la herida que tenía en la cabeza sangraba en abundancia. Con un gesto de dolor en el rostro se quitó el chaleco. Suspirando largamente, apoyó el codo en la rodilla mientras se presionaba la herida con la prenda. Dejó caer la cabeza contra la pared y cerró los ojos, permitiendo que los recuerdos se acomodaran en su mente. Un par de guardias del gobierno habían entrado en la casa por la puerta de la cocina y uno de ellos le había estrellado el fusil contra la cabeza. El golpe le había hecho perder la conciencia antes de arrastrarle hasta aquella celda. Se preguntó entonces si habrían detenido también a los demás.

162

«María», aquel pensamiento le hizo ponerse de pie de inmediato. Todo giró a su alrededor antes de tropezar y caer sobre la reja. Resoplando, introdujo los brazos entre los gruesos barrotes de hierro y buscó con la mirada las voces que había oído desde el pasillo.

—¡Guardias! —gruñó.

Uno de los dos centinelas se aproximó con una sonrisa socarrona.

—Vaya, vaya, nuestro huésped se ha despertado al fin.

—¿Cuánto llevo aquí?

El hombre soltó una enorme carcajada y miró a su compañero, que también reía mientras permanecía sentado tras una tosca mesa de madera.

—No debería importarte el tiempo que llevas, Inglesito, sino el que te queda.

—¿Dónde están los demás? —preguntó, tratando de vislumbrar algo a través de la reja.

Un desagradable bufido se escapó de la chata nariz del hombrecillo.

—A los esclavos no se les encarcela, simplemente se les azota.

El guardia creyó que se refería a los muchachos del servicio de la casa del viajante, lo que le indicó que desconocía la existencia de María y Ally. Aquello le tranquilizó, y esperó que Guill también se encontrase bien para mantenerlas a salvo.

—Quiero agua —requirió, cambiando de tema.

Otra enorme carcajada escapó de la garganta del hombre.

—Claro, hombre respondió con sorna—. Le pido disculpas por nuestro deficiente servicio de habitaciones.

Se volvió hacia su compañero y se inclinó tras la mesa, de donde sacó un barreño de latón. Acto seguido se acercó a su reja y arrojó el contenido sobre él.

—Ahí tiene su agua, caballero.

Eric pestañeó y resopló, totalmente empapado. No obstante, agradeció el malévolo gesto del guardia, pues el agua fresca le despejó la mente.

En aquel instante un chiquillo mulato vestido con un uniforme de servicio que le quedaba grande por todas partes, apareció por el pasillo y se dirigió a los guardias.

—Su excelencia quiere ver al preso nuevo.

163

Casi media hora más tarde, tras ponerle los grilletes y sacarle de la mazmorra, Eric se encontraba frente al gobernador. Durante su escolta hasta el primer piso fue dándose cuenta de que no se encontraba en la cárcel; los suelos de exquisito mármol y las altas columnas que conformaban los arcos de piedra labrada, le indicaron que aquel edificio era de mucho mayor nivel que un penal. Y sus sospechas se confirmaron al verse ante el mismísimo gobernador general de Cuba.

En cuanto entró en la enorme sala decorada al estilo francés del despacho del gobernador, un hombre de más de sesenta años se levantó de detrás de su mesa y se acercó a él con una expresión que podría definirse como de sorpresa. A pesar de que el gobernador de Cuba solía cambiar con bastante frecuencia, Eric trataba de estar al tanto de quién firmaba los presupuestos para las recompensas que se ofrecían por su cabeza. Por ello sabía que aquel era don José Gutiérrez de la Concha, marqués de la Habana, y gobernador de Cuba desde hacía tan solo unos meses.

El hombre se acercó hasta él y dio un par de vueltas a su alrededor. Sus botas resonaban en el pulido mármol mientras meneaba la cabeza, acariciándose el enorme mostacho canoso. Acto seguido se agachó y le palpó las dos piernas. Eric trató de retroceder en un gesto defensivo, pero los dos centinelas se lo impidieron. El gobernador se incorporó de inmediato, resoplando de indignación.

—Este no es el Inglés —gruñó, fulminando con la mirada a los dos guardias—. Al Inglés le falta una pierna.

La mente de Eric funcionó con rapidez, tratando de comprender.

—¿Cómo se llama usted? —preguntó malhumorado el gobernador, doblando el cuello para poder mirarle a la cara por la diferencia de altura.

Eric le observó durante unos segundos antes de responder con calma.

—John Smith.

Los sagaces ojillos castaños del marqués se achicaron al percibir la broma. Dio un paso atrás antes de hacerle un gesto con la cabeza a uno de los guardias, que interpretó la seña a la perfección soltando un gancho de derechas contra la mandíbula de Eric que le hizo caer de rodillas ante el gobernador.

El hombre se inclinó sobre él.

—¿Cómo te llamas? —repitió, colocándose las manos tras la espalda en actitud de espera.

Eric alzó la cabeza, que le estallaba de dolor, y trató de sonreír. Aunque la sonrisa se le quedó en una mueca al notar un desfallecimiento que le hizo tambalearse.

—John Smith —balbuceó, obstinado.

El guardia se adelantó para volver a castigarlo, pero le detuvo un gesto del gobernador, que suspiró resignado y comenzó a pasear por su despacho.

—¡Maldita sea! —gruñó, meneando la cabeza—. Creí que le teníamos. ¿Quién demonios dijo que Reeve estaba aquí?

Justo en aquel momento, y a pesar del dolor, Eric comprendió. Henry Reeve era un militar estadounidense que, al parecer, estaba poniendo las cosas muy difíciles a los españoles en el sur de la isla. Se contaban de él auténticas hazañas en sus campañas con los mambises, incluso que tras perder una pierna en el campo de batalla, se hacía atar a su caballo para seguir luchando. A pesar de no ser inglés, al igual que tampoco lo era él, su acento le valió el apodo de Inglesito entre sus compañeros revolucionarios, y justo ahí estaba el motivo de la confusión. Conocedores de la relación de Bassop con el ejército rebelde y de que le acompañaba el Inglés, dedujeron que él era Reeve.

—Un informante avisó de que el negro Bassop y él estaban en La Habana —titubeó el guardia—. Registramos los escondrijos de Bassop y nos topamos a este.

—¿En casa del viajante?

—Sí, excelencia

—¿Y Bassop? ¿Dónde está?

El guardia volvió a vacilar antes de responder.

—Bassop ya había desaparecido, y en la casa solo había dos mujeres y un esclavo, excelencia.

Eric retuvo la respiración.

—¿Y dónde están? —preguntó el gobernador.

—La criada nos dijo que eran dos parientes españolas del viajante.

165

El gobernador se detuvo en seco.

—¿Y no las interrogasteis? —gruñó malhumorado.

—Eran altas horas de la noche, excelencia, y solo se trataba de dos mujeres —balbuceó el guardia, cada vez más nervioso—; compatriotas, además.

Exhalando todo el aire, Eric cerró los ojos, agradeciendo a Dios aquella noticia.

—¡Esa casa es un nido de filibusteros! —exclamó el marqués dándoles la espalda y estrellando el puño contra su escritorio—. ¡Estabais obligados a comprobarlo, maldición! No comprendo por qué creyeron que Reeve estaba en La Habana —meditó en voz alta mientras negaba con la cabeza, hundida ahora entre sus hombros—. A no ser que...

De repente volvió la cara hacia él, como si acabara de darse cuenta de algo.

—¿Nash? —preguntó sin más—. ¿Eric Nash?

Eric permaneció impasible mientras el gobernador atravesaba de nuevo la estancia con su incisiva mirada clavada en él.

—Nos dijeron que venía con el Inglés y creímos que era Reeve. Pero no era él, era el otro —exclamó, con una incrédula sonrisa—. Eres Eric Nash, ¿no es así?

El hombre le observó durante unos segundos y, a pesar de que Eric no respondió, algo debió de percibir en su rostro que confirmaba su teoría.

Eric suspiró. La ventaja que suponía para él que desconocieran su identidad acababa de esfumarse. Al marqués le había llevado solo unos minutos llegar a la misma conclusión que él.

Una ronca y malévola carcajada brotó de la garganta del hombre.

—Pensábamos que habíamos cazado a un lobo, y resulta que tenemos al león. —Sus ojillos oscuros brillaron de perversión—. Hay que hacerlo público, quiero que todo el mundo sepa que hemos atrapado al mayor contrabandista del Caribe. Haremos de su juicio el mayor acontecimiento público que se recuerda en La Habana, lo mismo que de su ejecución. Servirá de ejemplo para los que aún estén pensando en desafiar a la Corona, y los vecinos de La Habana dejarán de pensar en la guerra durante unos días. —Se acercó a Eric, que todavía permanecía de rodillas, y se inclinó hasta que sus caras estuvieron a escasas pulgadas—. De poco te valdrá ahora ese gran tesoro tuyo, ¿eh, John Smith? —terminó con mofa.

Se incorporó y se dirigió a los centinelas.

—Lleváoslo —ordenó—. Ah, muchachos, y no le toquéis la cara —indicó, observando la brecha de su frente—, le quiero bien guapo para el juicio. Así contaremos con la atención de todas las damiselas, que no querrán perderse el evento, mientras rezan para que sea absuelto.

CAPÍTULO 18

María se frotó las manos con fuerza.

—¿Tienes frío? —preguntó Ally—. Ten, toma mi chal.

Observando con agradecimiento a su amiga, María negó con la cabeza.

—No es frío, es inquietud —se lamentó.

Ally le tomó las manos con firmeza para transmitirle fuerzas. Las copas de los árboles que había frente al palacio de gobierno se agitaron por la brisa nocturna, originando un suave murmullo que se extendió por toda la plaza. La noche de La Habana parecía suspirar de impaciencia mientras ellas aguardaban entre las sombras.

—Todo va a salir bien —aseveró su amiga con una energía que desconocía.

María sonrió desganada, rogando para que Ally no se equivocara en aquella ocasión. Las dos permanecían agazapadas al abrigo de una de las tapias que rodeaban el edificio del gobierno, mientras Guill y Alejandro acudían a pagar los sobornos a los centinelas del turno de la noche. Con las manos entrelazadas, María se aferró a la fuerza que trataba de transmitirle su amiga. Pensaba en todas las emociones arrolladoras que la asaltaban desde que se había enterado de la detención de Eric.

Con Eric detenido y Bassop desaparecido, ella decidió acudir de inmediato a la única persona que conocía en la isla y en la que además podía confiar. Salieron de la casa del viajante de madrugada y se dirigieron a la dirección que figuraba en la tarjeta que Alejandro le había dado. Caminaron sin rumbo cobijados por los soportales, sin toparse con ningún transeúnte a aquellas horas, hasta que un grupo de hombres acompañados por varias señoritas salieron de lo que parecía un club de juego. María se adelantó a pedirles indicaciones para encontrar la calle que buscaban. Los señores, afectados por el alcohol y entusiasmados por su belleza, se apresuraron a atender su solicitud. María pronto se dio cuenta de que su exaltación estaba más relacionada con una irritante galantería que con el ánimo de ayudarla. Guill apareció en aquel momento y se colocó tras ella. Su portentoso tamaño proyectó alargadas sombras en el empedrado del suelo, obligando a sus interlocutores a doblar el cuello para ver su rostro enojado. En menos de un minuto todos desaparecieron calle abajo; todos excepto una de las chicas, que se paró y se volvió hacia ellos.

—Sigan dos calles más hacia arriba y tomen el primer desvío a la izquierda, antes de llegar al parque.

Asintiendo, María agradeció a la bonita muchacha la información. Ella la observó durante unos segundos con una especie de compasión en la mirada, como si sospechara el motivo por el que necesitaba al abogado. Acto seguido se volvió y siguió a su grupo calle abajo.

Las indicaciones de la joven fueron de gran ayuda, pues en menos de media hora se encontraban frente a la fachada barroca de un edificio de cuatro plantas. Tocaron la campanita y aguardaron unos minutos, hasta que un portero malhumorado salió a recibirles con un desgastado batín que indicaba que le habían sacado de la cama.

—¿Qué quieren? —masculló el anciano.

María le dedicó su mejor sonrisa.

—Venimos a ver al licenciado Montenegro.

—Estas no son horas de molestar —respondió antes de volver a cerrar el macizo portón de roble.

Guill detuvo la puerta sin apenas esfuerzo.

—Es urgente, señor. —Su voz grave no dejaba lugar a réplica.

El anciano murmuró algo entre dientes y les dejó pasar.

—El licenciado vive en el primer piso, pero debo anunciarlos antes.

Les condujo hasta una especie de patio interno rodeado de arcos de piedra y repleto de plantas.

—¿A quién anuncio? —preguntó con impaciencia, seguramente deseoso de volverse a dormir.

—María Lezcano.

El portero asintió y desapareció en la oscuridad del pasillo arrastrando los pies.

—¿Cree que es de confianza, señorita? —preguntó Guill.

María le observó extrañada.

—Apenas es un anciano.

Guill negó con la cabeza.

—Me refiero a Montenegro —corrigió—, ¿cree que podemos confiar en él?

María le observó con afecto, intuyendo que ambos compartían el mismo sentimiento de preocupación por su capitán.

—Absolutamente —contestó convencida—. Además, creo que a partir de ahora va a ser nuestro único apoyo en la isla, pues mucho me temo que no volveremos a ver a Bassop.

Los tres debieron esperar en el patio durante casi media hora más hasta que el portero regresó y les permitió subir. Una anciana ama de llaves les dio las buenas noches y les guio por un estrecho corredor hasta una sala. No hizo comentarios ni preguntas, lo que indicaba que seguramente no era la primera visita intempestiva que recibía su jefe.

—¿Puedo ofrecerles algo? —dijo con amabilidad.

—Los tres estamos bien, muchas gracias —respondió María—. Nos gustaría ver al señor Montenegro.

—Enseguida estará con ustedes —indicó la mujer, asintiendo antes de retirarse.

Una vez a solas, Guill se volvió hacia ella.

—Señorita Lezcano, un criado blanco jamás ofrece sus servicios a ningún negro.

María le observó con atención. Sabía que se refería a responder por los tres al ofrecimiento del ama de llaves, pero no le concedió ninguna importancia.

—Eso es una bobada —descartó con una mano—; tan solo es su trabajo, y usted un invitado.

Con verdadera admiración, Guill la contempló descartar todos los prejuicios raciales en menos de un segundo, sometiéndolos a una lógica básica.

—¿Siempre es así? —preguntó, dirigiéndose a Ally con una incrédula sonrisa.

Ally desvió la mirada, un tanto turbada por el efecto de aquella sonrisa.

—Lo entendería si conociera a su familia —asintió, sin disimular el orgullo que los Lezcano le inspiraban.

María dejó de prestar atención al diálogo de Ally y Guill para fijarse en la sala en la que estaban. Por lo que había visto hasta el momento, Alejandro vivía en el primer piso de una pequeña vivienda burguesa sin grandes lujos. La sala no tenía un mal tamaño y los techos eran altos. El mobiliario era sencillo, aunque de buen gusto. Una sólida librería repleta de volúmenes ocupaba toda una pared y dos butacas tapizadas con un rico brocado se encontraban frente a la estantería, donde también se situaba una mesita con un servicio de cristal tallado frente a un sofá de estilo francés. Había un par de aparadores de diseño barroco pensados para guardar mantelerías, cuberterías y otros servicios repletos de libros y periódicos, señal inequívoca de que allí vivía un hombre soltero. Los techos estaban decorados con figuras de ángeles, cuyos serenos rostros eran iluminados por la parpadeante luz de los apliques de gas que colgaban de la pared. Además de una puerta con doble cristal que daba a un pequeño balcón en la fachada del edificio, otras dos desembocaban en la sala: una que llevaba a la entrada de la vivienda y a la zona de servicio, y otra que, seguramente, conducía a la zona privada de la familia.

Paseando un dedo por el respaldo del sillón mientras sus pasos quedaban amortiguados por la gruesa alfombra, María se preguntó si ella podría ser feliz allí. Sin embargo, antes de que la respuesta se materializase en su mente, una de las puertas se abrió y apareció Alejandro.

No llevaba levita ni corbata, y tampoco se había abrochado el chaleco. La informalidad del atuendo, además de su pelo revuelto, indicaban que ya estaba en la cama y que se había vestido apurado para no recibirlos en ropa de dormir.

—María, querida, ¿qué ha ocurrido? —preguntó con preocupación mientras atravesaba la estancia hacia ella.

María tomó sus manos, dispuesta a ponerlo al día de todo lo sucedido desde que se habían despedido, tan solo unas pocas horas atrás.

❋ ❋ ❋

Alejandro vivía de una forma sencilla, la propia de quien subsiste de un trabajo cuyos clientes no siempre pueden pagar por los servicios prestados. El personal se reducía a la señora Miranda, el ama de llaves y cocinera que les había abierto la puerta, y el espacio de su vivienda no era mucho mayor del que habían visto al entrar. Tras ponerle al día con los detalles de la detención de Eric, que los propios criados de la casa del viajante les habían proporcionado, Alejandro les aseguró que dedicaría el día siguiente a hacer las averiguaciones pertinentes del caso. Considerando muy peligroso regresar, dispuso lo necesario para acomodarlos en su casa. María y Ally compartieron la única habitación de invitados y Guill se quedó en la pieza que había pertenecido a un mayordomo que se había marchado a luchar con los mambises.

A la mañana siguiente, muy temprano, cuando el sol aún no había asomado por el horizonte, María y Ally se enteraron de que Alejandro y Guill ya habían salido a hacer averiguaciones. La señora Miranda les ofreció el desayuno, pero María fue incapaz de probar bocado; estaba furiosa con ellos por haberse marchado sin avisarla, y su estado de ánimo no hizo más que empeorar con el paso de las horas sin recibir noticia alguna de Alejandro, ni de Guill..., ni de Eric.

—¡Maldición! —exclamó, cerrando de golpe el libro del que apenas había leído dos páginas en todo el día—. Ya se está haciendo de noche.

Sentada frente a ella en la otra butaca de la sala, Ally la observó con la cabeza ladeada.

—No debería maldecir, *milady* —reconvino.

María la fulminó con la mirada.

173

—Si vuelves a llamarme así te arrojo el libro.

Ally sonrió antes de asentir.

—Pronto estarán de vuelta, estoy segura —dijo, como si tratara de convencerse a sí misma.

María dejó el libro en la mesita y se puso de pie. Una especie de hormigueo en las piernas le impedía estarse quieta durante mucho tiempo. Aquello le ocurría desde el momento exacto en que se enteró de la detención de Eric. ¿Dónde estaba? ¿Le habrían hecho daño? ¿Estaría herido... o muerto? Las preguntas se amontonaban en su cabeza hasta dejarla sin respiración, hasta que sentía que debía moverse para no estallar.

Pero las noticias no llegaron hasta después de la cena, cuando Alejandro y Guill regresaron. En cuanto los dos hombres entraron en la sala, María les asaltó a preguntas. Alejandro la abrazó y la besó en la frente de forma protectora antes de esbozar una sonrisa que dejaba entrever lo cansado que estaba.

Descartando la idea de dejarles descansar, María continuó con su asalto de preguntas.

—¿Qué habéis averiguado? ¿Le habéis visto? ¿Dónde está? ¿Está herido?

Alejandro alzó las cejas, un tanto abrumado. Le besó las manos antes de dirigirse a su ama de llaves, que había entrado tras ellos y permanecía a la espera bajo el umbral de la puerta.

—Señora Miranda —dijo con voz suave—, ¿sería tan amable de calentarnos algo para cenar?

La mujer asintió y se retiró, diligente.

—¿Y bien? —preguntó María irritada, paseando su mirada de uno a otro.

—No he podido verle, así que no sé en qué estado se encuentra. Le tienen en el Palacio del Gobierno y no piensan trasladarle a la cárcel. Eso significa que le tratarán mejor hasta que se celebre el juicio —indicó Alejandro con una ligera sonrisa con la que solo pretendía tranquilizarla

María le observó desconcertada.

—Sí, eso es lo malo —continuó él, en respuesta a su mirada—. Han atrapado al contrabandista más buscado del Caribe y el gobernador necesita un reclamo positivo, cualquier cosa que incite a los partidarios de los españoles y desaliente a los mambises es bien recibida en estos momentos.

—Pero si hay un juicio, tú podrás defenderle —interrumpió ella, algo más esperanzada.

Alejandro negó con la cabeza.

—Eso no lo permitirían jamás. Le han asignado ya un abogado de oficio, alguien leal al gobernador, por supuesto. El juicio no será más que una farsa, María, una pantomima para entretener al respetable público de La Habana —concluyó con sarcasmo.

María arrugó el ceño y comenzó a pasearse otra vez por la sala.

—¿Y entonces? ¿Qué podemos hacer?

Alejandro contempló a Guill, quien le devolvió una significativa mirada. María paseó los ojos de uno a otro, convencida de que sabían más.

—¿Qué ocurre? ¿Habéis empleado todo el día solo para averiguar eso?

Suspirando con resignación, Alejandro se llevó ambas manos a la cintura.

—Le sacaremos mañana por la noche.

Con la esperanza de aquellas palabras prendida en su corazón, María se dirigió a ellos.

—Muy bien —exclamó decidida con los brazos en jarras—, ¿qué hay que hacer?

Alejandro y Guill esbozaron sendas sonrisas de fascinación.

—Tranquila querida, ya está todo hecho. Solo hemos tenido que tentar a los guardias con la posibilidad de una buena recompensa y su leyenda ha hecho el resto. Lo que pasa es que la cantidad que habrá que pagar va a ser mucho más elevada que con cualquier otro preso.

María les contempló desconcertada.

—Pero ¿cómo conseguiremos el dinero en estas circunstancias?

—Hemos hecho una visita a un banquero de confianza —explicó Alejandro—. Afortunadamente, los banqueros y la jurisprudencia van siempre por caminos paralelos que nunca se cruzan —ironizó—. Nos han abierto un crédito para que podamos pagar la cantidad que hemos acordado con los guardias del turno de la noche de mañana, además de un transporte que os saque de La Habana.

La información se fue acomodando con relativa facilidad en la mente de María. Admiraba el talento de Alejandro para moverse con sigilo por los márgenes de la legalidad en favor de la justicia. Estaba convencida de que era un gran abogado y también un buen agente rebelde en la sombra, además de un hombre muy apuesto que se arriesgaba por aquello en lo que creía. Cada vez estaba más segura de que no le iba a ser difícil enamorarse de él.

Sin embargo, en aquel momento solo podía pensar en que aún debía esperar un día, veinticuatro horas, para volver a ver a Eric.

CAPÍTULO 19

Unos ruiditos en la otra punta de la calle devolvieron a María al presente. Alejandro y Guill les habían indicado aquel lugar frente al Palacio del Gobierno para esperar, además de encomendarles la misión de vigilancia. Aunque estaba segura de que con aquella encomienda lo único que pretendían era mantenerlas ocupadas y apartadas de la misión. Escudriñó el otro lado de la calle tratando de distinguir el origen de aquellos sonidos. Por unos segundos temió que pudieran ser guardias tratando de tenderles una emboscada, y su respiración se desbocó.

—¿Has oído eso? —susurró, agarrando con fuerza la mano de Ally mientras escrutaba las sombras—. Tal vez debiéramos ir a ver.

En aquel instante tres figuras se movieron en la oscuridad. María contuvo el aliento al reconocer a una de ellas: era Eric. Soltó la mano de Ally y dio un paso al frente con la intención de acercarse. Su amiga la retuvo por el brazo antes de que pudiera ser vista.

—¡Espera! —exclamó en voz baja—. Vayamos por aquí.

Ally la guio a lo largo de la tapia que les servía de escondite hasta el final de la calle. María no pudo apartar ni por un momento los ojos de la otra orilla de la calzada, por donde las tres sombras avanzaban a la par que ellas, agazapadas contra el muro del palacio. Al final del camino, una fila de árboles que unía las dos aceras les sirvió para encontrarse sin riesgo de ser descubiertos. Las tres figuras tomaron forma en cuanto se aproximaron. Pero toda la atención de María se fijó en una. Con el corazón a punto de salírsele del pecho, fue hacia Eric y lo abrazó con fuerza.

Eric jadeó por la energía del gesto y por el dolor que le produjo en las magulladas costillas. Sin embargo, abrió los brazos de forma instintiva y la envolvió por completo. La estrechó con fuerza sin darse cuenta de cómo su propio cuerpo se serenaba tras dos días nefastos; y no porque las torturas hubieran sido agresivas, sino porque no se le ocurría ninguna salida, ninguna forma de regresar junto a ella y mantenerla a salvo. Con aquel suplicio todavía en su mente, la estrechó con más fuerza aún, enterrando la nariz en su pelo. Era la primera vez que la tenía así desde... «Dios, desde hace mucho», pensó, cerrando los ojos y dejando que su aroma le embargara los sentidos.

Su mayor preocupación había sido la seguridad de María, pero ella había demostrado ser muy capaz de valerse por sí misma. De hecho, él mismo le debía su libertad. Había buscado a Montenegro, lo que no dejaba de repatearle el hígado, aunque solo fuera para algo tan estimable como sobornar a sus carceleros.

El ligero carraspeo de Alejandro les arrancó a ambos del trance en el que parecían haber caído. María se apartó de Eric tan rápido que él se tambaleó por la sorpresa. Todavía tomándolo por los brazos, levantó el rostro y le miró a la cara. La luz de la luna se colaba entre las copas de los árboles proyectando reflejos en su pelo. Sus ojos recorrieron ávidos su rostro hasta que se fijaron en lo que parecía una enorme brecha en su frente.

—Dios, ¿estás bien? —exclamó, levantando la mano hacia la herida.

Eric apartó la cabeza en un acto reflejo.

—No es nada —musitó con una sonrisa forzada.

Al separarse, ella pudo percibir que su chaleco estaba lleno de sangre. Inclinándose sobre él, le inspeccionó el torso con las manos de forma frenética.

—Dios mío, ¡estás herido!

Eric le sujetó las manos entre las suyas, pues parecía completamente ajena a las reacciones que le provocaba.

178

—No es nada —repitió, tratando de que su voz no se quebrase—. Me limpié la brecha de la frente con el chaleco, solo es sangre reseca.

Su mirada quedó prendida en la de él durante unos segundos. Parecía querer decirle tantas cosas que ella ansiaba oír, y decir, y abrazarle para no soltarle.

Otro incómodo carraspeo de Alejandro les arrancó de repente de su contemplación.

—Debemos darnos prisa —murmuró—. Hay una barca esperándoos en el puerto.

Arrugando el ceño por sus propias reacciones descontroladas, María apartó las manos de Eric de inmediato.

—Vayamos a ver ese barco. —La profunda voz de Guill reverberó en la noche, devolviendo su atención a la importante y arriesgada tarea que tenían entre manos.

Alejandro condujo al grupo durante unos diez minutos hasta atravesar el parque y llegar a una fortaleza al borde de la bahía. María caminaba detrás de Eric, tratando de no tropezar con los irregulares adoquines del suelo. Ally, que venía detrás de ella, cayó de rodillas cuando su pie se introdujo en uno de aquellos cantos redondeados. María se volvió para ayudar a su amiga, pero Guill, que cerraba el grupo, ya estaba a su lado. Se inclinó junto a ella y la alzó con un solo brazo.

—Gracias —susurró su amiga, completamente azorada—, ya puede bajarme.

María volvió la vista al frente y continuó caminando.

Tras bordear la gruesa muralla de la fortaleza con cuidado de no ser descubiertos, llegaron a una especie de pantalán en el que se hallaba atracada una falúa. Era un barco pequeño y alargado de madera con un solo palo, de los que se usaban para el pequeño comercio dentro de la bahía.

—Es lo mejor que he podido conseguir en tan poco tiempo —se disculpó Alejandro.

Eric se volvió hacia él y le palmeó el hombro.

—Es perfecto: rápido y manejable.

Los ojos de Alejandro buscaron los de María.

—Bueno —suspiró—, debemos despedirnos aquí.

En un gesto de afecto sincero, ella se volvió y le abrazó.

—¿Cómo podré agradecerte todo lo que has hecho?

Las manos de él la estrecharon por la cintura, antes de apartarla ligeramente para mirarla.

—Espérame, María —respondió—. ¡No sabes cuánto me gustaría irme ahora contigo! Pero ya has visto cómo están aquí las cosas. ¿Entiendes que debo quedarme a ayudar, verdad?

María asintió. Ahora más que nunca le entendía. Seguro que pronto habría alguien más que, como ellos en aquel momento, precisaría de su diligente ayuda.

—En cuanto todo esto termine —continuó Alejandro—, te buscaré. Iré a Inglaterra y pediré formalmente tu mano a tu padre. Hasta entonces, ¿me escribirás?

Emocionada, María contempló sus resplandecientes ojos negros a la luz de la luna. Sería tan fácil amar a aquel hombre que, pese a tener que separarse, se sentía la mujer más afortunada del mundo. Sin pensar en absoluto, se puso de puntillas y le besó en los labios.

Alejandro exhaló el aire por la nariz y correspondió a su beso de una forma muy agradable. La caricia duró apenas un instante, hasta que María separó la cara y le acarició la mejilla.

—Te esperaré.

Al apartarse, ambos percibieron la enorme figura que se cernía a su lado. María no tuvo que volver la cabeza para saber de quién se trataba, pues los relámpagos que lanzaban sus ojos castaños eran visibles incluso en plena madrugada.

—¡Al barco! —ordenó Eric clavándole la mirada.

María no le respondió, ni siquiera le miró. Sonrió a Alejandro y se volvió para dirigirse al barco, donde ya esperaban Guill y Ally, que, mucho más discretos que Eric, habían abordado ya para concederle cierta intimidad en su despedida.

Eric se volvió hacia el abogado.

—Muchas gracias por todo lo que ha hecho —dijo ofreciéndole la mano—. Cuando lleguemos a tierra firme haré una transferencia a su nombre como pago por sus servicios, además de una generosa gratificación.

El abogado estrechó su mano.

—No será necesario, capitán. Lo he hecho con mucho gusto. Además —continuó, echando una ojeada hacia el barco—, yo ya tengo mi tesoro.

El muchacho esbozó una sonrisa jovial antes de regresar sobre sus pasos, camuflándose entre las sombras de la ciudad.

Eric resopló y puso los ojos en blanco por aquella cursilada, justo antes de salir corriendo hacia el barco. Desató las amarras que mantenían la embarcación sujeta al pantalán y saltó a bordo. Él y Guill se movían con dificultad en la estrecha cubierta mientras desplegaban la gran vela triangular. La brisa nocturna hinchó el trapo y el barco comenzó a avanzar deprisa hacia la embocadura de la bahía.

Mientras tanto, ellas se acomodaron en un asiento del centro de la falúa. Ally se recolocó su chal sobre los hombros. Entonces, se levantó una racha de aire y lo arrastró hasta la zona de proa. Dispuesta a recuperar la prenda antes de que cayera al agua, Ally se levantó y caminó tambaleante por la cubierta.

—¡Eh! ¡Alto ahí!

Todos giraron la cabeza al unísono en busca del origen del grito. Uno de los vigías que hacía guardia en la torre había divisado la barca y ahora les apuntaba con su fusil. Ninguno de ellos entraba en su punto de mira; ninguno excepto Ally, todavía de pie en la proa.

—¡Alto o disparo! —vociferó el centinela fuera de sí.

Ally se quedó petrificada. El chal colgaba de su mano mientras ella no conseguía apartar la aterrorizada miraba del arma que la apuntaba. Algo ocurrió entonces que congeló el tiempo en la cubierta. El chasquido de un gatillo resonó contra las gruesas paredes de la torre, extendiéndose como un funesto clamor por la bahía. La detonación estalló un instante después para iluminar el cielo con la explosión.

Los brazos de Ally cayeron rendidos y el chal flotó en el aire hasta posarse con suavidad en la superficie de agua. Cerró los ojos y contuvo la respiración, preparándose para el dolor. El suelo se estremeció bajo sus pies y el barco osciló. Un grito escapó de su garganta cuando un enorme peso la derribó, haciéndole caer de espalda contra la dura cubierta.

María y Eric contemplaban la escena con horror cuando una enorme sombra se deslizó entre ellos a toda velocidad. Todo el barco vibró bajo los firmes pasos de Guill antes de lanzarse sobre Ally.

—¡No! —gritó María con el corazón desbocado.

Unos segundos después, Guill se volvió de medio lado para que Ally pudiera escabullirse. Mientras, Eric se ocupaba del velamen con ágiles movimientos para navegar más rápido y alejarse del alcance del vigía.

—Hay que salir cuanto antes a mar abierto —gruñó Guill, sentándose con mucha dificultad en el suelo de la barca—. Mientras permanezcamos en la bahía estamos en peligro.

Eric dirigió el timón para enfilar la embocadura mientras María abrazaba con fuerza a Ally para consolarla. Sin embargo, ninguno de ellos pareció darse cuenta de que el contramaestre no volvía a sus tareas.

—¡Guill, sujeta la botavara! —exclamó Eric buscando a su amigo con la mirada.

Se percató entonces de que seguía inmóvil en el suelo.

—¡Maldita sea! —gruñó—. María, ven, necesito que tomes el timón y lo mantengas recto.

María se separó de Ally, que todavía temblaba con violencia por el miedo, y se levantó para seguir las instrucciones de Eric. En cuanto tomó el timón, él salió corriendo junto a su amigo.

—¿Estás bien? —murmuró, tomándolo por los brazos para ayudarle a incorporarse.

No obstante, el gruñido de Guill le detuvo en seco.

—¡Cuidado, maldita sea!

—¿Estás herido? —dijo justo antes de que el abundante charco de sangre que había bajo su costado izquierdo lo confirmase.

Se arrodilló de inmediato a su lado y trató de darle la vuelta para inspeccionar la herida. Estaba demasiado oscuro y apenas consiguió ver nada, pero la cantidad de sangre indicaba que no se trataba solo de un rasguño. La bala tampoco había salido y habría que sacarla cuanto antes, aunque de momento solo podía intentar frenar la hemorragia. Maldiciendo de nuevo, Eric se incorporó y se quitó su maltrecho chaleco para presionarlo con fuerza contra la herida. Guill aspiró aire entre los dientes y dejó caer la cabeza contra el casco del barco.

—¿Por qué lo has hecho? —susurró Eric.

Su amigo se sujetó el chaleco contra el costado y le lanzó una significativa mirada, una de aquellas con las que lograba hacerle sentir mucho más estúpido de lo que en realidad se consideraba.

—¿Alguna otra idea para detener la bala? —resopló con sarcasmo.

Eric le respondió con una mueca de hastío. Pero al comprobar que su chaleco estaba empapado ya, sintió que una fuerte inquietud le oprimía el pecho.

—¡Maldita sea, Guill! —espetó angustiado—. ¡Maldita sea!

—Tenga, use esto.

Eric se volvió y descubrió a Ally arrodillada a su lado con una de sus enaguas en la mano. Agarró la prenda sin pérdida de tiempo y la rasgó en tres largos jirones.

—Ayúdeme a atárselos al pecho —indicó.

Mientras él usaba su fuerza para incorporarle, Ally pasó las tiras de tela alrededor de su amplio torso con ágiles movimientos. Al terminar las ató con fuerza sobre la herida. Guill gruñó, aunque en esa ocasión no hubo ninguna protesta. Simplemente permaneció en silencio, con la mirada fija en su improvisada enfermera.

—¡Eeeeric!

El grito de María devolvió la atención de Eric al timón, para ver cómo ella señalaba al frente con un dedo. Siguió con la mirada la dirección que le indicaba, para descubrir la inquietante presencia de varios guardias en el dique del final de la bahía. Alertados por el tiro anterior, ahora aguardaban el paso de la falúa para dispararles. «¡Maldita sea!», rumió, al darse cuenta de que sus problemas no dejaban de aumentar.

—Agáchese, y no levante la cabeza por nada del mundo hasta que yo se lo diga —dijo a Ally antes de dirigirse hacia el timón.

Esta se limitó a asentir y se tumbó junto al herido, con cuidado de no hacerle daño. El espacio en cubierta era reducido y Guill era muy grande, por lo que sus cuerpos quedaron completamente pegados.

—¿Por qué ha tenido que hacer eso, señor Temba? —susurró, doblando el cuello para verle la cara.

Guill se sentía muy mal; la herida le dolía y notaba cómo la bala seguía adentrándosele en la carne, helándole la sangre. Pero estuvo a punto de gemir al notar su pequeño cuerpo apretarse contra él. Sentirla tan cerca sin que le perteneciera era un auténtico calvario.

—Solo ha sido un accidente, no se preocupe —respondió.

Ella posó la mano en su hombro.

—Sé lo que pasó, señor Temba, y no fue ningún accidente. Aunque no sé cómo ocurrió; el soldado apareció de repente y yo... —sollozó—, me quedé allí de pie sin poder reaccionar. Pero entonces apareció usted y... Me ha salvado la vida, señor Temba —aseveró, observándolo con mucha seriedad, como si realmente lo viera por primera vez.

Cuando ella comenzó a llorar, Guill apretó los dientes y tragó con dificultad. Pasó el brazo sobre su hombro y la abrazó torpemente.

—Shhh, no llore.

Ally alzó el rostro para mirarle a la cara. Por un instante, sus miradas se encontraron y una especie de energía les envolvió como una cálida manta.

Guill levantó una mano temblorosa y le secó con el dedo las lágrimas que brillaban en su mejilla. Jamás había tocado nada tan suave y hermoso. La tibieza de sus lágrimas pareció borrar de un plumazo el frío mortal que ya se le extendía por las venas.

Ally ladeó la cabeza hacia su mano y recibió aquella caricia con una intensa emoción oprimiéndole la garganta. Se inclinó sobre él y le abrazó muy fuerte, pegando la mejilla contra su pecho.

—Por favor, Guill —musitó, angustiada al escuchar los débiles latidos de su corazón—, no te mueras.

La respiración de Guill se quebró en aquel mismo instante. Mirando al cielo plagado de estrellas pensó en sus Loas, y en cómo rehusar su invitación para irse al otro mundo. Estrechó a la temblorosa muchacha entre sus brazos, dispuesto a satisfacer su súplica hasta el último segundo.

Ahora más que nunca necesitaba vivir.

CAPÍTULO 20

Eric se apresuró a fijar el rumbo de forma que pasaran por la salida de la bahía, pero lo más lejos posible de la posición de los guardias. Dio dos fuertes tirones al cabo con el que ató el timón y acto seguido se sentó en el suelo junto a María, mientras el barco continuaba avanzando a toda velocidad hacia su huída a alta mar. La observó de reojo: abrazada a las piernas, miraba al frente y se mordía el labio, nerviosa.

—Mantén la cabeza gacha —indicó, con una mueca que pretendía ser una sonrisa tranquilizadora.

María asintió antes de lanzarle una mirada lastimera. Acto seguido bajó el cuello e introdujo la cabeza entre las rodillas. Sin embargo, en cuanto las balas comenzaron a silbar sobre el barco, el instinto de Eric tomó el mando. En menos de un segundo se tendió sobre ella, cubriéndola con todo el cuerpo.

Entre el estruendo de las detonaciones y la repentina falta de respiración, María tardó unos angustiosos instantes en percatarse de lo que ocurría. Eric estaba encima de ella, tratando de cobijarla por todas partes: con los codos apoyados a ambos lados de su cuello para no aplastarla con su peso le sujetaba la cabeza con las manos abiertas, tratando de abarcarla por completo. Por un momento abrió los ojos y contempló la blanca estela de las balas que pasaban sobre la cubierta, que traspasaban las velas y se perdían en la oscuridad de la noche siguiendo su letal trayectoria.

La embarcación continuó avanzando hasta sobrepasar el dique y a los guardias, hasta que las detonaciones se escucharon cada vez más lejos y cesaron definitivamente. Los únicos sonidos que María percibía ahora eran el crujido del aparejo al tensarse con la brisa que soplaba fuera de la bahía, y el chapoteo del agua en el casco de la pequeña falúa. Sin la inquietud que las balas le producían, María fue tomando conciencia del peso de Eric sobre ella. El torso masculino le aplastaba los pechos con cada respiración, en un contacto tan íntimo que la hizo suspirar. Las largas piernas se enredaban entre su falda y las estrechas caderas de Eric encajaban sobre las suyas en una posición tan sensual que María debió reprimirse para no arquearse contra él. Sitió que él levantaba la cabeza para mirarla a la cara.

—¿Te encuentras bien? —preguntó mientras con su mano le acariciaba la cabeza.

María enfocó su cara entre las sombras y asintió apresurada. Eric se incorporó ligeramente y miró hacia abajo, como si quisiera comprobar que le decía la verdad. Sus dedos descendieron por su cuello hasta enredarse en el pelo de la nuca, mientras trazaba ligeros círculos con el pulgar en su mandíbula. María se sorprendió ante el violento deseo de hacer lo mismo. Los dedos le hormigueaban de ganas de apartar los mechones dorados que caían desordenadamente sobre su frente y acariciar aquella áspera mejilla. Se mordió el labio inferior, nerviosa. Ahora que era una mujer prometida no debía albergar aquellos pensamientos por nadie que no fuera Alejandro. Claro que aquel no era cualquiera, sino el hombre del que había estado enamorada desde que tenía uso de razón.

Los ojos de Eric recorrieron su rostro, descendieron hasta sus labios y tuvo que tragar saliva porque la boca se le hizo, literalmente, agua. Encajaban tan a la perfección que parecía que sus cuerpos habían sido creados el uno para el otro. La tenía tan apretada contra él, tan a su merced, que casi podía notar los latidos de su corazón bajo su pecho. María se mordió el labio inferior y él casi tuvo que clavar las uñas en la cubierta para no ceder a la tentación de besarla. Ella debió de percibir que algo había cambiado porque se revolvió incómoda tratando de apartarle.

—Estoy bien, muchas gracias —murmuró, colocando las manos en su pecho para empujarlo.

Eric se incorporó un poco más, aunque sin llegar a liberarla. Parecía sofocada y realmente deseosa de alejarse de él. No sabía por qué, pero aquella postura le molestó enormemente; no la postura en sí, pues podría quedarse así para siempre, sino su actitud esquiva.

—¡Capitán!

La excitada voz de Ally le devolvió de forma violenta a la realidad y a lo que estaba pasando en el barco. Tomó impulso y se levantó de encima de María. Tras ayudarla a incorporarse, acudió de inmediato junto a Guill.

—¿Qué ocurre? —preguntó, arrodillándose al lado de su amigo.

Ally, que no se había separado de él ni por un segundo, le observó preocupada.

—Respira de forma agitada y ha perdido el conocimiento.

Aquello no era bueno, nada bueno. En ello pensaba Eric mientras abría la camisa de Guill para contemplar que la venda ya estaba empapada de sangre. Tenía que evitar que siguiera sangrando tanto o no resistiría hasta llegar al *Audacious*. Colocó de nuevo su chaleco bajo la venda que habían atado al torso de su amigo y presionó sobre la herida. Guill se despertó con un ronco gruñido y le lanzó un potente gancho de derecha que Eric esquivó en el último instante.

—¿Qué diablos haces? —aulló.

—Impedir que te desangres, cretino —respondió, haciéndole un gesto a Ally para que le reemplazara en su tarea de presionar la herida.

—¿Estamos fuera? —preguntó Guill tratando de estirar el cuello para ver por encima de la baranda de cubierta.

—Sí, ya hemos salido de la bahía. Guill, amigo mío, voy a necesitarte para esto.

Guill observó a Ally, que se inclinaba sobre su herida para presionarla con fuerza. Suspiró hondamente y volvió los ojos hacia él.

—Pon rumbo a babor y navega en bordadas cortas; cerca de la costa, pero sin divisarla. Así correremos menos peligro de ser descubiertos. —Inspiró con fuerza e hizo una mueca de dolor antes de seguir—.

Creerán que nos dirigimos al norte para reunirnos con nuestro barco. Espero que se desanimen cuando no nos encuentren donde creen y que no decidan buscarnos. ¿Tenemos suficientes provisiones?

Eric asintió.

—Al menos para tres días —respondió, agradeciendo la diligencia del joven Montenegro.

—No creo que pueda aguantar tanto —gruñó—. Tendrás que llegar a los cayos en día y medio. Los muchachos nos esperan. Si no llegamos a tiempo podrían marcharse.

Eric se puso de pie.

—Esperarán, por la cuenta que les trae —aseveró, observando el gran cuerpo de su amigo tendido y cubierto de sangre—. Tú solo preocúpate por vivir. Y si ves a tus Loas, las mandas al carajo.

Los blancos dientes de Guill aparecieron tras una amplia sonrisa antes de que un acceso de tos le doblara por la cintura.

—Eres un descreído —musitó con una mueca de sufrimiento—, pero un día la magia te envolverá y te sacudirá ese irreverente corazón.

Eric puso los ojos en blanco.

—Lo que tú digas, pero no te mueras.

Volvió a mirar a Ally, que los observaba con una extraña mezcla de sorpresa y ternura.

—Presione la herida con fuerza —indicó—, y no haga caso de sus sandeces; el perro ladra, pero no muerde.

Con determinación y paso firme, Eric regresó al timón, preparado para navegar sin la ayuda de su contramaestre y más decidido que nunca a llegar a su destino.

❋ ❋ ❋

En cuanto sobrepasaron la línea que las copas de los árboles dibujaban con el horizonte, los desnudos palos del *Audacious* surgieron ante sus ojos, tan familiares y arrebatadoramente esperanzadores que vaciaron los pulmones de Eric con un largo y entrecortado suspiro de alivio. Miró al cielo y comprobó que el sol había comenzado a ponerse, lo que significaba que ya pasaba mucho del mediodía de la segunda jornada de navegación. Afortunadamente, habían pasado por tramos en los que la brisa empujaba a la ligera falúa a más de ocho nudos, aunque en otros las velas se vaciaban y apenas avanzaban la mitad. Así, casi dos días después de salir de La Habana, se adentraron en la cayería de San Felipe, donde, siguiendo el plan trazado una semana atrás, el *Audacious* aguardaba su regreso. La travesía había sido metódica y silenciosa. Los pensamientos de Eric solo estuvieron ocupados en seguir las instrucciones que Guill le había dado, vigilar su herida y mantener una distante custodia de las dos mujeres.

Sin embargo, vigilar el estado de Guill pronto dejó de ocuparle tiempo, pues María y su amiga no se apartaron de él. Ambas lograron controlar la hemorragia, le dieron de beber cuando sentía sed y bajaron su temperatura aplicándole trapos húmedos. El herido intercalaba momentos de conciencia con otros en los que se agitaba como si fuera víctima de alguna pesadilla. Pero Ally permanecía a su lado para susurrarle palabras al oído que pronto le devolvían la tranquilidad, haciéndole caer de nuevo en un sueño profundo. Por su parte, él apenas había dormido; tan solo alguna cabezada cuando María insistió en sustituirle al timón.

Eric se cubrió los ojos con la mano para protegerlos de la luz y observó que en la cubierta del *Audacious* sus hombres ya se afanaban tras haberles reconocido. Se puso en pie y fue a ver a su amigo, que volvía a dormir profundamente.

—¿Cree que se salvará? —preguntó Ally, alzando el rostro para mirarle.

Eric observó a la muchacha durante unos segundos. Parecía realmente afectada por lo que pudiera pasarle a Guill. «Culpa», pensó, pues le habían herido por ella. Pero se limitó a asentir con una mueca que pretendía ser una sonrisa tranquilizadora.

—Estoy seguro de ello.

—¿Qué demonios ha ocurrido? —La ronca voz de Benito Soto, el cocinero y médico del barco, le hizo mirar hacia arriba. Las cabezas de todos sus hombres se asomaban por la baranda del barco y observaban con agitación el cuerpo inerte y ensangrentado de su contramaestre.

—Yo también me alegro de veros —contestó Eric con ironía—. Todo era demasiado aburrido y Guill decidió frenar una bala con su cuerpo para darle más emoción.

El cocinero meneó la cabeza y farfulló algo entre dientes. Paseó su sagaz mirada por la cubierta y entonces pareció percatarse de algo.

—¿Y el padre de la muchacha?

Eric miró a María, que al momento bajó la cabeza. Parecía muy afligida, seguramente debido a un sentimiento de culpa por su mentira.

—Consiguió ponerse a salvo, y puede que ya esté de camino a Inglaterra —respondió Eric.

Los ojos de María se clavaron en él. Su mirada violeta brilló con una extraña intensidad, antes de inclinar la cabeza en lo que parecía un gesto de agradecimiento por su silencio. Eric rompió el contacto visual para continuar con su tarea de subir el inerte y pesado cuerpo de Guill al barco.

La tripulación se puso manos a la obra al instante; todos trabajaban de forma rápida y diligente. Eric sabía que, aunque le respetaban como capitán y su visión para hacer negocios les había traído abundantes beneficios, la verdadera alma del *Audacious* era el contramaestre. Su destreza como navegante y la forma sensata y justa con la que se relacionaba con sus hombres le otorgaban su respeto y su aprecio a partes iguales. Así, tras idear un sistema de izado con las poleas del aparejo, tan solo les llevó unos minutos subir el gran cuerpo de Guill al barco.

❋ ❋ ❋

—¡Maldita sea, así no puedo operar! —gruñó el cocinero de muy mal humor.

Después de distribuir todo su instrumental quirúrgico sobre la improvisada mesa de operaciones, llevaba más de una hora inclinado sobre el cuerpo de Guill tratando de extraerle la bala del pecho.

Para sorpresa de María, Ally se había ofrecido sin pensarlo para asistirle durante la operación. Al parecer, no era ella la única a quien estaba matando la culpa. Ally seguía viva gracias a la heroicidad de Guill. Sin embargo, su pesar era aún mucho más hondo y doloroso que el de su amiga. Porque incluso el tormento de Ally era culpa suya, pues nada de aquello habría ocurrido si ella no les hubiera embrollado a todos en su mentira.

—Necesito que este barco se esté quieto de una bendita vez. Es imposible operar con este vaivén del demonio —protestó de nuevo el señor Soto.

Varios miembros de la tripulación habían transportado a Guill hasta el camarote del capitán para depositarlo sobre el escritorio, que servía en aquel momento como mesa de operaciones. Con la camisa remangada hasta los codos y los antebrazos cubiertos de sangre reseca, el anciano cocinero dejó el escalpelo y se volvió hacia Eric, que paseaba inquieto al otro lado del compartimiento.

—Ya hemos fondeado hace un buen rato —dijo Eric, mirando al anciano desde arriba y llevándose las manos a la cintura.

El señor Soto alzó el mentón y le imitó, colocando sus ensangrentadas manos en la cintura.

—La bala está en mal sitio y si seguimos moviéndonos así terminaré perforándole un pulmón.

—¡Maldita sea, Soto! —gruñó Eric haciendo un gesto lastimero—. ¿Qué quieres que haga: detener el mar?

El cocinero meneó la cabeza y miró por encima del hombro hacia la mesa.

—Pues ya podemos ir buscando a otro contramaestre —rumió con sarcasmo.

María se fijó en cómo Eric arrugaba el ceño y tragaba con dificultad mientras observaba con dureza el cuerpo inerte de su amigo. Al abordar, y según las propias sugerencias de Guill antes de caer en el profundo sueño del láudano, el barco había desplegado sus velas y puesto rumbo al sur. Era importante no perder tiempo en salir a alta mar porque aún existía el peligro de que les hubieran seguido en su periplo desde La Habana. Y si la flota española les cerraba el paso en alguna bahía o fondeadero no tendrían escapatoria; el Inglés y toda su tripulación caerían en una trampa mortal. Sin embargo, nadie había previsto que el mar iba a estar tan agitado que hiciera imposible la operación.

Eric exhaló aire con fuerza y meneó la cabeza. María le conocía lo suficiente como para saber que estaba sopesando sus opciones para tomar la mejor decisión. También sabía lo mucho que apreciaba a Guill y que decidiría en función del interés de toda su tripulación; porque Eric siempre se había responsabilizado de la suerte de todos los que le rodeaban, anteponiendo la felicidad de los demás a la suya propia.

—¿Te sería más fácil si bajáramos a tierra?

—Me será imposible si no lo hacemos.

Eric asintió y se volvió hacia la puerta.

—Si nos pillan estamos muertos, capitán —aseveró el cocinero.

Con el pomo de la puerta en la mano, Eric le lanzó una dura mirada por encima del hombro.

—De algo hay que morir, Soto.

Acto seguido abrió la puerta y salió con paso firme.

CAPÍTULO 21

María inspiró con fuerza y elevó el rostro, disfrutando de la fresca y suave brisa marina. Se colocó una mano sobre los ojos para protegerlos de la luz y con la otra saludó a Juanito, el joven grumete, que se lanzaba al agua desde unas rocas cercanas y reclamaba su atención haciéndole aspavientos con los brazos. Rió con ganas cuando el niño gritó y saltó con una simpática pirueta. Sentada a la sombra de una palmera en la playa, disfrutaba del paisaje de la pequeña isla en la que llevaban instalados dos días.

Aquella tierra era un verdadero paraíso. La isla estaba cubierta de verde vegetación. Los árboles llegaban hasta la misma línea de costa y se componían en su mayoría de altos manglares y palmeras, las cuales les proporcionaban sombra y sabrosos cocos. El agua del mar era tan azul que se confundía con el mismísimo cielo en el día más claro, y la arena tan blanca como el más puro algodón. Muy cerca de la orilla nadaban exuberantes peces de vivos colores y enormes tortugas. La pequeña bahía de aguas tranquilas quedaba resguardada de los vientos por dos colinas, que abrigaban al *Audacious* e impedían que el ancla se soltara, además de dejarlo fuera de la vista de cualquier navío que pasara cerca de la isla. Por todo ello, Eric había elegido el lugar para fondear su barco y desembarcar a Guill.

Lo primero que hicieron al tomar tierra había sido instalar una especie de tienda en la que se dispuso de una mesa para la operación y un catre para el herido. Se iluminó con una decena de lámparas y el señor Soto comenzó a operar durante la madrugada.

Benito Soto había demostrado con creces ser mejor cirujano que cocinero. Desplegó de nuevo todo su instrumental y enseguida les asignó una tarea a cada uno. Ally se ocupaba de pasarle los utensilios que necesitaba; Eric sujetaba una lámpara sobre su cabeza para ver la herida a la perfección, y María debía limpiar el sudor de su frente y cerciorarse de que al herido no se le terminase el efecto del láudano. De esta forma, los cuatro se distribuyeron alrededor del enorme cuerpo de Guill, sabiendo exactamente lo que debía hacer cada uno.

—¡Quiere estarse quieto con la luz! —había increpado el señor Soto a su capitán.

Se inclinaba sobre el amplio y ensangrentado pecho de Guill mientras trataba de atrapar a la escurridiza bala. Por su parte, Eric estiraba el cuello tratando de mirar hacia arriba. El señor Soto le lanzó una significativa mirada por encima del hombro antes de soltar una sonora carcajada.

—No se me vaya a desmayar, capitán.

Eric puso los ojos en blanco.

—Céntrese en lo que tiene entre manos, ¿quiere?

Sin el molesto vaivén del barco, la operación concluyó en poco más de una hora. Durante aquel tiempo María no logró apartar los ojos de Eric. Una ternura enorme envolvió su corazón, pues la conmovía enormemente su sensibilidad. Sabía que su malestar no se debía a una falta de valor, sino a la empatía que siempre demostraba por todos sus semejantes.

—Ya está —anunció el señor Soto, anudando con fuerza el hilo que suturaba la herida de la que acababa de extraer el proyectil—. Le va a quedar una bonita cicatriz, pero sobrevivirá. Ahora solo hay que esperar que no sufra calentura —continuó, observándoles a todos—. Será mejor no moverle durante un par de días.

Eric asintió, con el mismo gesto grave que antes.

Un ruido a su espalda sobresaltó a María, devolviéndola al presente. Giró la cabeza al momento para ver como Ally se acercaba caminando sobre las hojas de palma secas, que crujían bajo sus pies.

—Hola —saludó su amiga—, ¿puedo hacerte compañía un rato?

196

—Claro que sí.

María se hizo a un lado para dejarle sitio en el mullido y fresco lecho de hierba en el que estaba sentada. Al igual que ella, Ally también se había quitado los zapatos y las medias para caminar descalza por la isla. Llevaba las blancas mangas de la camisa arremangadas por encima de los codos y los primeros botones del cuello abiertos. Hacía un calor tan húmedo que se pegaba a la piel, haciendo muy difícil respirar. Ese era el motivo por el que María llevaba un buen rato envidiando a Juanito. Si no fuera porque desde el barco se veía la orilla y muchos de los miembros de la tripulación habían bajado también a la isla y podían descubrirla, se habría quitado la ropa y el corsé para acompañar al niño en su baño.

—¿Qué estás haciendo?

La pregunta de Ally le hizo prestarle atención de nuevo.

—Sintiendo una envidia poco sana por ese niño —bromeó, señalando al grumete con un movimiento de la cabeza.

Ally la comprendió al momento, y la sonrisa suavizó los rasgos de su cansado rostro. Llevaba dos noches casi sin dormir velando el descanso de Guill. Se sentía tan responsable de su estado que se había proclamado su devota enfermera y apenas salía de la tienda.

—Creo que no es el único que aprovecha bien el tiempo —dijo Ally.

María miró en la misma dirección que ella. El corazón le dio un vuelco al descubrir que Eric se encontraba al otro lado de la playa. Sentado mirando al mar, inclinaba la cabeza sobre uno de sus cuadernos de dibujo. Llevaba las mangas de su camisa subidas y su brazo se movía sobre la gran hoja blanca con ágiles movimientos.

—¿Conocías esa faceta artística de nuestro capitán?

María sonrió con nostalgia. Aquella imagen le trajo recuerdos de tiempos más felices, cuando él dibujaba mientras era testigo de sus travesuras y ella soñaba con que algún día podrían estar juntos.

—Mi madre le enseñó a dibujar —suspiró.

María apartó los ojos de él. Debía dejar de vivir en el pasado y pensar en su futuro junto a Alejandro. Sencillamente porque había cosas que no podían ser.

—¿Es bueno?

La voz de Ally la devolvió de nuevo al presente.

—¿Qué? —preguntó desconcertada.

—Sus dibujos —aclaró Ally—, ¿son buenos?

María trató de recordar, pero lo cierto era que hacía muchísimo tiempo que no veía ninguno. Eric nunca había sido muy dado a mostrar sus obras, más bien todo lo contrario. María asintió, al advertir que su amiga todavía esperaba una respuesta.

—¿Cómo ha amanecido Guill? —preguntó, dispuesta a cambiar de tema.

Ally arrugó el ceño y se mordió el labio, nerviosa.

—De momento no tiene fiebre, y ha desayunado un poco de fruta con bastante apetito —informó—. El señor Soto dice que, si sigue así, mañana ya podría incorporarse y sentarse.

María la observó con detenimiento. Las profundas sombras azuladas bajo sus párpados eran testigos mudos de las noches que había pasado velando el cuerpo de Guill y aplicando paños húmedos sobre su piel, atenta a cualquier cambio que se producía en su respiración. El acto heroico y completamente desinteresado del contramaestre al recibir aquella bala por ella la hacía sentirse responsable de cuanto pudiera pasarle.

—Estoy segura de que se pondrá bien —declaró, tratando de aliviar su pesar.

Ally se volvió hacia ella y le escrutó el rostro.

—¿Crees eso de verdad?

—Claro que sí —respondió con sinceridad, acariciando el dorso de su mano para animarla—. Debemos tener esperanza y confiar en Dios.

Su amiga tomó su mano entre las suyas y la miró con una extraña intensidad.

—¿Crees que Dios se ocupa de la gente como el señor Temba?

María la observó con curiosidad.

—¿La gente como el señor Temba? —repitió, tratando de comprender.

Ally apartó la mirada y se revolvió incómoda.

—Los negros —contestó, volviendo los ojos hacia María—, ¿crees que Dios se ocupa de los negros?

—No te voy a dar el discurso de un sacerdote y decirte que todos somos hijos de Dios. Mis padres, con su ejemplo, me enseñaron que todas las personas somos iguales y tenemos los mismos derechos. Creo en ello tan sincera y fervientemente como en la plegaria más sagrada. —Tomó aire con fuerza y continuó—. Ya has visto su sangre: es roja y caliente al igual que la nuestra. Estoy segura de que son nuestros semejantes, solo que el sol ha oscurecido su piel, así de simple. Lo que no sé es si la historia nos perdonará alguna vez todo el daño que les hemos hecho.

Suspirando tras su diatriba, María observó a Ally. Se sorprendió entonces al descubrir que su amiga la miraba tan intensamente que en sus ojos brillaban las lágrimas.

—Ally, ¿qué te ocurre?

—¿De verdad crees que somos iguales? —susurró.

María asintió, parpadeando perpleja por su exaltación.

—Sí, Ally, claro que sí —aseveró—. Pero ¿por qué es tan importante para ti?

—Creo que le amo —espetó, vaciando sus pulmones, al mismo tiempo que su corazón.

Completamente atónita, María se volvió hacia ella.

—¿Al señor Temba?

Ally hizo un gesto afirmativo.

—¿A Guill?

Ally volvió a sentir, pero esta vez con un lastimero gesto dibujado en su rostro.

—¿Desde cuándo? —preguntó pasmada—. ¿No decías que le odiabas?

—Y le odiaba. Pero no sé en qué momento eso cambió. Me pareció un hombre apuesto desde el primer momento, y eso me sorprendió porque él es... —Dudó por un segundo antes de continuar—. Diferente. Aunque esa diferencia jamás me ahuyentó, todo lo contrario. Y luego estaba esa forma en que me miraba, haciéndome sentir hermosa.

—Ally, tú eres preciosa —afirmó María, dispuesta a animarla.

—Tal vez sea cierto, pero jamás me había sentido así; ni siquiera con Richard —confesó, apartando la mirada—. Quizá por eso mi rechazo hacia el señor Temba era tan fuerte; violento, incluso. Pero ahora, después de lo que ha hecho por mí, las emociones por él me rebasan y el corazón se me desborda.

María no pudo evitar sonreír al escuchar aquellas palabras cargadas de pasión de la siempre impasible Allison Green.

Ella le lanzó otra mirada lastimera.

—Por favor, no te rías de mí.

—En absoluto me rio —aclaró—. Lo que ocurre es que me alegro mucho por ti. No podría sentirme más feliz de verte otra vez enamorada.

—Creo que no lo entiendes —respondió Ally consternada—. No puedo enamorarme de un negro. ¿Qué futuro podríamos tener juntos? ¿Cómo podría presentarme en sociedad de su brazo? Nadie nos aceptaría, y yo sería una paria el resto de mi vida.

María le acarició la mano otra vez.

—Ally, querida, espero que no te ofendas, pero ya eres una paria. Y sinceramente, yo dejaría de preocuparme por lo que piensan las personas que te volvieron la espalda cuando más las necesitabas y centraría toda mi energía en descubrir qué siente el hombre que ha recibido una bala por ti.

Los ojos de Ally se clavaron en su rostro, escrutándola como si la viera por primera vez. María asintió para reafirmar lo que acababa de decir, convencida de que aquello era justo lo que su amiga necesitaba escuchar.

—¿Lo crees sinceramente?

María volvió a sonreír.

—Nunca, jamás, en toda mi vida, he creído algo con tanta fuerza —aseveró solemne con una gran sonrisa en los labios, mientras con el dedo dibujaba una cruz sobre el pecho para sellar sus palabras.

✽ ✽ ✽

María inspiró con fuerza el aire nocturno y elevó el rostro disfrutando lo indecible de su frescor. Llevaba casi todo el día sin salir de su camarote; y no era porque la tripulación del *Audacious* siguiera inquietándola como antes, sino porque no deseaba tropezarse con Eric. Él se esforzaba por tratarla con normalidad, pero no había que ser muy sagaz para darse cuenta de que le incomodaba. Continuaba evitándola todo el tiempo y, cuando no tenía más remedio que soportar su presencia, una tensión notoria substituía su habitual jovialidad. Sin embargo, no coincidir les había sido mucho más fácil a ambos mientras no abandonaron la isla, porque desde que habían regresado al barco no hacían más que tropezarse el uno con el otro.

Por fortuna, Guill no había dado síntomas de fiebre y pronto logró incorporarse. Así, al tercer día desde su operación pudieron trasladarlo de nuevo al barco y reanudar el viaje. El herido ocupó su camarote mientras María y Ally volvían a ocupar el del capitán, relegando a este a dormir en la bodega con el resto de su tripulación. El hecho de instalarse en sus aposentos en el barco tampoco ayudaba a María a apartarlo de su mente, pues su olor y su presencia parecían impregnar cada rincón.

El viento había cesado de repente al caer la tarde y llevaban algunas horas prácticamente parados en mitad del mar. María alzó los ojos hacia el castillo de popa y la respiración se le quebró al reconocer al hombre que se hallaba tras el timón. Le parecía muy raro que el capitán hubiera salido a hacer la guardia, aunque decidió no concederle importancia. Sabía que la había visto, y por ello levantó el brazo. Él correspondió a su saludo con un movimiento de cabeza. Pero, como sabía que no deseaba su compañía, María se dirigió en la dirección opuesta, tan lejos como le fuera posible de su campo de visión.

Caminó despacio por la cubierta, perfectamente iluminada por la luz de la luna, y apoyó los codos sobre la barandilla de proa. Si la sensación de hallarse rodeada de mar por todas partes impresionaba durante el día, en una noche como aquella el paisaje sobrecogía por su belleza. Era como entrar en un inmenso y maravilloso templo cuya cúpula plagada de estrellas les envolvía como un resplandeciente manto. La superficie del mar estaba en calma y reflejaba como un espejo nítido el brillo de los astros. La línea del horizonte se había desdibujado por completo, permitiéndole fantasear con la idea de que algún ser divino había agitado el mundo para que un diluvio de estrellas les envolviera, como si hubieran introducido al *Audacious* en una enorme bola de cristal con nieve cuyos copos habían sustituido por la centelleante purpurina de los cuerpos celestes.

A diferencia de cuando hacía viento, que hinchaba las velas, hacía crujir la madera de los mástiles y chirriar el aparejo, el silencio que imperaba aquella noche era realmente asombroso. María miró hacia abajo para constatar que ni siquiera se apreciaba el rumor del agua contra el casco del barco. Volvió la vista al frente, exhalando un largo y sonoro suspiro de placer, y decidió que, por unos instantes, iba a permitirse disfrutar de la belleza que la rodeaba y dejar de lado su pasado, su presente y el incierto futuro que se perfilaba tras aquella travesía.

Entonces, una voz ronca sonó a su espalda, rompiendo su momento de paz.

CAPÍTULO 22

En cuanto Eric la vio aparecer en cubierta, cada músculo de su cuerpo se puso en tensión... Claro que aquella reacción siempre había sido normal cuando se trataba de María. Ella le saludó con la mano y, cuando creyó que iría a su encuentro, se dio la vuelta para dirigirse a la proa. Arrugando el ceño, la observó caminar despacio entre los mástiles.

Eric miró al cielo estrellado, contento de hallarse en mar abierto en una noche como aquella. No obstante, sus ojos buscaron de nuevo a la figura femenina que se apoyaba en la barandilla. Suspiró exasperado y decidió que ya había tenido suficiente guardia por aquella noche. Bajó las escaleras hasta la cubierta, decidido a despertar al siguiente centinela. Ser el capitán del barco le permitía la atribución de hacer durar su turno de vigilancia el tiempo que quisiera. Se volvió hacia la puerta, pero sus piernas se negaron a descender los peldaños hasta la bodega.

Después de casi un minuto luchando consigo mismo, Eric se dio la vuelta otra vez y dejó que sus pies le llevaran hasta la proa.

—Hola.

El cuerpo de ella dio un respingo antes de volverse, sobresaltada.

—Hola —respondió María, volviéndose hacia él con una mano sobre su agitado pecho.

—¿Quién creías que era, un fantasma? —bromeó.

María se rió con aquella ocurrencia.

—No —respondió negando con la cabeza—, solo que no te esperaba.

Su risa, suave y ligeramente enronquecida, hipnotizó a Eric, que casi tuvo que sacudir la cabeza para librarse del aturdimiento. Colocándose a su lado, apoyó los codos en la barandilla. Sintió que ella le miraba sorprendida, pero apenas tardó unos segundos en volver a la misma posición de antes. Así, ambos permanecieron un rato observando juntos las estrellas.

—¿Cuánto tiempo podrá ralentizar el viaje esta falta de viento? —preguntó ella rompiendo el silencio.

—Nunca se sabe —respondió con la vista todavía fija en el horizonte—. Algunas veces solo son horas, pero pueden llegar a pasar días, incluso semanas.

María volvió el rostro hacia él.

—Dios mío, espero que no sea tanto —murmuró—. ¿Estamos muy lejos de Nueva York?

La pregunta hizo que Eric se volviera sorprendido hacia ella.

—¿Nueva York?

—Sí, ¿cuánto tiempo podría llevarnos el viaje?

Eric observó detenidamente su rostro. Su piel blanca parecía transparente a la luz de la luna; su cabello negro brillaba con reflejos casi azulados en la noche, y sus ojos habían adquirido un inusual color azul marino.

—María —dijo con la voz ligeramente enronquecida—, no nos dirigimos a Nueva York, sino a Londres.

Esta vez fue ella la que le miró con sorpresa.

—¿A Londres?

Eric volvió a mirar al frente.

—Has demostrado no ser nada de fiar, María Lezcano. —Sintió su mirada clavada en él—. No me sentiría nada seguro permitiéndote subir a un trasatlántico, porque sé que serías muy capaz de saltar al mar en mitad del océano.

María apenas reparó en que bromeaba, pues el ruido de su corazón retumbando contra el pecho casi no le dejaba oír nada más.

—¿Vas a regresar a Londres?

—Voy a acompañarte hasta Londres —matizó Eric, ya que no había pensado en quedarse. Sin embargo, sus ojos brillantes y su expresión emocionada le hicieron cerrar la boca.

—Vas a regresar a casa.

Aquellas palabras le dejaron sin respiración, y lo que ella hizo después le robó el aliento.

María le abrazó.

Le sujetó los hombros con fuerza y le estrechó con tanto ímpetu que Eric jadeó por la sorpresa. Su pequeño cuerpo se pegó al suyo, adaptando a la perfección cada curva, cada contorno, sin que ninguna partícula de aire se interpusiera entre ellos. Los brazos de Eric subieron por sí solos para rodearla por la cintura, estrechándola todavía más, si eso era posible.

Ella se separó lo suficiente para mirarlo a la cara.

—Puedes regresar tranquilo —aseguró entusiasmada—, no volveré a molestarte. Antes era una inconsciente y estaba muy equivocada, pero ya lo he entendido. Te dejaré en paz y no tendrás que volver a marcharte si no quieres. Ya no habrá más hostigamientos ni persecuciones por mi parte —continuó, observándole con intensidad—. Eric, prometo dejarte en paz para siempre.

Él se sintió asombrosamente molesto con aquella promesa. María creía que se había marchado por su culpa; y así era, pero no exactamente como ella creía. Escrutó su rostro, radiante de alegría, y casi cedió a la tentación de contarle toda la verdad. Casi.

Como si acabara de percatarse de la delicada postura en la que estaban, María le empujó y se zafó de su abrazo para volver a apoyarse en la barandilla.

Los brazos de Eric cayeron de forma mecánica, mientras continuaba observando su perfil. Ella miraba al cielo y sonreía dichosa.

—Toda la familia se pondrá muy contenta. Oh, papá y mamá... —murmuró, girando la cabeza para mirarle por encima del hombro—, no sabes lo mucho que significará para ellos volver a verte, Eric. Todos te han echado muchísimo de menos.

Aquellas palabras fueron un golpe directo a su pecho. La mención del señor Lezcano y de *lady* Mary le hizo tragar aire a grandes bocanadas. Iba a reencontrarse con su familia: aquellas personas a las que les debía todo, que extrañaba cada día y querría para siempre.

—María...

—No digas nada —interrumpió ella, volviéndose para tocarle el brazo—. Entiendo que ahora tu vida está en este barco, y comprendo que no quieras quedarte. Pero, por favor, prométeme que no te irás de Londres sin haberles visto a todos.

Eric debió carraspear de nuevo para aclararse la voz. Bajó la cabeza para observar la pequeña mano sobre su antebrazo.

—No lo sé, María. No he pensado en ello —mintió, pues cada día de aquellos cuatro años había pensado en volver junto a ellos. Junto a ella.

Los hombros de María cayeron por la decepción. Bajó los ojos y la mano de su brazo, para apartarse despacio de él y regresar a su camarote.

Una voz honda resonó en la cabeza de Eric, una voz insistente que le instaba a detenerla. Pero apretó los dientes y apartó los ojos de ella. No debía abrir la boca, y sí dejarla marchar.

—Eric.

Su voz le hizo levantar la vista para mirarla de nuevo. María se había detenido frente al gran barril que ataban al mástil, en cuyo interior recogían el agua de la lluvia para beber, pues los hombres eran reacios a cargar cualquier otro líquido que no fuera ron y que ocupara espacio en las bodegas.

—¿Qué?

De espaldas a él, María permanecía de pie frente al barril observando su interior.

—¿Puedes venir un momento, por favor?

Alzando la vista al cielo, Eric suspiró y acudió junto a ella.

—¿Te acuerdas de aquella noche en Sweet Brier Path, cuando yo me subí a aquel árbol del que no sabía bajar y tú tuviste que ayudarme? —preguntó sin apartar los ojos del agua del barril.

Él la contempló un tanto desconcertado. Se acordaba a la perfección de aquella noche porque fue cuando tomó conciencia de que María había dejado de ser una niña, para convertirse en una mujercita que fantaseaba con el amor de un hombre que le bajara la luna.

—Sí —respondió escueto.

—¿Recuerdas que me dijiste que harías lo que fuese por la mujer que pusiera la luna en tus manos?

Eric la miró, asombrado de que recordara aquello con tanto detalle.

—Sí, María, me acuerdo —dijo con impaciencia.

Ella introdujo entonces las manos en el agua del barril y colocó los dedos en forma de cuenco para recoger todo el líquido que pudiera abarcar.

—¿Podrías poner tus manos bajo las mías, por favor?

Extrañado, Eric volvió a observar su perfil. Sin embargo, movido por la curiosidad, decidió seguir sus instrucciones. Pasó las manos bajo las suyas, hasta que las palmas quedaron acopladas en las de ella.

—Si miras bien —dijo ella, dejando caer el líquido dentro de sus manos—, aquí encontrarás la luna.

Eric contempló detenidamente el líquido que retenía entre las palmas hasta que la superficie del agua dejó de agitarse por el movimiento. Entonces apareció: en la cristalina superficie del agua, como si de un espejo se tratase, surgió el reflejo platcado de la luna. Allí la tenía, toda para él; redonda, plena y maravillosamente brillante.

La inocencia y la ternura de aquel gesto hicieron que algo se moviera dentro de Eric. Tenía la luna en las manos y, sin embargo, no lograba apartar los ojos del rostro de María. Con las manos todavía dentro del barril y el brazo pegado al suyo, ella le miraba con tanta calidez que podría derretir el carácter más forjado y aniquilar cualquier defensa de su corazón.

—¿Me concederás ahora aquel deseo que me prometiste? —musitó ella.

Completamente desarmado, Eric percibió cómo sus ojos le escrutaban la cara hasta fijarse en sus labios. La respiración se le quebró cuando, por un breve instante, creyó que iba a pedirle un beso. Y él iba a concedérselo, por Dios que se lo concedería.

—Sí —susurró, más decidido que nunca a dejar de escuchar a su conciencia y seguir por fin a su deseo.

—Prométeme que no te marcharás de Inglaterra sin haber visto y hablado con toda la familia.

Aquellas palabras tardaron algunos segundos en adquirir significado en su obcecada mente. Sacudiéndose las fantasías, Eric trató de centrarse en la situación real. María únicamente deseaba que regresara a casa, aunque solo fuera de visita.

Entonces apretó con fuerza los puños y la luna se le escurrió entre los dedos.

—Te lo prometo.

Ella exhaló un largo suspiro de alivio antes de volverle la espalda.

—Buenas noches —dijo, sin volver la vista atrás.

Mientras desaparecía tras la puerta que conducía a los camarotes, la sangre de Eric comenzó a hervir en sus venas. La ira se le aferró al pecho y tuvo que sujetarse al borde del barril para no salir tras ella y cobrarse el beso que le debía. Agachó la cabeza entre los hombros e inspiró varias veces, tratando de serenarse. «Eric, prometo dejarte en paz para siempre.» Aquellas palabras regresaron a su mente solo para torturarlo. Entonces alzó el rostro hacia el cielo, deseando aullar a la luna llena como el lobo más rabioso de la manada.

❀ ❀ ❀

Ally trató de concentrarse en limpiar la herida de Guill y no en los ojos verdes clavados en su rostro. La piel ya había comenzado a cicatrizar, lo cual era una magnífica señal. Podía levantarse con ayuda y sentarse en la butaca del camarote. Pero en aquel momento se encontraba recostado sobre las almohadas de su catre.

—¿Le duele? —preguntó, mirándole tímidamente de soslayo.

—Solo cuando usted no me toca.

El rubor incendió el rostro de Ally hasta las orejas. Se apartó, depositando la venda en la palangana que usaba para hacerle las curas.

—¿Por qué se empeña en decirme esas cosas? —murmuró, antes de sentarse frente a él y tratando de no fijarse en la tersa piel de su pecho.

En aquella ocasión llevaba puesta la camisa, pero la tenía abierta por completo para poder realizarle las curas. Aquel torso musculado quedaba al descubierto hasta perderse bajo la cintura del pantalón, perfectamente ajustado a sus caderas. Desde que sabía que se pondría bien, a Ally cada vez le costaba más verlo solo como a un enfermo y no fijarse en su exótica belleza.

—Porque no sé de qué otra forma hacerle saber que me interesa, señorita.

Los ojos de Ally buscaron los suyos, tratando de discernir si hablaba en serio. Pero por si las palabras no alcanzaban, la intensidad de su mirada confirmaba su deseo. Ella se apartó, como si un poco de distancia le ayudara a recuperar el aliento.

—Señor Temba, esa no es la forma correcta de hacerlo —musitó, desviando tímidamente la mirada.

Su enorme mano cubrió las de ella.

—Dígame entonces cómo debo hacerlo —dijo él—. ¿Cómo hacen los hombres en Inglaterra para llamar la atención de una dama?

Su piel estaba caliente y suave. Sus dedos eran tan largos que le envolvían por completo las manos. Comenzó a movérselos lentamente sobre los nudillos en suaves círculos, y Ally sintió que, de repente, hacía mucho calor en aquel camarote.

—Un caballero no muestra sus intenciones, y mucho menos debe hacerlo con palabras.

La ronca risa de él la hizo cerrar la boca.

—Si no hablan con las mujeres, ¿cómo demonios van a conocerlas?

Ally apartó las manos, rompiendo aquel perturbador contacto. Él se las atrapó de nuevo con un rápido movimiento.

—Está bien, perdone mis improperios —murmuró conciliador—. Soy un patán, pero de verdad quisiera saber cómo hacerle entender que me interesa, sin incomodarla.

Los ojos de Ally volvieron a escrutar su rostro, tratando de averiguar hasta qué punto hablaba en serio. La expresión de preocupación y anhelo del señor Temba terminó por convencerla.

—Un caballero puede acercarse a hablar con una dama en una velada o en un baile —dijo—. Si está interesado, tal vez pueda enviarle una tarjeta solicitando el permiso para visitarla, para después acudir a la cita con un ramo de flores —terminó, levantando la vista del dorso de la mano que cubría las suyas.

Los ojos de él centellearon de diversión.

—¿Eso es todo?

Ally asintió de forma apresurada, cada vez más nerviosa por su cercanía. Plenamente consciente de que estaba sola en una habitacion con un hombre medio desnudo que, aunque estuviera herido, ofrecía un aspecto de lo más saludable.

—Aquí no hay flores —murmuró Guill, mientras se incorporaba en el catre para acercarse a ella—, y, salvo mis cenas con el capitán, tampoco hay veladas, ni mucho menos bailes. Así que volvemos otra vez al principio. —Su tono de voz se hizo más ronco a medida que aproximaba su rostro al de ella—. ¿Cómo hago, mi ángel, cómo hago entonces para acercarme a ti?

Levantó la mano y le acarició la mejilla con un dedo. Ally contuvo la respiración mientras sentía que toda la piel se le erizaba bajo la ropa. El dedo se resbaló hasta sus labios para acariciarlos con la suavidad de una pluma. Ally abrió la boca de forma inconsciente y un jadeo se le escapó de la garganta. Se fijó en sus hipnóticos ojos, ahora mucho más cerca y brillantes, y una repentina falta de aire provocó que el pecho se le agitara bajo la blusa. Su mente se vio afectada por una especie de neblina que le nubló el pensamiento.

Colocando un dedo bajo su barbilla, Guill le levantó el rostro. Acto seguido bajó la cabeza y la besó.

CAPÍTULO 23

En cuanto sintió sus gruesos y cálidos labios sobre los suyos, Ally abrió mucho los ojos, sorprendida. Exhaló un hondo y entrecortado suspiro que se le escapó por la nariz, justo antes de abrir la boca y dejarse llevar, respondiendo al beso con toda el alma. Subió los brazos y se sujetó a su fornido cuello con una necesidad vital, como si llevara tiempo cayendo en un profundo agujero y él acabara de arrojarle una cuerda.

Al notar la tímida caricia de su lengua, la sangre de Guill le incendió el cuerpo. Moría de deseo, pero se movió despacio para no asustarla. La tomó por la cintura y la apretó contra él con una lentitud y una suavidad que contradecían a su apetito voraz. Era tan pequeña y delicada que podía rodear su cuerpo con un solo brazo y hundirse en ella sin esfuerzo.

El pecho de Ally ardía de emoción. Sin embargo, apartó la cara de repente y rompió el beso. Tenía que parar, no podía seguir con aquello sin haber sido franca con él.

—Señor Temba, yo no soy la dama que usted cree...

—Guill —corrigió él, enfocando de nuevo su rostro mientras trataba de controlar la respiración.

Ella asintió.

—Guill —convino—. Mi familia me repudió por un comportamiento escandaloso —habló atropelladamente, como si liberar deprisa la verdad fuera menos doloroso, al igual que arrancarse la venda de una herida—. Estuve prometida a un hombre bueno pero...

Él posó un dedo sobre sus labios.

—Shhh..., calla, no digas nada más —susurró, antes de bajar la cabeza y volver a besarla.

—Es que quiero decirlo, por favor —suplicó Ally, apartándose lo suficiente para que la dejara continuar—. Estuve prometida a un hombre bueno —repitió—, un hombre al que amaba, y al que me entregué antes del matrimonio. Pero él falleció en un desgraciado accidente y yo me quedé sola... —Tragó saliva para deshacer el nudo que se le había formado en la garganta—. A las pocas semanas descubrí que estaba encinta, y mi familia me despreció cuando me negué a deshacerme del problema. Fui repudiada por toda la sociedad, por todos los que yo creía mis amigos. Sin embargo, mi mayor desgracia fue perder a mi hijo poco después...

Los malos recuerdos le quebraron la voz, impidiéndole continuar.

Guill bajó la cabeza y la besó con dulzura. Quería besarla con dulzura por todas partes, apretarla contra él y alejar los fantasmas de sus malos recuerdos. Quería arrodillarse ante ella e implorarle que lo amara, aunque solo fuera aquella noche.

—Guill —musitó ella, apartando la cara para observarlo con curiosidad—, ¿no te importa que no sea virgen?

Aquel movimiento le permitió a él un mejor acceso a su cuello.

—¿Te importa a ti que yo no lo sea? —preguntó, besándola bajo la mandíbula.

Ally cerró los ojos y negó con la cabeza.

—Para una mujer es distinto —sollozó, porque le era casi imposible conversar mientras la besaba con aquella lentitud escandalosa.

—Es exactamente lo mismo, mi ángel.

No lo creía, pero aquellas palabras fueron un bálsamo para su alma. Ally posó la mano sobre su pecho y se acercó a él. Mirándole intensamente, alzó el rostro y le besó.

Guill la estrechó con fuerza por la cintura en cuanto sintió el leve roce de sus labios. Poco dispuesto a dejarla marchar, comenzó a desabrochar los botones de su blusa, que se abría por la espalda. Con un rendido suspiro, ella le rodeó el cuello con los brazos y se pegó por completo a él. Vibrando de emoción, Guill la acarició con la punta de la lengua antes de profundizar el beso.

En cuanto Ally sintió la calidez de sus dedos en la espalda, su piel hormigueó de anticipación. Correspondió a su beso y se apretó más contra su cuerpo, que desprendía un calor envolvente que la hacía palpitar de deseo. Cuando notó que le había desabrochado la blusa, se separó lo justo para sacársela por los brazos. Poniéndose de pie, terminó de desabrocharse la ropa. La falda cayó a sus pies junto con las enaguas, dejándola frente a él únicamente con sus prendas interiores. Con una chispa de anticipación vibrando en su interior, notó cómo su mirada verde resplandecía mientras la recorría de arriba abajo.

Guill tragó con dificultad. Ansiaba envolverla, enterrarse en ella y tomarla por completo. Sin embargo, sabía que debía ir con cuidado para no asustarla, así que se limitó a mirarla en un reverencial silencio, como si deseara memorizar cada porción de piel expuesta. Sujetándose el dolorido torso, hizo un esfuerzo para bajar los pies al suelo y quedar sentado en el catre frente a ella.

—Ven aquí —musitó.

Mordiéndose el labio inferior, Ally dio un inseguro paso al frente. Sintió una leve falta de equilibrio al percatarse de que acababa de desnudarse frente a un hombre al que casi no conocía. Dio otro paso hacia él. Aquel atrevimiento no era propio de ella. No obstante, su cuerpo se inflamaba con tan solo intuir su presencia. Dio otro paso y sus ojos se fijaron en la herida de su pecho. Levantó la mano lentamente y posó los dedos sobre la piel lacerada.

Guill le cubrió la mano con la suya, apretándola contra su pecho, y exhaló un largo suspiro antes de cerrar los ojos.

Aquel gesto de vulnerabilidad, casi impropio para un hombre tan enorme como él, era lo más excitante que Ally había contemplado nunca. Aproximándose despacio, abrió las piernas y se sentó a horcajadas sobre su regazo.

Guill abrió los ojos en cuanto la sintió encima, sorprendido con aquel movimiento, pero al instante la envolvió con los brazos y alzó el rostro para besarla en la boca. Ella correspondió a las caricias de su lengua con movimientos deliberadamente lentos. La tomó por la cintura para tumbarla en la cama, aunque enseguida notó cómo la piel de la herida se ponía tirante hasta casi desgarrarse. El dolor le hizo aspirar con fuerza.

Ally abrió los ojos un tanto desorientada al principio, hasta que se dio cuenta de lo que trataba de hacer.

—Déjame a mí —susurró—. Tan solo dime lo que debo hacer.

Él volvió a ceñirla por la cintura y Ally aprovechó el movimiento para bajarle la camisa por los brazos. Sus enormes músculos quedaron a la vista y ella le acarició los hombros, fascinada con el contraste de su blanquísima mano sobre la piel de ébano, que relucía como bronce bruñido a la luz de las lámparas. Hipnotizada con aquella seductora mezcla, dejó que la yema de sus dedos recorriera cada ángulo, cada recoveco de su musculatura. Notó cómo le quitaba el corsé y sus pechos se soltaban. Libres de la prisión del corpiño, se balancearon suavemente bajo la camisola. Él subió la mano por su vientre hasta aprisionar uno de ellos con la mano, acariciándolo a través de la tela. Ally exhaló un fuerte suspiro, retorciéndose de deseo contra él.

Un gemido escapó de la garganta de Guill antes de tomarla por las nalgas y apretarla contra su entrepierna. Quería que notara lo que le hacía a su cuerpo, lo enorme y latente que era su apetito por ella. Le subió la camisola y se la sacó por la cabeza, y al momento volvió a gemir cuando la sintió desnuda contra él.

Miles de sensaciones le abrasaban por todas partes. Con la respiración quebrada, Ally se aferraba a su cuello mientras se contorsionaba entre sus brazos. Su mente parecía haber caído en una especie de nebulosa de pasión que no le permitía pensar más allá del allí y el ahora. Él dejó por un momento su boca y bajó los labios por su cuello, dejándole una estela de ardientes besos en la piel, hasta alcanzar uno de sus pezones y succionarlo suavemente. Un violento estremecimiento le sacudió todo el cuerpo, haciéndola arquearse hacia atrás.

Guill aprovechó su movimiento para introducir los dedos por la hendidura de sus calzones. Al sentir la humedad de su cuerpo, y notar que estaba tan preparada como él, su deseo se desbordó por completo, tan difícil de contener como una explosión. Sabía que aunque no fuera su primera vez debía ser cuidadoso. Pero cualquier precaución se esfumó en cuanto la sintió contra su mano, palpitante y húmeda.

Al notar su contacto en aquel lugar, Ally se enganchó de su cuello y levantó las rodillas. Él respondió acariciándola lánguidamente con el dedo, lo que la condujo al borde de la locura.

Guill se abrió los pantalones con manos temblorosas sin dejar de besarla. La agarró por las caderas y la alzó hasta colocarla sobre la punta de su excitado miembro. Apretando los dientes la encajó, haciéndola descender lentamente hasta poseerla por completo. Estrecha, palpitante y caliente, ella lo sujetó con fuerza en su interior. El aire se le escapó entre los dientes a Guill, que trataba de contenerse.

Ally jadeó al sentirse atravesada y apoyó los pies en el suelo para acomodarse a su enorme tamaño. Le faltaba el aire mientras trataba de paliar la sensación de algo que se dilataba y se extendía en su interior. Él volvió a alzarla, pero esta vez no la hizo descender, sino que la embistió con una lenta cadencia que le incendió la sangre. Se contorsionó contra su cuerpo tratando de aumentar el ritmo, buscando alivio para aquella sensación que lo quemaba por dentro. Continuó empujándola con movimientos cada vez más largos, profundos, y contundentes. Las contracciones del éxtasis arrollaron cualquier rastro de pudor que Ally aún pudiera albergar, haciéndola gritar mientras le clavaba las uñas en los hombros de ébano. Y entonces sucedió: un aguda sacudida, un mágico instante de suspensión que pasó de uno a otro mientras él la silenciaba con un beso voraz.

Ambos cayeron sobre el catre, completamente saciados. Extasiados. Permanecieron inmóviles durante los siguientes minutos mientras sus miradas se encontraban en silencio. Con su cuerpo todavía afectado por las olas de placer que acababan de arrasarlo, Ally no pudo evitar constatar lo diferente que había sido aquello de lo compartido con Richard. Sus cariñosos encuentros en su vivienda de soltero fueron satisfactorios, o al menos eso creía ella. Sin embargo, con él jamás experimentó aquella sensación de plenitud, de abandono total de su cuerpo que acababa de sentir.

—¿Por qué lo hiciste? —susurró ella, con la respiración todavía agitada.

—¿Qué?

Ally posó la mano sobre el pecho para acariciarle la herida.

—Recibir una bala en mi lugar. —Su voz vibraba de emoción.

Guill tomó su mano y le besó los dedos.

—Porque no podía dejar de hacerlo —respondió, mirándola con intensidad.

—Pero... si apenas me conoces.

Guill continuó acariciándole las manos mientras la observaba con una extraña fuerza. Después de varios segundos en los que Ally creyó que no iba a contestarle, él la sorprendió.

—Sé quien eres desde mucho antes de conocerte.

Aquellas enigmáticas palabras hicieron que ella volviera a fijar la atención en su rostro.

—No entiendo lo que quieres decirme —murmuró frunciendo el ceño.

—Si te lo cuento, podrías asustarte y alejarte —respondió Guill, apretando con fuerza su pequeña mano contra el pecho—. No me gustaría que eso pasara.

Ally apoyó el codo en la almohada y le miró con curiosidad.

—Cuéntamelo, por favor —musitó—. Prometo no asustarme.

La emocionante expectación superaba con creces cualquier barrera de prudencia. Conmovida e impresionada, Ally deseaba conocer los motivos que le habían llevado a salvarle la vida.

Guill inspiró con fuerza y la herida le dolió, pero no hizo ningún gesto que desvelara su malestar. Observó cómo su larga melena rubia se había soltado, rodeándole el rostro como los primeros rayos de sol enmarcan el horizonte de la mañana. Sus generosos labios permanecieron entreabiertos después de su petición, y él deseó volver a acariciarlos, seguro de que jamás había estado tan cerca de tocar algo sagrado. Temía alejarla, aunque también sabía que jamás podría negarle nada.

—Según las creencias de mi pueblo, cuando las personas entramos en la edad adulta debemos hacer un viaje para ir al encuentro de nuestros Loas y dejar que nos hablen. Los Loas son espíritus divinos que interceden por nosotros ante nuestro dios —explicó al contemplar su gesto de confusión—. Se celebra una gran fiesta en la que se danza durante horas en su honor. Es entonces cuando nuestra Mambo nos da de beber un brebaje mágico que nos traslada a su mundo para que podamos escucharles.

—¿Qué es una Mambo? —preguntó Ally.

Aquella curiosidad le hizo sentir un intenso orgullo, mientras una amplia sonrisa comenzaba a dibujarse en su rostro.

—Una sacerdotisa —aclaró—. Yo tuve mucha suerte porque la Mambo de mi pueblo era *Maman* Brigitte, mi abuela, y me acompañó en mi viaje..., aunque solo al comienzo, porque luego debí seguir solo. El caso es que mi cuerpo casi murió durante aquel viaje. Tardé más de tres semanas en despertar, y mi abuela me dijo que había dejado de respirar durante algunos momentos.

Guill se calló y ella le observó con expectación.

—No entiendo por qué habría de asustarme eso —dijo—. Al final te recuperaste, ¿no?

Él la contempló con una extraña intensidad, como si la respuesta entrañase alguna especie de relevancia trascendental.

—Ally, durante aquel tiempo yo estuve perdido y no era capaz de regresar. Pero entonces apareciste tú para mostrarme el camino de vuelta —musitó, antes de inspirar con fuerza—. Te seguí y me desperté. Cuando llegaste aquel día al barco con tu amiga y Bassop yo ya te había visto antes.

Ally ladeó la cabeza y le miró con atención, tratando de averiguar si hablaba en serio. Sin embargo, la gravedad de su rostro le hizo saber que él creía verdaderamente lo que estaba diciendo.

—¿Quieres decir que soñaste conmigo antes de conocerme?

—No —replicó—, lo que quiero decir es que te debía mi vida mucho antes de que yo salvara la tuya.

No es que Ally no creyera en la magia vudú, de hecho no la conocía lo suficiente como para formarse una opinión, pero el hecho de que Guill no la hubiera salvado por ella misma sino por una especie de deuda contraída durante un sueño le hacía sentir profunda y dolorosamente decepcionada. La forma en que la miraba, sus atenciones y cuidados no habían sido fruto del afecto, sino de una fantasía.

Tratando de controlar su tristeza, Ally se levantó del catre y comenzó a recoger su ropa.

—¿A dónde vas?

No lo miró ni por un segundo, aunque sintió sus ojos clavados en ella.

—Debo irme, María podría necesitarme —mintió, pues su amiga se las arreglaba sola a la perfección.

A pesar del dolor en la herida, Guill se incorporó a toda velocidad para detenerla. Por el tono de su voz sabía que algo no marchaba bien.

—¿Qué ocurre? —preguntó tomándola firmemente del brazo—. Sabía que no debía contártelo, que te asustarías y te alejarías de mí.

Ally forcejeó para que la soltara, aunque sin el menor éxito.

—¡No estoy asustada! —exclamó, furiosa porque no la dejara ir—. De hecho, debiste contármelo antes de que...

—¿Antes de qué? —inquirió Guill, sin apartar la mirada de su rostro.

Ella cerró la boca y continuó luchando para que la dejara salir de allí cuanto antes. Trataba de no pensar en que se había entregado a un hombre que lo único que sentía era gratitud. Pero sobre todo, intentaba evitarse el bochorno de que el hombre en cuestión se enterara de que se había enamorado de él.

Realmente desesperado, Guill la envolvió entre sus brazos para inmovilizarla.

—Por favor, Ally, háblame —imploró—. ¿Debí decírtelo antes de qué?

—Déjame ir —musitó, tratando en vano de zafarse de su abrazo.

Él levantó la cabeza para mirarla directamente a la cara.

—No te dejaré marchar hasta que no me digas qué te ocurre.

La determinación que había en su rostro le indicó que era inútil seguir luchando contra él.

—Debiste decirme que te sentías en deuda conmigo, que lo único que motivaba tus atenciones era la gratitud. Pero jamás debiste llegar tan lejos como para... —Ally cerró la boca, justo antes de ruborizarse hasta las orejas.

Guill arrugó el ceño mientras continuaba observándola con mucha atención. Entonces comprendió, y una enorme sonrisa comenzó a crecer en sus labios. Una intensa y cálida emoción fue propagándose por su pecho hasta colmarle el corazón, rebosándolo por completo.

—¿Crees que te he hecho el amor para darte las gracias? —preguntó, tratando de disimular la risa.

Ella lo fulminó con la mirada. No le iba a consentir que se riera de ella además de romperle el corazón.

—¿Es que no es eso lo que acabas de decir?

—¡No! —contestó con énfasis—. Pero que te hayas enfadado tanto al creerlo me hace albergar esperanzas.

Ally dejó de forcejear y le miró con atención.

Alzando una mano, él le acarició la mejilla con el dedo mientras la contemplaba con un extraño brillo en los ojos.

—Te quise desde antes de conocerte, eso es cierto. Pero ahora —dijo con la voz vibrante de emoción—, ahora no sabría vivir sin verte cada día. Eres la mujer más valiente y hermosa que he conocido. Por todo ello me interpuse en el camino de aquella bala, y también por eso te he hecho el amor. Esto último estoy dispuesto a repetirlo el resto de mi vida.

Aquellas palabras tardaron unos segundos en tomar significado en su mente. Achicando los ojos, ella lo miró con desconfianza.

—¿Qué tratas de decirme? —susurró mientras su corazón se precipitaba a un ritmo alocado.

Guill volvió a inspirar con mucha fuerza, estrechándola aún más entre sus brazos.

—Que te amo, Allison Green. Y que, si me aceptas, estoy dispuesto a quedarme contigo en los términos que tú quieras, para siempre. Te ofrezco mi vida y mi libertad. Si lo deseas, permaneceré a tu lado como tu criado, o como el más voluntario de los esclavos.

Ally se puso de puntillas y le besó. Las palabras se perdieron contra su boca como estrellas fugaces en una noche oscura. Guill respondió al beso con una intensidad ardiente, apremiante. Sin embargo, ella se apartó cuando sintió que su cuerpo comenzaba a despertar de nuevo a sus caricias, porque necesitaba decir algo que le acuciaba el alma.

—Yo también te amo.

Guill la miró con sorpresa, lo que al instante se tornó en una fuerte emoción que hizo que sus ojos centellearan como esmeraldas. La besó de nuevo con pasión, y a duras penas recorrieron la distancia que los separaba del catre. Los dos cayeron de nuevo entrelazados, ansiosos de demostrarse el amor con el cuerpo, deseosos de sustituir con caricias las palabras.

CAPÍTULO 24

María se asomó al umbral de la puerta de su camarote y miró a ambos lados para cerciorarse de que no había nadie en el pasillo. La música de un violín afónico y el bullicio de cánticos y risas llegaban desde la cubierta. Con mucho sigilo, salió y cerró la puerta para no hacer ruido. Llevaban una semana en el barco, y aquella era una noche especial para toda la tripulación. Al parecer, los hombres habían decidido que necesitaban una fiesta, lo que significaba que todos se reunirían en cubierta para beber ron durante horas. Ese era el motivo por el que el capitán había dado orden de que ellas permanecieran encerradas en su camarote.

«Que no salgan bajo ningún concepto o las arrojaré por la borda.» María estuvo a punto de resoplar al recordar las palabras exactas de Eric cuando hablaba con el señor Soto. Su arrogancia la sacaba de quicio, aunque sabía que aquella decisión estaba más relacionada con su seguridad que con demostrar su supremacía, puesto que dos mujeres en un barco repleto de hombres ebrios nunca podían sentirse del todo tranquilas.

María estaba sola en el camarote desde mucho antes de que se pusiera el sol, cuando Ally se había marchado a hacer las curas a Guill. Su amiga llevaba unos días un tanto extraña; pasaba gran parte del día en el camarote del contramaestre y cuando regresaba solía hacerlo sonrojada y con pocas ganas de hablar. Y ella se sentía terriblemente sola; ni siquiera Juanito acudía ahora a hacerle compañía. Desde que le habían ascendido de grumete a marinero ya no tenía tiempo para ella. Aquella noche ni siquiera se había acordado de llevarle la cena, obligándola a ir hasta la cocina a procurarse algún alimento que silenciara a su pobre estómago.

Con la espalda pegada contra la pared del corredor, María caminó de puntillas, tratando de avanzar lo más cautelosamente posible. Las lámparas de queroseno colgadas de la pared iluminaban de forma tenue sus pasos. Estaba tan hambrienta que casi podía oler los manjares que el señor Soto había preparado para la cena antes de marcharse a la fiesta. Con la perspectiva de un buen plato de arroz con camarones en su mente, María no se fijó por donde pisaba hasta tropezarse con algo que había tirado en el suelo.

—¿Pero qué demonios...?

El ronco gruñido se elevó hasta sus oídos. Ella se llevó una mano a su agitado pecho al darse cuenta de que había tropezado con uno de los miembros de la tripulación, que se encontraba sentado en mitad del pasillo. Sus ojos se abrieron con sorpresa al ver cómo Eric se levantaba del suelo con cierta dificultad.

Se incorporó frente a ella medio tambaleante y con los brazos en cruz se apoyó en las paredes. Su envergadura ocupó el reducido espacio del corredor. Por su aspecto desarreglado, María supo que no esperaba encontrarse con nadie en aquel lugar del barco. No llevaba chaleco y la camisa colgaba a ambos lados de su cuerpo, completamente desabotonada, dejando su torso al descubierto. La porción de piel bronceada se extendía a lo largo de la musculatura de su abdomen hasta perderse bajo la cinturilla de sus pantalones negros. María inspiró con fuerza antes de que la visión de su portentosa anatomía masculina le hiciera apartar los ojos.

—¿Qué estás haciendo aquí? —murmuró él, todavía mirando al suelo.

La dorada melena le caía en mechones sobre el rostro, impidiéndole ver su expresión. Pero por su insondable tono de voz, diría que estaba tan enfadado que solo trataba de contenerse.

—Tenía hambre —respondió con suavidad para no irritarlo. No quería mencionar que nadie le había llevado la cena para no delatar el descuido del señor Soto ni de Juanito frente a su capitán.

Trató de esquivarle y seguir su camino hasta la cocina, pero él bajó el brazo para impedirle el paso.

—Te dije que no salieras del camarote y aquí estás: en mitad del pasillo —gruñó, inclinándose sobre ella.

Él levantó el rostro y María se dio cuenta de que una especie de bruma atenuaba el habitual brillo de sus ojos. La ligera vacilación en sus movimientos y el dulce aroma a ron que llegó hasta su nariz terminaron por confirmarle la sospecha de que había estado bebiendo.

—No quiero molestar, así que iré a por algo de comer y volveré a encerrarme —indicó, observando por encima de su hombro la dirección que debía seguir hasta la cocina.

Sin embargo, Eric no hizo el menor movimiento para dejarla pasar.

—Te dije que no salieras —repitió con la voz enronquecida, mucho más cerca de su cara.

María intentó retroceder, pero él le cortó el paso y quedó atrapada entre sus brazos y la pared.

—Te digo que tengo hambre y que solo he salido a buscar comida.

Alzando ligeramente el mentón, ella retrocedió hasta que su espalda chocó contra el tabique. Sentía deseos de apartarle, pero si levantaba las manos para empujarle tendría que tocar su pecho desnudo, y aquella idea le provocaba un inquietante cosquilleo en el estómago que nada tenía que ver con el hambre.

Él flexionó los codos, aprisionándola del todo contra la pared.

—Te dije que no salieras —murmuró otra vez, acercándose tanto que la punta de su nariz casi tocaba su frente—. ¿Tienes idea de lo terca que eres, de lo terca y difícil que eres, María?

Con las palmas apoyadas contra la madera del tabique y mirando al suelo, ella apenas lograba mantener el ritmo de su respiración.

—Ya basta —musitó—. Déjame pasar y volveré al camarote. Te lo prometo.

Eric observó su cabeza gacha durante unos segundos. Aquella promesa debía satisfacerle y tranquilizarle. Sin embargo, sentía que se lo llevaban los demonios. Se inclinó sobre ella y su nariz se acercó peligrosamente a su pelo. Aquel aroma a flores tan familiar para él, que tantas veces le había parecido detectar en otras mujeres sin hallarlo en ninguna... ¿Es que jamás podría quitársela de la cabeza? Había estado bebiendo con sus hombres en cubierta, pero desde que María había vuelto a su vida el ron ya no le proporcionaba el mismo alivio de antes. Prueba de ello era la necesidad de acercarse a ella que le había llevado a sentarse al lado de su puerta. «Como un perro, un maldito perro faldero», pensó, con la furia creciendo en su interior como el vapor en una caldera a presión.

—Sabías que esta noche era peligroso andar por el barco y aun así has querido desafiarme.

María se agachó para pasar por debajo de su brazo y escabullirse hacia el camarote. Pero él se movió rápido, aplastándola con todo su cuerpo contra la pared. La brusquedad del movimiento le provocó una especie de ahogo del que trató de defenderse. Al momento alzó los puños hasta su pecho y le empujó, aunque no consiguió moverlo lo más mínimo. Braceó, peleó y luchó contra él hasta que ya casi no le quedaron fuerzas. La inmovilizaba con todo su peso mientras sentía su aliento cálido y entrecortado sobre el cabello, cerca de la oreja, y luego en la mejilla. Él levantó la cabeza para contemplar su rostro y ella se quedó quieta.

—Déjame —jadeó.

Eric paseó la mirada libremente por su rostro.

—Debería arrojarte por la borda.

Él trató de no fijarse en sus gruesos labios fruncidos por el disgusto. Intentó no observar cómo se le abría la blusa en la parte delantera y sus pechos surgían plenos con cada respiración. Debería apartarse y marcharse, pero su cuerpo se negaba a separarse de ella. La sujetó con firmeza por la cintura, hundiendo los pulgares en su tierna carne, hasta que ella respondió arqueándose, con un movimiento tan sutil que resultó endiabladamente seductor.

María le clavó la mirada en cuanto oyó el ronco gemido escapar de su garganta. Se topó con sus ojos dorados, que brillaban de forma sobrenatural bajo la luz de las lámparas, y se quedó paralizada, como la presa bajo el hechizo de una serpiente. Él inclinó entonces la cabeza y le rozó los labios con los suyos. Apenas la tocó, pero la caricia le enardeció la piel, la sangre y el alma. Fijó la mirada en su boca mientras respiraba como si le faltara el aire.

—¿Qué haces?

Él repitió el movimiento, aunque la caricia se demoró un poco más esta vez.

—Besarte.

María le observó tan atónita como si, de repente, un perro verde se plantara frente a ella y le hablase. Los pensamientos comenzaron a apilarse en su mente sin el menor sentido. Recuerdos, sentimientos y sueños la asaltaron sin orden ni concierto. Era la confusión total.

—¿Por qué? —resolló, sin apartar los ojos de sus labios.

—Porque quiero.

Las palabras se perdieron en cuanto volvió a bajar la cabeza y cubrir su boca con la suya. Pero sus labios exigieron más esta vez y ella los abrió, permitiendo que su lengua la explorara de forma lenta y tentadora. Los ojos de María se cerraron por voluntad propia, mientras respondía al beso por puro instinto. Porque aquel no era un beso normal. Era Eric quien la besaba, y por iniciativa propia. Ni en sus sueños, en los mejores, se había imaginado algo así. Había rememorado tantas veces su encuentro en la cabaña, tantas, que creyó que jamás había ocurrido.

Pero sí había pasado. Recordaba perfectamente cómo el corazón le latía en las sienes, aquel hormigueo en su piel, aquel fuego crepitante en su vientre. Exactamente igual que en aquel momento. «Ay, Dios», ese fue su último pensamiento antes de abrir las manos sobre su torso, antes de abandonarse por completo a aquel beso. No logró contener un espasmo dolorosamente dulce en su corazón, al que siguió un ligero mareo. Sabía que se balanceaba al borde del abismo y que no podría apartarse del peligro. María se aferró a él, tratando de guardar un precario equilibrio entre un miedo atroz y el más intenso deseo.

En cuanto notó sus dedos juguetear contra su pecho, Eric sintió la satisfacción más pura correrle por las venas. Percibió cómo caían las barreras y la abrazó por la cintura, estrechándola hasta casi levantarla del suelo. Deslizó la lengua entre sus labios, explorándola e incitándola para que se uniera a él en aquella danza sensual. Ella lo hizo, y él creyó estallar de placer. La aplastó nuevamente contra la pared con todo el cuerpo. Un gruñido se le escapó de la garganta para perderse entre sus bocas. Inflamado de pasión, abandonó sus labios durante un segundo para besarle el cuello. Subió la palma abierta hasta su rostro y recorrió su perfil con el dedo pulgar; primero el delicado puente de su nariz, para descender enseguida hasta la boca entreabierta. Acarició sus labios, hinchados y húmedos de los besos que acababa de recibir. Bajó por su cuello, la clavícula y el escote, y muy suavemente le ahuecó un pecho, disfrutando lo indecible de cómo encajaba en su mano. Había pensado tantas veces en cómo sería que en cuanto notó su plenitud, su absoluta perfección, perdió el control. Volvió a reclamar su boca con un beso hambriento que la hizo gemir. Aquel sonido le bastó a Eric para derrumbar todos los muros que durante años había levantado con ahínco. La abrazó nuevamente, disfrutando de las formas de su cuerpo apretadas contra él mientras continuaba acariciándola con la boca. Sintió que ella se revolvía, tratando de aproximarse más. Con el corazón a punto de salírsele del pecho siguió besándola en la boca, profundizando cada vez más hasta devorarla por completo. Quería que supiera lo mucho que la deseaba, lo mucho que la había deseado siempre. Se había acostado con otras mujeres, pero jamás había estado tan cerca del cielo tan solo con un beso.

Ella seguía revolviéndose con ímpetu. Eric la abrazaba por todas partes acercándola más. Pero entonces se dio cuenta de que algo no marchaba bien; María estaba luchando, luchando contra él. En cuanto percibió su angustia levantó la cabeza y la miró. Todavía un poco desorientado, trató de controlar la respiración mientras observaba su rostro desencajado.

—Ya basta... —jadeó ella.

María se había dejado arrastrar por la corriente de sensaciones desconocidas que le asolaban el cuerpo. Temblaba de forma violenta mientras aspiraba aire a grandes bocanadas. Se había arrojado a sus brazos hasta perder tanto el sentido de la realidad que creyó que comenzaba a flotar. Lo amaba. ¡Ay, Dios, cómo lo amaba! Tanto que se hubiera entregado a él allí mismo, contra la pared del pasillo. Sus rígidos

226

músculos la aplastaban por todas partes, despertando en ella una necesidad ansiosa de arrancarse la ropa para que nada en el mundo se interpusiera entre ellos.

La besó en la boca otra vez y su sabor dulce volvió a enloquecerla. ¿A qué sabía? Era tan delicioso que resultaba embriagador. «¿Embriagador?» Aquel pensamiento la paralizó. Ron. Era ron lo que percibía en sus labios, y también lo que le empujaba a actuar de aquella forma. La besaba como si realmente la deseara. Pero no era a ella a quien deseaba, sino a cualquier mujer que se hubiera encontrado en aquellas circunstancias. Aquel doloroso descubrimiento le oprimió el corazón. Se quedó muy rígida y comenzó a retorcerse para que la soltara.

—Basta —repitió, con la voz más firme esta vez—. Estás borracho.

Aquellas palabras penetraron poco a poco en la obturada mente de Eric. Y desde luego que tuvieron el efecto deseado: el de un jarro de agua helada que le hizo bajar los brazos al momento. Ella se zafó de su abrazo y le lanzó una insondable mirada.

—No hacía falta todo esto —resopló—, he entendido la lección. No saldré más del camarote.

Giró sobre los talones y se escabulló.

Eric se quedó en medio del pasillo, viéndola alejarse con paso tambaleante. Estaba borracho, sí, pero no lo suficiente. Ojalá lo estuviera más; tanto como para creer que no había hecho lo que acababa de hacer; tanto como para pensar que no la deseaba con todo su ser. Y tanto como para no recordar nada al día siguiente.

Con el tacto de sus caricias todavía quemándole en el pecho, se agachó para agarrar la botella que había dejado en el suelo. Se la llevó a la boca y dio un largo trago que le abrasó la garganta. Agradeciendo el dolor que le devolvía a la realidad, miró en la dirección por la que María se había marchado. Entonces notó que un hilillo de ron se le deslizaba entre las comisuras y se limpió con el dorso de la mano, deseando poder borrar también el dulce sabor de sus besos y eliminar de su memoria los recuerdos.

María corrió por el pasillo como alma que lleva el diablo; y nunca mejor dicho, pues escapaba de uno. Entró como una exhalación en el camarote y cerró con llave mientras se dejaba caer de espaldas contra la puerta. Subió una mano hasta el pecho, que subía y bajaba agitado, y trató de controlar la respiración. Cerró los ojos creyendo que sería más fácil, y al momento la asaltaron mil imágenes, mil sensaciones: los músculos de Eric inmovilizándola contra la pared; su cálido aliento sobre la mejilla, en donde todavía cosquilleaba el tacto áspero de su barba; sus labios, gruesos y cálidos, abriendo y explorando los suyos.

Un cálido cosquilleo en el vientre la dejó sin aliento. Sabía lo que era, lo había experimentado antes; aquella noche de tormenta en la cabaña, y muchas más veces cuando a solas pensaba en él. Le deseaba con ardor, de una forma física e irracional. También sabía lo mucho que le había costado olvidarlo o, al menos, aprender a vivir con ello, y ahora lo repetía. Frustrada y enfadada, pensó que en un punto del universo había algún dios muy enfadado con ella, haciéndole pagar una ingente penitencia por algo muy malo que había hecho. «Por favor, basta..., ya basta», imploró en silencio. Jamás debió concebir aquellos pensamientos, y mucho menos ahora que era una mujer comprometida.

—Ay, Dios, el compromiso —sollozó, tapándose la boca con la mano.

Si no fuera porque Eric estaba ebrio, se hubiera entregado a él sin pensárselo. Todo su cuerpo temblaba aún con aquella idea, y ni siquiera se había acordado de que estaba comprometida a un hombre maravilloso que había aparecido en su vida en el momento justo, un hombre atractivo que además besaba muy bien, un hombre que se llamaba... que se llamaba...

¡Alejandro! Por supuesto. Estaba comprometida con Alejandro Montenegro. Amaba a Alejandro Montenegro.

«No, no, no...», su mente no podía parar. Maldición. No era capaz de recordar su nombre, y ni siquiera con esfuerzo conseguía una imagen mental del rostro de su prometido. Aquello no estaba bien, nada bien. Alejandro era un hombre valiente que les había ayudado jugándose su propio cuello, un hombre íntegro que la amaba y...

Ella no amaba a Alejandro.

Aquella era una realidad que debía empezar a asumir cuanto antes. Y el motivo por el que jamás podría amarle era porque seguía completa e irremediablemente enamorada de Eric. La revelación la hizo gemir de nuevo mientras los pies la llevaban hasta el escritorio. Se sentó y, con la mirada fija en el papel blanco que había sobre la mesa, se dedicó a barajar sus opciones. Podía enterrar a Eric en su mente y continuar con sus planes de casamiento con Alejandro, olvidando todo lo acontecido aquella noche. Estaba segura de que cuando lograran ultimar los términos básicos de su relación, así como fijar la fecha de la boda y el lugar en el que iban a vivir, podrían ser felices juntos.

No obstante, en aquel momento nada la complacía. Volvía a estar exactamente en el mismo lugar que estaba antes de iniciar aquel viaje. No había dejado de ponerse en peligro y hacer locuras desde que abandonara su casa, y nada había cambiado. Allí estaba otra vez, con Eric en el mismísimo centro de todo su universo. Tenía dos opciones: podía continuar con los planes que tenía cuando creía que no volvería a verle nunca más, o podía asumir que se había enamorado de un hombre que jamás la amaría, y comenzar a ser consecuente con su desdichado destino.

Se inclinó hacia delante y tomó la pluma del tintero. Inspirando con fuerza, comenzó a trazar las líneas de una carta que enviaría en cuanto llegara a Inglaterra. Las palabras salpicaban el papel, directamente conectadas a los sentimientos que brotaban de su corazón. No estaba bien engañar a un hombre bueno, y mucho menos cuando lo iba a hacer a costa de engañarse a sí misma.

María le devolvía la libertad a Alejandro Montenegro, mientras se sentía la mujer más triste y desgraciada del mundo.

CAPÍTULO 25

Definitivamente, aquel clima enloquecía a la gente. En ello pensaba María mientras trataba de arreglar su aspecto. Llevaba un buen rato intentando que sus desordenados mechones se mantuvieran en su lugar. Esperaba que el peinado se quedara en su sitio, por lo menos hasta después de la boda. Aunque iba a ser muy difícil, porque la humedad del aire en mitad del océano hacía imposible que un peinado decente durase más de quince minutos. Suspirando, ladeó el rostro para observar mejor su aspecto en el pequeñísimo espejo del aseo del camarote. Colocó el cuello de su camisa y se dio cuenta de que una especie de tristeza se le había prendido al pecho. Apoyando las manos en los suaves bordes de la jofaina, su mirada se fijó en el agua sucia del recipiente. Tenía muchos motivos personales para estar afligida, aunque en aquel momento su estado de ánimo estaba relacionado con Ally. Su amiga, la encantadora y dulce Ally, iba a casarse con un hombre de aspecto salvaje, y ella iba a ser su dama de honor en una boda oficiada en mitad del océano Atlántico por el capitán del barco en que viajaban. Capitán que no era otro que Eric Nash, el amor de su vida. Definitivamente, aquel clima enloquecía a la gente.

Una ronca carcajada brotó en su pecho y ascendió poco a poco por su garganta. María levantó de nuevo el rostro y se quedó prendida en el reflejo de su propia mirada en el espejo, mientras las imágenes de lo acontecido durante los últimos días surgían en su mente.

Tras el «accidente» sufrido con Eric en el pasillo, casi no había salido de su camarote durante los dos días siguientes. Juanito ya no estaba para darle conversación porque sus tareas en el barco no le dejaban tiempo libre. Cuando el muchacho no podía ir, era el señor Soto, el «rey de los monosílabos», el que se veía obligado a llevarle la comida. Por todo ello, María sentía que llevaba demasiado tiempo con sus pensamientos como única compañía.

Ally seguía ausente, a pesar de que el estado de salud del contramaestre era ya mucho mejor. Cada vez estaba más segura de que su amiga y Guill estaban viviendo una historia de amor. No sabía hasta dónde había llegado, aunque esperaba que, tras su triste experiencia, Ally fuera cuidadosa. Sin embargo, jamás hubiera creído que su relación estaba tan avanzada hasta que ambos solicitaron un encuentro formal con el capitán, al que ella también fue invitada.

Dado que el camarote del capitán estaba ocupado, la reunión se celebró en el de Guill. Cuando María llegó a la cita, los tres la estaban esperando. Eric y Guill se levantaron en cuanto entró en el compartimiento. El contramaestre hizo un gesto de dolor y se agarró el costado antes de volver a sentarse al lado de Ally. Pero la mirada del capitán la siguió mientras cruzaba la estancia y se sentaba en la silla que había junto a la suya.

María apenas le miró, desde aquella noche le era casi imposible mirarle a la cara. Ella hizo como que no había pasado nada entre ellos, segura de que él ya lo había olvidado.

—Me alegra saber que estás mejor —dijo Eric a su amigo—. Pero ya sabes que hay mucho que hacer arriba. A ver, ¿a qué viene todo esto?

Ally y Guill se miraron. Entonces él tomó una de sus manos, que retorcía sobre el regazo, nerviosa. María percibió aquel gesto y lanzó una mirada de reojo a Eric, que les observaba con los ojos entrecerrados, sondeándoles y tratando de entender.

Guill se aclaró la garganta.

—Quiero a esta mujer, y os pido su mano en matrimonio.

María pestañeó varias veces por la sorpresa. Miró a Eric, que parecía tan atónito como ella, y sus ojos volaron hasta Ally.

—¿Ally?

—Mi familia no quiere saber nada de mí desde hace mucho —respondió su amiga—, y tú eres lo más parecido que me queda a una hermana. Y el capitán es la máxima autoridad del barco, y quien debe oficiar la ceremonia.

—¡Maldita sea, Guill! ¿Qué has hecho? —gruñó Eric.

El contramaestre les observó sosegado con una media sonrisa. Era, con mucha diferencia, el más tranquilo de aquella reunión.

—Nada malo, que yo sepa.

—Me alegro mucho por los dos —dijo María de repente, lo que al instante provocó un bufido malhumorado de Eric—. Lo único que no entiendo es a qué viene tanta prisa. ¿Por qué no esperáis a llegar a Londres para celebrar allí la boda? Ally, sabes que mi padre te entregaría en el altar con mucho orgullo —terminó, volviéndose hacia ella.

Su amiga inspiró con fuerza y un pequeño destello en sus ojos le indicó que sus palabras la habían emocionado. Realmente pensaba lo que decía. No sabía cómo había pasado, pero estaba segura de que aquello solo era la culminación de una gran historia de amor que se había desarrollado ante sus ojos. No sería ella quien se interpusiera en la felicidad de su amiga, que ya había sufrido suficiente en su corta vida. Además, que Eric no lo aprobara la convertía en la mejor idea del mundo.

—Quisiéramos hacerlo antes de llegar a Londres porque temo que mi familia trate de interferir de alguna forma; incluso pidiendo una anulación.

Su voz se quebró, y Guill tomó enseguida su mano para consolarla.

—Creo que mi condición y mi color de piel descartan una petición de mano formal, ¿no os parece? Según las leyes del mar, si el capitán de un barco nos casa el matrimonio es válido en cualquier parte del mundo. Por eso quisiera pedirle al capitán, y al amigo, si podría casarme con la mujer que amo —continuó Guill, mientras desviaba su mirada de Eric a Ally, que le miraba embelesada.

María clavo los ojos en Eric, que había tomado aire a medida que avanzaba el discurso de Guill. Bajó la cabeza durante unos segundos, en los que pareció estar meditando en algo.

—Me sentiré muy honrado de oficiar el casamiento —dijo por fin, justo antes de ponerse de pie y dar un fuerte apretón de manos a su amigo y un galante beso a su novia.

❋ ❋ ❋

Sobresaltada, María regresó al presente. No sabía el tiempo que había pasado perdida entre sus pensamientos y debía subir pronto a la cubierta para no hacer esperar a la comitiva nupcial. Echó un último vistazo a su aspecto en el espejito del aseo y se encaminó hacia arriba. Sin embargo, en cuanto atravesó la puerta de su camarote se dio cuenta de que no llegaba tarde, pues quien iba a oficiar la ceremonia todavía venía por el pasillo. Eric caminaba a grandes zancadas con las manos en el cuello de su camisa, aproximándose a ella con el ceño más fruncido que había visto nunca.

Ella inspiró con fuerza mientras lo veía acercarse vestido con un impecable traje negro. No lo había visto tan elegante desde su reencuentro, ya que ni siquiera durante su estancia en La Habana se había vestido de etiqueta. La levita oscura se adaptaba de manera notable a sus anchos hombros y los pantalones del mismo color se ceñían a la perfección a sus piernas. El hecho de que se hubiera atado la salvaje melena en la nuca le recordó al Eric de antes, al que se ganaba la vida en las empresas de su familia, y no al contrabandista más buscado del Caribe. Una especie de añoranza hizo suspirar a María.

—¡Maldita sea! —exclamó él al llegar a su lado.

Ella se dio cuenta de que trataba de colocarse el lazo de la corbata sin demasiado éxito. Entonces recordó que siempre las había odiado, y no pudo evitar que una sonrisa le curvara los labios.

—¡Estoy harto! —gruñó, desatándose el lazo y tirando de él para deshacerlo con un rápido movimiento—. Tendrá que ser sin corbata.

María le observó con disgusto; típico de los hombres darse por vencidos sin apenas intentarlo.

—Es una boda —le recordó.

—¿Y qué?

—En la que además eres el oficiante.

—¿Y qué?

Ella suspiró impaciente e hizo una mueca de disgusto.

—Pues que serás el centro de todas las miradas.

—Dudo mucho que todos esos patanes filibusteros sepan lo que es una corbata —resopló Eric—, ni mucho menos que les vaya a importar un comino si la llevo o no.

—Tu amigo y mi amiga recordarán este día durante toda su vida, ¿quieres que te recuerden así? —dijo lanzándole una mirada reprobatoria—. Puedo ayudarte, si quieres.

Exhalando un largo suspiro de rendición, Eric le mostró la tela, que quedó colgaba entre sus dedos frente a ella. María la tomó y se la pasó por detrás de la cabeza. En cuanto él levantó el rostro, se le avivaron los sentidos. No se había dado cuenta de la intimidad de aquel gesto, así que trató de alejar por todos los medios aquellos pensamientos de su mente y concentrarse únicamente en los movimientos técnicos para elaborar el nudo perfecto.

Los ojos de Eric se pasearon por su semblante. Ella arrugaba el ceño mientras se mordía ligeramente el labio inferior en lo que le pareció lo más endemoniadamente seductor que había contemplado nunca. Los dedos le hormiguearon de ganas de ceñirla por la cintura y apretarla contra él, de bajar la cabeza y apoderarse de aquella boca que le volvía loco. Sus rebeldes rizos le caían en mechones sobre las mejillas, doradas por un sutil bronceado que hacía que sus ojos violetas brillaran de una forma casi mágica. Tragó con dificultad cuando notó aquellas manos moviéndose sobre el pecho mientras le ataba la corbata. Estaba tan bonita... Era preciosa, en realidad. Eric pensó en cuánto había echado de menos su cercanía, su perfume, su voz y la perspectiva de dormirse cada noche sabiendo que al día siguiente la vería. La amaba y la deseaba; ahora mucho más que antes, si eso era posible.

María sintió su mirada clavada en ella y sus sentidos volvieron a aguzarse hasta el límite. Se puso tan nerviosa que los dedos se le enredaron en la corbata y se le hizo muy difícil terminar el nudo.

—Ya está —anunció casi con un gemido.

Eric exhaló el aire que contenía en los pulmones y fue consciente de que se había olvidado de respirar.

—Gracias —murmuró.

La tripulación se reunió en la cubierta para la celebración del matrimonio de su contramaestre con una de las náufragas. Todos llevaban la camisa perfectamente abotonada y se habían peinado para la ocasión. María recorrió el pequeño pasillo que habían dejado hasta el improvisado altar en la proa del barco y les observó a todos con una amplia sonrisa de aprobación. El gesto funcionó, ya que algunos se sonrojaron a su paso, mientras otros le devolvían la mejor de sus sonrisas. Estaba contenta de que aquellos hombres hubieran cambiado su comportamiento con ellas y de que además se hubiesen esforzado en parecer elegantes para la ocasión.

Sin embargo, María luchó hasta el límite para evitar una mirada: la del hombre que esperaba al final del pasillo, de pie y arrebatadoramente elegante junto al novio. Ya casi lo tenía controlado cuando, a tan solo dos pasos del altar, cometió el error de alzar el rostro hacia él. Entonces, sus ojos se encontraron y el corazón pareció encogérsele hasta el tamaño de una almendra. María intentó no fantasear con la idea de que él era quien la esperaba junto al altar. Su sentido común la ayudaba, gritándole que para que eso pasara debía amarla. Y eso no había sucedido, y no iba a suceder jamás.

La marcha nupcial comenzó a sonar en el viejo violín del señor Soto, y todos se volvieron hacia Ally, que se hallaba ya en la puerta que llevaba a los camarotes. María la observó atravesar el pasillo con una orgullosa sonrisa en los labios. No habían podido hacer mucho con su atuendo porque solo contaban con las prendas traídas de La Habana, pero la había ayudado a hacerse un bonito recogido con una gruesa trenza que rodeaba su cabeza a modo de diadema y que le sentaba realmente bien. Los ojos de María volaron hasta el novio. Guill contemplaba a Ally con embeleso, como si se hallara ante el tesoro más valioso del mundo.

—Nos hemos reunido aquí para ser testigos de la unión de este hombre y esta mujer en matrimonio. —La voz de Eric se elevó entre los asistentes—. No he hecho esto nunca, y tampoco soy ningún elegido de Dios, así que me saltaré los prolegómenos. Guillaume Temba, ¿quieres a Allison Green como esposa?

Guill volvió a contemplar a Ally fascinado.

—Sí, quiero.

—Muy bien. —Eric asintió antes de volverse hacia la novia—. Y tú, Allison Green, ¿quieres a Guillaume Temba como esposo?

—Sí, quiero.

Eric volvió a asentir antes de continuar.

—Por el poder que me otorga la ley del mar, os declaro marido y mujer. Puedes besar a la novia —concluyó inclinándose hacia su contramaestre, que le obedeció al instante.

Todos los asistentes prorrumpieron en vítores y aplausos, mientras el desafinado violín comenzaba a sonar de nuevo para dar inicio a la fiesta.

María se limpió las lágrimas que le había sido imposible contener, y abrazó a su amiga cuando se volvió hacia ella.

—¿Crees que esto es una locura? —le susurró Ally al oído.

Tomándola por los brazos, María la apartó para mirarla a la cara.

—Completamente —bromeó—, y por eso te quiero. —Dejó de sonreír y se puso seria—. Dime solo que no lo haces por culpa.

Ally también la tomó por los brazos mientras la contemplaba con ternura. Sabía que se refería al hecho de que a Guill le hubieran herido en su lugar.

—Lo hago por puro amor —respondió, con la voz vibrante de emoción.

María inspiró con fuerza y la volvió a abrazar cuando notó que las lágrimas empañaban de nuevo su mirada,.

—La próxima serás tú, ya lo verás.

Las palabras de Ally se elevaron sobre el sonido de la fiesta, y todos pudieron oírlas. En aquel instante, María abrió los párpados y sus ojos se toparon con los de Eric. Le clavó su acerada mirada mientras su mandíbula se volvía dura como el granito. María sintió un violento escalofrío que le atravesó el cuerpo y que le hizo apartar los ojos al momento.

—¿Tienes frío? —preguntó Ally.

—Un poco —mintió ella—. Iré a por el chal —añadió, solo porque necesitaba una excusa para ausentarse durante unos minutos.

La frase de Ally le había afectado, aunque por supuesto ella no tenía la culpa. No le había hablado de la carta que guardaba en el camarote, aquella que había observado durante horas y que había estado tentada a romper en más de cien ocasiones, pero que no había roto. La decisión estaba tomada. No se casaría con Alejandro Montenegro; no se casaría con nadie, en realidad. Sin embargo, aquel no era el momento, ni el lugar, para contradecir a su amiga. Porque ella jamás sería la próxima, y ya podía comenzar a asumirlo cuanto antes.

—De acuerdo, pero no tardes —respondió Ally, antes de que su marido reclamara de nuevo su atención.

María se alejó del grupo hasta la puerta que llevaba a los camarotes y enseguida agradeció la tranquilidad del pasillo. En cuanto quedó fuera de la vista de los demás, apoyó la espalda contra la pared y respiró profundamente. Debía tratar de calmarse para volver a la fiesta. Pero entonces, una sombra alargada en el suelo la sobresaltó. Miró en dirección a la puerta para comprobar que Eric la había seguido y que la observaba con dureza desde el umbral.

—¿Qué te pasa?

CAPÍTULO 26

—¿Y a ti qué te importa? —respondió María malhumorada.

Ella no supo si fue la pregunta o el gruñido con el que Eric la pronunció, pero el caso es que le molestó mucho.

Él se acercó.

—Pues fíjate que sí me importa —replicó con ironía—. Supongo que te habrá afectado toda esta locura de la boda, para la cual, por cierto, debiste poner más impedimentos. Esperaba tu colaboración para que aconsejaras mejor a tu amiga.

María le fulminó con la mirada.

—¿Y qué, según tú, debí aconsejarle? ¿Que rechazara al hombre que ama? Ya veo cómo entiendes tú la amistad —espetó afligida—. ¿Qué podría yo objetarle a tu amigo, su color de piel o el hecho de no ser un refinado noble inglés?

—No es eso —bufó—. Pero la gente no se lo va a poner fácil, no van a tener una vida sencilla.

Ella alzó el rostro para mirarle a los ojos.

—Ally tiene la gran fortuna de amar y ser correspondida. Dígame, capitán, ¿puede haber algo mejor en la vida?

Él respiraba agitado por el enfado y sus ojos se habían oscurecido mientras le recorrían el rostro. María esperó, pero no obtuvo respuesta.

—Nada —suspiró, respondiéndose a sí misma—, porque que te amen de la misma forma que amas es lo mejor del mundo.

Ella bajó la mirada hasta su corbata y la fijó allí, en el elegante lazo. Tragó con dificultad, pues sus palabras acababan de atar otro fuerte nudo, solo que aquel en su garganta. Cuando sintió el inoportuno escozor de las lágrimas, bajó la cabeza y le dio la espalda.

—No te casarás con Montenegro.

Su voz profunda la detuvo al instante. Se volvió de nuevo hacia él y le contempló de pie, alto y huraño, ocupando casi todo el espacio del pasillo. Entonces, unas enormes ganas de abofetearlo hormiguearon en sus dedos.

—Sí lo haré —contestó, alzando el mentón.

—No, no lo harás.

La ira bullía en las venas de María como la lava en un volcán. De pie en mitad del pasillo, los dos se observaban intensamente como dos contrincantes enfrascados en un duelo al amanecer.

—¿Por qué no puedo casarme con él? ¿Es que estás celoso?

Algo inquietante y muy peligroso resplandeció en su mirada.

—Me fascina que seas tan ingenua, niña —respondió con sarcasmo—. Tu querido novio no ha dudado ni por un segundo en elegir su guerra en lugar de acompañarte. No hay duda de cuánto le importa vuestra boda.

María inspiró con fuerza, tratando de no ceder a la tentación de golpearle. Porque, solo por un instante, su corazón se había encogido ante la posibilidad de que pudiera estar celoso.

—No olvides que fue esa diligencia de mi novio la que te sacó de la cárcel —respondió mordaz.

Su ceño se hizo mucho más profundo.

—Me las hubiera arreglado —contestó desdeñoso.

—¡Ja! —exclamó imitando su desdén—. Me gustaría saber cómo.

Eric dio un amenazador paso hacia ella.

—No te casarás con Montenegro —repitió con la mandíbula apretada.

—Sí lo haré.

Retrocediendo dos pasos, se volvió y se escabulló corriendo hasta el camarote. Cerró la puerta y se dejó caer de espaldas contra ella. Su pecho subía y bajaba agitado, mientras la enorme opresión que sentía la hacía jadear como si hubiese hecho un gran esfuerzo. Sus ojos volaron hasta el cajón del escritorio en el que guardaba la carta y sus pies la llevaron hasta allí. Estaba dispuesta a romperla, a hacerla mil pedacitos que se combinaran y crearan un futuro al lado de Alejandro Montenegro. Era inadmisible no hacerlo. Era inadmisible pensar que algún mágico designio la había conducido hasta Eric en mitad del océano.

María estiró los brazos con la carta entre las manos; solo tenía que dar un tirón y el papel se rasgaría en dos mitades. La observó durante más de un minuto con la respiración agitada. Estaba dispuesta a hacerlo. Quería hacerlo. Se mordió el labio inferior con fuerza. Tenía que hacerlo. «¡Hazlo ya, maldición!», pensó frustrada.

Sus brazos cayeron rendidos mientras un largo y entrecortado suspiro se le escapaba entre los labios.

❀ ❀ ❀

Eric la contempló alejarse por el pasillo y al instante desvió la mirada hacia la pared. Tenía unas ganas irremediables de patear algo; aquella era una sensación bastante insistente desde que María había regresado a su vida. No se casaría con Montenegro. Y no es que el muchacho le cayera mal, sino que, simplemente, no se casaría con él. Comenzó a pasear de un lado a otro mientras trazaba un plan. El compromiso jamás se haría efectivo si el señor Lezcano no daba su permiso. El recuerdo de su padre adoptivo le provocó una fuerte opresión en el pecho. Al momento surgió la imagen de *lady* Mary, y la angustia se triplicó. «¡Dios, cómo les echaba de menos!» Los rostros de sus hermanos adoptivos aparecieron uno a uno en su mente y se dio cuenta de que deseaba con desesperación volver a verles. Se paró en seco al descubrir que ansiaba más que nada regresar a su antigua vida.

Suspirando, Eric continuó con su ir y venir a lo largo del corredor. Deseaba volver con los suyos, y eso también implicaba a María. Pero para ello, debía impedir aquella locura de su boda. En cuanto llegara a Londres hablaría con su padre; él era el único que podía ponerle freno a María. Al menos esperaba que su huida no hubiera provocado un escándalo. Confiaba que la familia hubiera sabido encubrir su desaparición con alguna excusa, como que se encontraba de viaje en casa de algunos parientes, aunque aquel pretexto estaba demasiado trillado por las señoritas de la alta sociedad que cometían alguna indiscreción y precisaban retirarse algún tiempo para ocultarla. Eric aguardaba que no pensaran eso de María, porque sería un verdadero regalo del cielo para Montenegro; le proporcionaría una coartada perfecta para presentarse frente a su padre y pedir su mano.

— ¡Maldición! —exclamó.

Eric se pasó la mano por la cara. Estaba dispuesto a impedir aquella boda por todos los medios. Hablaría con su padre, le explicaría quién era Montenegro y sus actividades revolucionarias en Cuba. Sabía que no estaba siendo justo, y que aquella actitud distaba mucho de ser honorable, pero le importaba un comino. Si hubiera sido cualquier otro estaría en deuda con él por haberlo ayudado. Sin embargo, aquel no era ningún otro, sino el hombre que pretendía llevarse a María. El que la apartaría de él para siempre. No existía honor ni lealtad suficiente en el mundo que costara semejante precio. La conclusión surgió frente a él de una forma tan grotesca que casi pudo oír al azar reírse a su costa. ¿Acaso no había sido la lealtad por sus padres lo que le había hecho alejarse de su lado? ¿Acaso aquella distancia no había llevado a María a los brazos de Montenegro? ¿Cómo demonios iba a volver a su vida si ni siquiera podía imaginarla con otro hombre?

— ¡Maldición!

❀ ❀ ❀

El corazón de María latía tan rápido que la sangre le llegaba con demasiada fuerza al cerebro, provocándole un grave zumbido en los oídos. Estaba a punto de reencontrarse con sus padres y se sentía tan nerviosa como indispuesta. Aunque aquella no era una sensación nueva, pues parecía instalada permanentemente en su cabeza desde que había llegado al puerto de Londres. Después de casi un mes en el mar, en cuanto sus pies tocaron tierra firme por primera vez casi se cayó al suelo. Era como si de repente ya no supiera caminar sin el vaivén del barco.

Habían entrado en el hotel de su padre por la puerta de servicio para no provocar un alboroto en la recepción. Sin embargo, en cuanto el mayordomo la vio entrar desapareció al instante por una de las puertas de la cocina. María se volvió para mirar a sus acompañantes. Ally parpadeaba nerviosa mientras se retorcía las manos. A su lado, Guill trataba de consolarla estrechándola por los hombros. Por su parte, Eric mantenía su postura erguida, con las manos tras la espalda; parecía tranquilo, pero María sabía que no lo estaba. Para empezar, se había vestido con el mejor traje que tenía y se había recogido el pelo. Su mandíbula se contraía en un rictus serio y concentrado, lo que significaba que trataba de controlar el desasosiego que le producía reencontrarse con su familia.

Todos estaban inquietos, incluso Guill, que iba a conocer lo más parecido a unos suegros. Aunque estaba segura de que ninguno de ellos se sentía como ella. Llevaba más de tres meses fuera de su casa, y al nerviosismo del reencuentro con sus padres se unía la angustia de averiguar el dolor que su huída les había provocado.

—¿Dónde está, Warren?

La ronca e impaciente voz de su padre sonó fuera de la cocina y María contuvo la respiración. La puerta se abrió y apareció. Parecía más adusto, más triste.

—María —susurró su padre en cuanto sus ojos la localizaron entre todas las personas que había en la cocina.

Atravesó la gran estancia en tan solo dos zancadas y la estrechó con tanta fuerza que la dejó sin respiración.

María cerró los ojos al instante, enterrando la nariz en su fuerte pecho. Su olor y su calor la envolvieron por completo, y al fin dio por terminada aquella alocada aventura que la había llevado hasta la otra punta del mundo. Entonces, una profunda paz fue embargándole el cuerpo al sentirse de nuevo en casa.

—¡¿Estás bien?! —exclamó él, tomándola por los brazos y observándola de arriba abajo—. ¿Te han hecho daño?

Negando efusivamente con la cabeza, se dejó arrastrar otra vez al abrazo consolador y reconfortante de su padre. No sabría decir el tiempo exacto que pasó, pero el suficiente como para olvidarse de todo lo que la rodeaba.

—Ally, gracias a Dios.

El susurro de alivio que dejó escapar su padre sonó por encima de su cabeza. Sintió cómo estiraba un brazo para que su amiga pudiera acercarse. María la oyó sollozar cuando su padre las envolvió a ambas en su abrazo protector.

Mientras la emotiva escena del reencuentro se desarrollaba frente a ellos, Eric lanzó una fugaz mirada de soslayo a Guill, que parecía suspirar aliviado con el fraternal recibimiento a su esposa. Al momento, su mirada voló de nuevo hasta la oscura cabeza del hombre al que se lo debía todo. Su aspecto apenas había cambiado de como le recordaba. La misma persona sagaz y ruda a la que había que conocer bien para saber que era capaz de la ternura más absoluta. Solo algunas canas en las sienes y unas arrugas alrededor de sus ojos atestiguaban el paso del tiempo.

—Menos mal que habéis regresado sanas y salvas —murmuró el señor Lezcano antes de alzar la mirada hacia los dos hombres que las acompañaban—. Muchas gracias, caballer... —La palabra murió en su boca y sus ojos se agrandaron al cruzarse con los de uno de ellos.

—¿Eric?

Este se revolvió incómodo antes de inclinar reverentemente la cabeza.

—Señor Lezcano —respondió a modo de saludo.

Completamente atónito, el hombre se alejó de las muchachas sin apartar la mirada de él.

—¿No me engañan mis ojos? —susurró—. ¿Eres tú, hijo?

Eric asintió, nervioso, forzando una mueca que pretendía ser una sonrisa.

Una carcajada estalló en la garganta del señor Lezcano antes de dar un paso al frente y estrecharle en un fuerte abrazo. Eric jadeó por la sorpresa y se quedó muy quieto, justo antes de levantar los brazos y estrechar a aquel hombre al que quería y al que había añorado como a un padre.

—¿Pero dónde demonios te habías metido?

—En el Caribe, al parecer —farfulló María con ironía.

El señor Lezcano lo tomó por los hombros y le miró con sorpresa.

—¡A la cocina, deprisa! ¡Llévame a la cocina!

La agitada voz de *lady* Mary hizo que todos se volvieran hacia la puerta. Un segundo después apareció en los brazos de un criado, con el cabello revuelto y vestida con ropa de dormir. Sus grandes ojos de color violeta recorrieron la estancia hasta detenerse en María. Un agudo grito brotó de su pecho antes de extender los brazos hacia ella. Al momento, María acudió a su encuentro y las dos se fundieron en un estrecho abrazo. Su marido despidió al criado y se hizo cargo de sostenerla mientras madre e hija se abrazaban. Las dos gritaban de alegría bajo la atenta mirada de todos.

—Sé que no debería recibirte así, que tendría que darte unos buenos azotes, encerrarte en tu cuarto y negarte la palabra más de un mes por todo el miedo que me has hecho pasar —dijo *lady* Mary, sin poder evitar que la enorme alegría por verla le ganara al reproche.

María la observó de arriba abajo.

—¿Estás en camisón? ¿Por qué estás en camisón a estas horas, mamá? —preguntó cuando su padre volvió a tomarla en brazos—. ¿Es que estás enferma?

—Tu madre enfermó el día que te marchaste —respondió su padre tras lanzarle una tierna mirada a su esposa—. Y decidió encamarse para facilitarme las cosas —añadió con ironía—, haciéndome un poco de chantaje emocional cuando yo decidí ir a buscarte.

Achicando los ojos, ella le golpeó ligeramente el hombro.

—Ya había perdido a una hija, y no estaba dispuesta a perder también a un marido —protestó—. Además, para eso están todos esos ex-agentes de Scotland Yard que has contratado.

María miró con curiosidad a su padre y este asintió, verificando que aquello era cierto. «Vaya, así que han estado buscándome», pensó. Aunque, conociendo a sus padres y hermanos, sabía que no iban a permanecer de brazos cruzados. Además, debido a la incapacidad física de su madre, era lógico que contrataran a profesionales y no la dejaran

245

sola para ir en su busca. No obstante, tampoco la sorprendió que no la hubieran localizado; se había pasado la mitad de su viaje escondida entre espías y la otra mitad encerrada en un barco.

—Pues no te vas a creer quién nos la ha devuelto —respondió su padre, con tanta emoción que ella volvió la mirada de inmediato al resto de presentes.

Pasaron algunos segundos hasta que sus ojos se fijaron en uno de ellos. Entonces, los rasgos de su cara se suavizaron hasta la laxitud.

—Bájame, Diego —ordenó, absolutamente atónita.

Su marido obedeció y dejó que sus pies tocaran el suelo. Poco a poco se separó de su esposo, que se resistía a dejarla sola, mientras ella no apartaba ni por un segundo la mirada de uno de aquellos hombres. Vigilada muy de cerca por todos, dio dos tambaleantes pasos hasta terminar arrojándose en sus fuertes brazos.

—Oh, Eric —susurró con voz temblorosa.

Con el incómodo escozor de sus propias lágrimas en los ojos, Eric sostuvo el pequeño cuerpo de *lady* Mary durante un tiempo indeterminado. Ella sollozaba contra su pecho y él, con el corazón hecho añicos, anhelaba aplacar su desconsuelo. Bajó la cabeza y enterró la nariz en su pelo al percibir la calidez de una lágrima descendiendo por la mejilla. La dejó llorar mientras su familiar aroma a flores le recordaba cuánto la había extrañado.

Les había echado de menos cada día que pasó lejos. Pero ahora volvía a casa, y eso lo hacía inmensamente feliz.

CAPÍTULO 27

—¡Santo cielo, Eric! ¡Estás tan cambiado! —exclamó Martha, sin dejar de observarlo con asombro—. Pareces un pirata, apuesto y salvaje.

Su esposo, el capitán Howard, la contempló con sorpresa.

—No conocía esas inclinaciones tuyas por los piratas.

—¿Ah, no? Pues son legendarias, querido —respondió mientras le guiñaba un ojo con picardía.

Todos se rieron. Todos excepto María, que puso los ojos en blanco en cuanto oyó la comparación que hacía su hermana mayor. Llevaba toda la velada escuchando alabanzas de aquel tipo al «portentoso» Eric. La prole Lezcano al completo había sido convocada a una cena familiar en el hotel San Telmo para dar la bienvenida a los recién llegados. Y al parecer, el único bienvenido estaba siendo él. «Sacad los laureles, que el victorioso César ha regresado», pensó María con sarcasmo a punto de bufar de indignación. Toda la familia, incluidos sus padres, la habían recibido con una reprimenda por su viaje, mientras que a él le aclamaban como si nunca se hubiera marchado.

No obstante, tanto el regreso de Eric como el sorpresivo matrimonio de Ally y Guill le estaban viniendo de perlas como distracción para que nadie indagara en los detalles de su viaje. Les había contado su contratiempo en el barco y la coincidencia de haberse topado con Eric, así como su visita a La Habana y el breve encuentro con su novio. Claro que había omitido la parte de su periplo por la isla, así como muchas otras particularidades de su aventura que solo servirían para inquietarles. Además, no le apetecía nada tener que hablar de Alejandro Montenegro, ni de la carta que viajaba ya con destino a Cuba en la que cancelaba su compromiso con él. Pero, sobre todo, lo que menos deseaba era discutir los motivos que la habían llevado a tomar aquella decisión. Trataría más adelante el asunto con sus padres a solas, y no frente a toda la familia. Y mucho menos frente a Eric, de quien ni siquiera esperaba que se quedara hasta conocer la noticia.

Hasta el momento, Eric estaba cumpliendo con la promesa que le había hecho aquella noche en la cubierta del barco, por la que se había comprometido a no abandonar Londres sin verles a todos. Sin embargo, él parecía encantado de estar de vuelta. Incluso le había parecido verlo emocionarse cuando su padres le recibieron. María le observó en aquel instante; ya se habían sentado a la mesa y él todavía seguía con Diego y Oliver en brazos. Los bebés de Martha y Lizzie habían nacido dos años atrás, y ahora eran dos niños preciosos que acaparaban toda la atención, incluida la de Eric, que los había hecho saltar sobre sus rodillas y ahora los arrullaba entre sus enormes brazos. Dos mechones se le habían soltado de la cinta con la que se recogía el pelo y le caían hacia delante, mientras en su boca se dibujaba una enorme sonrisa dedicada a los dos niños. María sintió que la embargaba la ternura. Eric podía ser un padre amoroso, si algún día encontraba a una muchacha de la que enamorarse y con quien formar una familia. Una muchacha que no sería ella. La respiración se le cortó al momento y debió desviar la mirada.

Las niñeras de los pequeños aparecieron para llevárselos y acostarlos. La cena comenzó a servirse tan solo unos minutos después, mientras María contemplaba al resto de comensales. Sus padres ocupaban las cabezas de la gran mesa del comedor reservado solo para el uso de la familia. Sus hermanas se sentaban frente a sus maridos, mientras Peter y Paul se disponían de igual forma frente a sus esposas, y Archie y Magpie con sus respectivas prometidas. Ally y Guill, como invitados de honor, ocupaban los asientos más próximos al cabeza de familia, mientras ella y Eric lo hacían a continuación. La conversación giraba en torno a las islas del Caribe y sus costumbres. Eric y Guill charlaban

248

animadamente con todos y respondían a las preguntas sobre aquellas exóticas y lejanas tierras. María permaneció callada mientras advertía que todas los asistentes estaban acompañados de sus parejas; todos, excepto ella... y Eric.

—¡María!

Se sobresaltó al escuchar la voz de su madre y enseguida intentó recuperar el hilo de la conversación que se desarrollaba en la mesa.

—¿Qué? —murmuró, evitando la mirada de Eric y rogando para que nadie se hubiera dado cuenta de que llevaba un buen rato observándole embobada.

—Tu hermana te ha hecho una pregunta.

Volvió la atención a Martha y Lizzie.

—¿Qué? —repitió.

Todos se rieron por su gesto de confusión.

—¡Vaya, sí que te ha dado fuerte! —bromeó Paul.

—Tan fuerte que se fue a la otra parte del mundo, no lo olvides —añadió Archie.

Y sus hermanos volvieron a reírse. Aquellos dos seguían comportándose como cuando eran niños, apostillándose siempre las gracias el uno al otro.

—¿De qué demonios estáis hablando?

—¡María, ese lenguaje! —exclamó su madre, reprendiéndola con una dura mirada.

Bajó la cabeza arrepentida. Tanto tiempo entre marineros estaba comenzando a pasarle factura.

—Lo siento.

—Te preguntaba —dijo Lizzie con una sonrisa conciliadora— que cuándo podremos conocer a Alejandro Montenegro. ¿Ya es oficial vuestro compromiso o no?

María inspiró con fuerza, pensando con desánimo que ya había llegado el momento de tratar el tema que llevaba eludiendo desde su regreso.

—Bueno, no nos adelantemos —intervino su padre—. El muchacho debe venir a verme y pedir su mano, como corresponde. Luego ya veremos —concluyó con una mirada de advertencia.

La conversación derivó hacia otros asuntos y todos continuaron charlando animadamente. Sin embargo, María se dio cuenta de que no era la única que guardaba silencio. Una especie de intuición le hizo levantar los ojos para toparse con los de Eric. Al otro lado de la mesa, él le clavaba aquella incisiva mirada suya con la que lograba reducirla al tamaño de una mota de polvo.

❋ ❋ ❋

—Su padre es un gran hombre y goza de toda mi confianza —declaró el señor Lezcano tras apoyar los codos sobre la mesa de su escritorio.

Eric se revolvió incómodo en la butaca que ocupaba frente a él.

—No es él quien pretende a María, sino su hijo —respondió lanzándole una mirada de soslayo a *lady* Mary, que se encontraba a su lado.

Después de la cena de la noche anterior, Eric llevaba dándole vueltas a cómo plantearle a sus padres adoptivos aquel asunto del compromiso de María. Las palabras del señor Lezcano durante la velada le habían dado esperanzas para zanjar de una buena vez el tema, y por ello había decidido ir a verles aquella mañana. Su mente era un completo caos. No sabía lo que iba a hacer, si marcharse o quedarse. Tampoco tenía idea de a qué iba a dedicar su tiempo si dejaba a Guill a cargo del *Audacious*. Lo único que sí sabía era que María no podía casarse con Montenegro. Y no porque le cayese mal, ni tampoco porque no fuera suficiente bueno; de hecho lo era. Pero no para María.

—Lo cierto es que al muchacho le conocimos solo brevemente cuando estuvieron aquí por Navidad —intervino *lady* Mary mirando a su esposo.

Eric asintió, agradeciendo en silencio su intervención.

—Sí, Mary, pero no podemos rechazar una propuesta sin un motivo de peso —contestó el señor Lezcano—, o corremos el riesgo de ofender a su familia. Y su padre es un amigo muy apreciado para mí.

—Eric, cariño, ¿tú conoces algún motivo de peso por el que María no deba casarse con él? —preguntó su madre, volviéndose y dedicándole una de aquellas miradas cargadas de ternura.

¿Que si tenía un motivo de peso? Oh sí, desde luego que lo tenía. Un motivo de proporciones inmensas: la amaba, y no soportaba la idea de verla en los brazos de ningún otro hombre. A punto de soltar un bufido con todos aquellos pensamientos apilándose en su mente, Eric se limitó a negar con la cabeza.

—Entonces, sinceramente, no sé de qué estamos hablando —murmuró el señor Lezcano con impaciencia ante su silencio, colocando ambas manos en la mesa antes de levantarse—. Ahora, si me disculpáis, tengo una reunión importante en Bow Street a la que debo asistir.

Eric también se puso de pie.

—Es un espía —soltó, sintiendo al momento remorderse su conciencia—, y trabaja para los rebeldes de la isla.

Lady Mary levantó el rostro para observarle con angustia. Él se llevó las manos a la cintura pensando que si todo aquello del karma resultaba ser cierto le esperaba un futuro espantoso.

—Bueno —murmuró el señor Lezcano—, eso tampoco es para tanto.

«¡¿Qué?!», gritó el subconsciente de Eric mientras fulminaba con la mirada a aquel hombre al que algún día creyó un dechado de integridad.

—Tranquilo, hijo, no me mires así —continuó—. La Corona de mi país lleva tiempo sin entender nada de lo que ocurre en Cuba, además de ahogar con impuestos a los isleños. No te voy a decir que me tranquiliza lo que acabas de decirme, pero el joven Montenegro ha nacido allí, y los problemas de sus compatriotas habrán incitado su militancia.

La mandíbula de Eric se aflojó por la sorpresa.

—No puedo creer lo que estoy escuchando —bufó—. Podría ir a la cárcel y ser condenado a garrote vil. ¿Le gustaría ver a su yerno retorcerse en un patíbulo?

Supo que se había extralimitado en cuanto oyó el gemido horrorizado de *lady* Mary. El señor Lezcano hizo una mueca de hastío. Sin embargo, su respuesta quedó en el aire, porque justo en aquel momento la puerta del despacho se abrió de repente.

—¡¿Qué estás haciendo?!

La irritada voz de María llegó desde el umbral.

—Cariño, déjanos explicarte...

—¡No, mamá! —exclamó, levantando una mano para silenciar la indulgente explicación de su madre—. El único que necesita explicarse es él. —Señaló a Eric con el dedo.

No debería estar allí, ni siquiera sabía que Eric iba a volver al hotel después de la noche anterior. Por eso María se sorprendió al oír su voz cuando pasó frente al despacho de su padre. Se aproximó a la puerta para asegurarse de que había oído bien, y entonces advirtió lo que él estaba diciendo. Casi no podía creerse que estuviera tratando aquel asunto con sus padres, y de aquella forma tan indebida.

—¿Por qué no les cuentas quién iba a terminar en el patíbulo si no fuera por la intervención de Alejandro Montenegro? —dijo plantándose frente a él con los brazos en jarras y alzando el mentón.

—Me las hubiera arreglado —resopló ufano.

Ella le observó con desdén.

—Me habría encantado verlo —gruñó con sarcasmo.

—Me habría encantado que lo vieras.

Eric la imitó, colocando las manos en la cintura, y bajó la cabeza para toparse con su fulminante mirada.

—Lo que os decía, un espía con muchos contactos —murmuró, lanzando una rápida mirada a sus padres por encima del hombro.

—Eric es un contrabandista —espetó María—. Trafica ilegalmente y han puesto precio a su cabeza en varios países.

Él achicó los ojos sin dejar de mirarla.

—No es lo mismo abstenerse de pagar algunos impuestos, claramente abusivos —puntualizó con calma—, que hacer una revolución.

María volvió a fulminarle con la mirada.

—¿Qué te ocurre? —gruñó—. ¿Es que no tienes nada mejor que hacer que cotillear como una vieja matrona desquiciada?

—¿Vieja matrona desquiciada? —repitió él, con los ojos centelleantes de diversión.

—¡¿Podéis hacer el favor de callaros?! —La voz del señor Lezcano resonó en toda la estancia—. Por el amor de Dios, ni cuando erais pequeños os comportabais así. Sentaos. Los dos —añadió, visiblemente impaciente.

Eric y María se observaron durante unos segundos antes de tomar asiento en las dos butacas más alejadas de la estancia.

El señor Lezcano miró a su esposa, que contemplaba la escena con la misma cara de asombro que él.

—María, tu marcha fue una locura —comenzó, pasando por alto el bufido de indignación de su hija y el asentimiento de aprobación de Eric—, nos preocupaste mucho a todos. Seguro que hay muchos detalles del viaje que no conocemos, y que tal vez no deberíamos conocer nunca. Pero la familia ha vuelto a estar unida después de mucho tiempo, y eso a tu madre y a mí nos hace muy felices. —Hizo una pequeña pausa antes de volverse hacia Eric—. En cuanto a ti, hijo, agradezco la fortuna de que María se topara contigo y que nos la hayas devuelto sana y salva. Te marchaste para labrarte tu propio camino, y espero que lo hayas conseguido. Dicho todo esto, os diré que me importa un comino si pagas o no los impuestos de tus mercancías. De hecho, hubo momentos en mi vida en que yo tampoco lo hice. Y, por lo mismo, no descartaré al joven Montenegro como pretendiente antes de haberme entrevistado con él. Esta familia nunca se ha dejado guiar por prejuicios, y no comenzaremos a hacerlo ahora. Tu hermana lo ama lo suficiente como para cometer locuras, y yo le daré la oportunidad de que me pida su mano y de poder conocerle más a fondo —concluyó, colocando los puños sobre el escritorio y contemplándoles con determinación.

«Vaya por Dios, con lo bien que había comenzado el discurso», pensó Eric con frustración, mientras observaba cómo el único hombre capaz de frenar a María daba carta blanca a sus propósitos nupciales. Sabía que en cuanto el señor Lezcano conociera a Montenegro el asunto de la boda quedaría resuelto. Le bastarían unos minutos para que le cayera bien. Porque Alejandro Montenegro era un buen tipo, valiente y merecedor del corazón de María. Y aquello era justo lo que a él le carcomía el alma, lo mismo que le impedía rendirse en silencio.

—Bien, pues si ya está decidido no me queda nada más por hacer —respondió con calma. Eric conocía el genio que tenían sus padres y sabía que debía ir con cautela. Así, decidió que la mejor táctica por el momento sería sembrar un poco de desconfianza y no atacar directamente al muchacho—. Sé que para esta familia siempre ha sido más importante el comportamiento de una persona que su dedicación o procedencia social —continuó—. Por eso espero que se valore correctamente la conducta de un hombre que entre la protección de su prometida y una causa política prefirió la segunda.

—¡Ya basta! —gritó María poniéndose de pie—. ¡¿Qué diablos te pasa?! ¡¿Es que te has propuesto arruinarme la vida?! ¡Ojalá nunca te hubiese encontrado! —La voz se le quebró y las lágrimas descendieron libremente por sus mejillas—. ¡Ojalá nunca hubieras regresado, Eric Nash!

Se volvió y salió corriendo.

Y sin pensar en lo que hacía, Eric fue tras ella.

Lady Mary y el señor Lezcano se miraron, completamente atónitos.

—¿Tienes idea de lo que acaba de pasar? —preguntó él desconcertado.

Su esposa negó muy despacio con la cabeza.

—En absoluto, amor mío —respondió, todavía observando la puerta por la que aquellos dos acababan de salir—. Pero te prometo que lo averiguaré.

CAPÍTULO 28

Eric la siguió a lo largo del pasillo sin poder alcanzarla. Ella se escabulló dentro de su cuarto y le estrelló la puerta en las narices.

—¡Abre, María! —exclamó golpeando la puerta con la mano—. ¡Abre!

—¡No!

El empecinado grito llegó amortiguado por la pared, aunque Eric pudo percibir el llanto que lo envolvía. Aquello aumentó su ansiedad, ya que no soportaba verla llorar.

—Ábreme, por favor —rogó, pegando la oreja contra la puerta para averiguar qué hacía.

—Márchate, Eric. —Su voz se oía ahora más lejana, como si estuviera en medio del cuarto—. Nunca debiste volver a mi vida. ¡Vete a tu barco y no vuelvas más!

Eric aspiró con fuerza y volvió a estrellar el puño contra el duro roble.

—¡Abre la maldita puerta!

Llorando desconsoladamente, María se arrojó sobre el colchón de su cama. No entendía por qué Eric actuaba de aquella forma tan perversa. Era injusto que alguien como él, cuya vida no era precisamente intachable, tratara de arruinar su compromiso con Alejandro valiéndose de la excusa de sus actividades en la isla. El problema no era que tratara de arruinar su compromiso, pues ya no había compromiso que arruinar,

255

sino aquella retorcida actitud. Era cruel con ella, siempre lo había sido, y su rechazo seguía desgarrándole el corazón. Igual que el día en que se lo entregó y él decidió marcharse. Estaba perdidamente enamorada de un canalla que no la quería para él, pero tampoco deseaba su felicidad. Y lo peor de todo era que por mucho que deseara arrancárselo del alma no era capaz de lograrlo.

Con todos aquellos pensamientos torturando su mente, María se durmió. Soñó que se encontraba en un enorme salón en el que solo se oía el eco de sus pasos y el crepitante sonido de la leña consumiéndose en la chimenea. Todo estaba en penumbra y no sabía a dónde dirigirse. Se acercó al fuego, y entonces oyó unos pasos detrás de ella. La enorme figura de un hombre se acercaba por detrás, caminando de forma decidida hacia ella, como si ya la hubiera visto. De entre las sombras surgió Eric, con un elegante traje de gala negro y con su brillante mirada dorada. Parecía el mismísimo diablo.

— ¿Bailamos? —preguntó con voz grave.

Quiso decir que no, pero él dio un paso adelante y la tomó entre sus brazos. Su fuerza la envolvió como un tornado, haciéndola girar por el salón. La enorme mano en su cintura la estrechaba contra su cuerpo, aproximándola más en cada giro. Un tanto mareada, apartó la cara para poder mirarle. El fuego hacía que sus ojos ambarinos brillaran de una forma extraordinaria y proyectaba una serie de luces y sombras en su rostro que le conferían un aspecto satánico.

Sintió miedo y quiso apartarse, pero él no se lo permitió. La estrechó más aún entre sus fuertes brazos y bajó la cabeza.

—No luches, María —susurró a su oído—. Eres mía. Para siempre.

María abrió los ojos, sobresaltada por la pesadilla. Se encontró de nuevo en su cama y poco a poco se fue sosegando. No supo muy bien el tiempo que había dormido, aunque si no la habían avisado para el almuerzo dedujo que no había sido mucho. Unos golpes en la puerta le hicieron regresar definitivamente al presente.

—¡Déjame en paz, Eric! —gritó, pateando el colchón con los talones—. ¡No pienso volver a hablarte!

—Cariño, soy yo, déjame entrar.

La dulce voz de su madre la hizo incorporarse de inmediato.

—¿Estás tú sola? —preguntó con desconfianza cuando llegó junto a la puerta, pues de sobra conocía las dotes manipuladoras de Eric.

—Sí, hija, el ogro ya se ha ido —respondió, sin ocultar la diversión de su voz.

María sacó el pestillo y abrió la puerta. Su madre alzó el rostro hacia ella, escrutándola con la mirada.

—¿Puedo entrar?

—Claro, pasa —contestó, apartándose.

Su madre hizo girar las ruedas de su silla y atravesó el umbral. Al llegar al centro del cuarto se volvió hacia ella.

—Cariño, nos tienes muy preocupados —dijo con conmiseración—. Tu padre ya ha dicho que escuchará al señor Montenegro, ¿cuál es el problema?

María miró al techo angustiada. Eric era el problema. Pero ¿cómo explicarles todo a sus padres?

—No hay ningún problema.

—Oh, cariño —rió su madre—, te conozco tan bien que no solo sé que te pasa algo sino que es muy importante; jamás te había visto así. Comprendo que te hayas enamorado. —María la miró alarmada, hasta que entendió que se refería a Alejandro—. Pero estoy segura de que tu padre no pondrá objeciones. Y Eric..., bueno, estoy segura de que él solo intenta protegerte.

María la fulminó con la mirada.

—No me hables de Eric —gruñó.

Su madre achicó los ojos antes de preguntar.

—Oh, ¿te has fijado en lo cambiado que está? —susurró con aire soñador—. Fue una suerte que te toparas con él, hija. —María puso los ojos en blanco—. Ojalá no tuviera que marcharse. Pero, bueno, espero que a partir de ahora venga a visitarnos de vez en cuando.

Aquellas palabras terminaron por estrujarle el corazón, aunque no dijo nada. Sintió las lágrimas cosquilleando en sus pupilas y bajó la cabeza. Se sentó en la cama, observándose los dedos entrelazados sobre su regazo. Su madre se acercó y posó la mano sobre las suyas.

—¿Ocurrió algo en ese viaje de lo que quisieras hablarme?

María levantó el rostro para toparse con su indescifrable mirada violeta. Por un instante deseó contárselo todo, abrirle el corazón y dejar salir todos aquellos secretos que ya pesaban demasiado. Sin embargo, decidió que aquel no era el momento. Estaba muy sensible después de la pelea con Eric; tal vez cuando él se marchara y pudiese verlo todo con un poco de distancia se atrevería a contarle a su madre todo lo que le ocurría.

—No pasó nada, mamá.

—¡Ay, por el amor de Dios! —exclamó frustrada, soltándole las manos—. Me niego a creer que estás así solo porque tu hermano es un contrabandista y tu novio un revolucionario.

María se puso de pie al instante.

—No es mi hermano.

Entonces los ojos de su madre se abrieron por la sorpresa. Distintas emociones comenzaron a pasar por su cara: desconcierto, fascinación, asombro, admiración y, finalmente, alegría. Se tapó la boca con la mano y empezó a negar con la cabeza, como si se hallara ante la más fabulosa de las revelaciones.

—¿Qué? —preguntó María desconcertada.

Su madre siguió negando con la cabeza, completamente atónita.

—Dios mío —susurró—, como no me he dado cuenta. Te has enamorado de Eric.

No fue una pregunta, sino más bien una afirmación tajante. Y esta vez fue ella quien la observó con la boca abierta. La escrutó con la mirada, a punto de negarlo todo, pero ya no le quedaban fuerzas para seguir mintiendo. Se arrodilló frente a ella, rendida, al notar cómo las lágrimas se le soltaban y descendían libres por sus mejillas.

—¿Cómo lo has sabido? —sollozó.

—Ay, cariño —sonrió, indulgente y emocionada—, tú misma me lo acabas de decir. Solo te ha molestado que haya dicho que era tu hermano y no que le llamara contrabandista, ni revolucionario a tu prometido. —Su madre volvió a observarla con sorpresa—. Dios mío, ¿qué va a pasar con tu prometido?

María negó con la cabeza mientras dejaba que su madre le secara las lágrimas con los dedos.

—Ya no hay prometido, mamá.

❀ ❀ ❀

María descendió del carruaje y enseguida fue asaltada por la amalgama de esencias que a aquellas horas de la mañana flotaban en los muelles de Londres. El olor del pescado y la fruta que se amontonaba en las cajas de los comerciantes que asistían a la lonja, y que ahora aguardaban a ser transportadas por los carromatos de venta ambulante, lo impregnaba todo con su empalagoso aroma. Las fragancias de los alimentos se mezclaban con las breas de las maderas y las grasas de los aparejos de los barcos, atracados al muelle en varias filas.

—Muchas gracias, George —dijo al mozo que aún sujetaba la puertezuela del vehículo—. No voy a necesitarles más por hoy, pueden volver al hotel.

El muchacho la miró con confusión. Sin embargo fue su padre, el cochero, quien le respondió desde el pescante.

—No es seguro que una dama ande sola por los muelles, señorita. ¿Cómo volverá al hotel si no la esperamos?

María suspiró impaciente. En el fondo agradecía la preocupación del viejo cochero y de su hijo, empleados de su padre desde siempre, una preocupación por su seguridad sincera, ya que en el hotel siempre habían sido todos como una gran familia. Sin embargo, no pudo evitar cierto fastidio por la intromisión. Aquella reacción, contraria a dar explicaciones sobre sus actividades, le sucedía con mucha más frecuencia desde su regreso; echaba de menos la aventura que suponía cada día, la posibilidad de ir y venir a su antojo sin tener que dar cuenta de sus movimientos. Hasta su viaje no se había dado cuenta de la falta de libertad que suponía ser una dama, pese a pertenecer a una de las familias más modernas y liberales del Reino Unido.

—No se preocupe, Charles —respondió pacientemente—. Me haré acompañar por alguien de la tripulación.

259

El hombre asintió con reticencia, pero no objetó nada más antes de arrear a los caballos y alejarse calle abajo. María se volvió y echó a andar entre las numerosas personas que a aquellas horas caminaban por el muelle. Se dirigió al lugar en el que sabía que se hallaba atracado el *Audacious*, justo en el mismo sitio en el que ella había desembarcado hacía ya más de una semana.

El navío se mecía ligeramente al compás de las suaves ondulaciones que el tráfico naval producía en la superficie del río. Los dos palos se veían desnudos sin sus velas y la madera de cubierta brillaba de forma inusual, fruto de alguna limpieza a fondo en los últimos días. María se quedó parada en mitad del muelle contemplando la bella figura femenina del mascarón de proa, aquella muchacha de largos cabellos que sujetaba la estrella contra su corazón mientras miraba al horizonte con cierta nostalgia, como si todo el tiempo persiguiera algo imposible de alcanzar. ¿Le habrían robado el corazón y dejado aquella estrella en su lugar? Y si así era, ¿alcanzaría alguna vez aquello que parecía anhelar con tanto afán?

A punto de ser arrollada por un carro, María se hizo a un lado. Arrancada abruptamente de sus ensoñaciones, decidió subir al barco y terminar con aquello de una vez por todas. Después de revelarle a su madre la naturaleza de su amor por Eric, su espíritu se hallaba colmado por una especie de paz que estaba dispuesta a hacer durar para siempre. María le habló de cómo su cariño por él jamás había sido como el que profesaba a sus otros hermanos adoptivos; de cómo le había amado en silencio hasta que decidió declararse, y le confesó sus sospechas sobre la razón por la que Eric se había marchado de casa. Por supuesto, decidió omitir las referencias a los besos que le había robado.

Su madre se mostró completamente atónita con cada nueva revelación, aunque no dejó de brindarle contención y comprensión, como siempre hacía. Le explicó que tenía que decirle a su padre que había decidido cancelar su compromiso con Alejandro Montenegro, porque era algo que lo mantenía preocupado. Sin embargo, la dejó decidir cuándo contarle todo lo que le había ocurrido. Asimismo, le recomendó que no dejara que sus sentimientos de frustración influyeran en el afecto que sentía por Eric, o terminaría convirtiéndose en una resentida. María sabía que jamás podría olvidarlo, pero tampoco quería ser una amargada que se pasara la vida odiando a la gente feliz. Por ello decidió que debía disculparse con Eric antes de que se marchase de Londres; desearle lo mejor, además de pedirle que no tardase en regresar, sería bueno para ambos. Era doloroso y difícil, pero, como su madre le había dicho: «lo complicado siempre tenía una recompensa dulce».

Así que allí estaba, dispuesta a subirse por última vez al *Audacious*, simplemente para despedirse de Eric y dejarle ir en paz. Abordó por la pasarela dispuesta para tal efecto y se sorprendió al no encontrar a ningún miembro de la tripulación en la cubierta.

—¡Ah del barco! —exclamó acercándose a la puerta.

Pero tampoco hubo respuesta. Al parecer, la tripulación se había tomado el día libre y se habían marchado a disfrutar de la ciudad. María recorrió el corredor y comprobó que la puerta del camarote que ella había ocupado se encontraba entreabierta.

—Hola, ¿hay alguien?

Se acercó despacio esperando una respuesta, aunque solo se oía el crujir de la madera y el chapoteo del agua contra el casco. Pensó en volver más tarde, pero el miedo a perder el valor que le había infundido la conversación con su madre le llevó a intentarlo de nuevo.

Llamó a la puerta y esta se entreabrió un poco más.

—¿Capitán? —dijo metiendo la cabeza y mirando dentro del camarote.

En el suelo había un equipaje abierto a medio hacer. Dedujo que en realidad lo que estaba era a medio deshacer, pues seguro que Eric había regresado a sus aposentos después de que ella se marchara y todavía estaba acomodándose. Comprobó que no había nadie y retrocedió, dispuesta a irse. Pero algo sobre el escritorio llamó su atención. Decenas de cuadernos de dibujo se acumulaban en varios montones. María los reconoció al momento: aquellos eran los cuadernos de Eric. Miró por encima del hombro para cerciorarse de que no venía nadie y decidió ceder a la tentación de echar una ojeada. No supo lo que la empujó a hacerlo, pero se aproximó muy lentamente hasta el escritorio y levantó la tapa del primero de ellos.

Las líneas de carboncillo se combinaban formando un rostro femenino. María ladeó la cabeza y al momento la reconoció. De repente, se sorprendió a sí misma en aquella hoja de papel. Era ella: su boca, sus pómulos, sus mismos ojos. Sobrecogida, levantó la mano y pasó los dedos con suavidad sobre las inequívocas líneas que trazaban su retrato. Era como si estuviera mirándose en un espejo. Desde luego, el talento de Eric era innegable. Pasó la página, y allí estaba otra vez. Solo que en aquella ocasión se encontraba sentada en una playa desierta mirando al horizonte mientras el viento le agitaba el cabello. Sonrió y pasó la página. En aquella aparecía de perfil contemplando la noche estrellada. Pasó las páginas del cuaderno y se quedó atónita al descubrir que todos los dibujos eran de ella. Las fechas que había en el reverso de las láminas correspondían a diferentes momentos acontecidos durante su viaje.

Con la respiración agitada, María tomó otro cuaderno al azar. Volvió a mirar alrededor para cerciorarse de no ser descubierta fisgando y lo abrió. El corazón casi se le para al descubrir que allí estaba otra vez. Ella mirándose al espejo; ella dormida sobre la hierba de Sweet Brier Path; ella corriendo entre los árboles; ella leyendo un libro... María pasó las páginas absolutamente aturdida. Miró las fechas y se sorprendió al comprobar que pertenecían a la época en que Eric había estado fuera. Había pintado aquellos dibujos después de marcharse.

Y en todos estaba ella.

Se sentía tan conmocionada que debió apoyarse en la mesa para sujetarse de pie. Respiraba tan agitada que hubo de tomarse un momento para calmarse. ¿Qué podía significar que Eric solo la hubiera pintado a ella en todas aquellas láminas, incluso cuando ya no estaba a su lado? Su cerebro no le ofreció respuestas, pero sí una sospecha. María levantó la cabeza y observó el resto de cuadernos. Fue abriéndolos uno a uno mientras sus ojos recorrían ávidos cada página, cada trazo, confirmando que solo había retratos suyos. Las fechas variaban y también las épocas, pero la temática era siempre la misma: ella.

Miró a su alrededor buscando algún cuaderno más, pero no lo encontró. Los había visto todos. Los había dejado abiertos sobre el escritorio, sobre el catre y por el suelo, desde donde distintas versiones de sus mismos ojos se clavaban ahora en ella, sumiéndola en el desconcierto más absoluto.

La puerta se estrelló entonces contra la pared y una voz atronadora rompió el silencio.

—¡¿Qué demonios estás haciendo aquí?!

CAPÍTULO 29

María se volvió despacio hacia la puerta. Debería haberse asustado, pero estaba demasiado aturdida. Poderoso y amenazador, Eric ocupaba todo el espacio bajo el umbral. En mangas de camisa y con el chaleco desabrochado, había algo en su aspecto que le resultaba diferente. Le llevó unos segundos darse cuenta de que se había cortado el pelo. Por un momento le recordó al Eric protector de su infancia, y el recuerdo la conmovió.

Él se llevó las manos a la cintura mientras desplazaba su mirada de ella a los cuadernos abiertos y esparcidos por todas partes.

—¿Qué estás haciendo? ¿No te han enseñado a llamar? —gruñó, atravesando la estancia a zancadas para cerrar con violencia los cuadernos.

María se quedó clavada en el mismo sitio, observándolo moverse en el pequeño espacio del dormitorio.

—He llamado.

—¡No lo suficientemente fuerte! —gritó, sin detenerse en su empeño por ocultar las láminas.

—No te molestes —musitó—, los he visto todos.

Eric se detuvo. Se enderezó poco a poco, hasta quedar completamente erguido de espaldas a ella.

—¿Por qué solo hay retratos míos? —preguntó con suavidad, pues no quería que se enfadara aún más y no le respondiese. Porque María jamás en su vida había necesitado tanto de una respuesta.

Sus hombros cayeron después de que una larga exhalación le vaciara el pecho. Bajó la cabeza y permaneció durante largo tiempo en silencio.

María se colocó frente a él. Eric levantó entonces la cabeza para mirarla, y la súplica desesperada que descubrió en sus ojos le cortó la respiración.

—¿Qué es esto, Eric? —murmuró, señalando con la mano a su alrededor.

Él apretó la mandíbula y entornó la mirada.

—Mi corazón al descubierto, al parecer.

María apenas captó la ironía porque sus propios latidos la ensordecían. El aire se le escapó de entre los labios casi en un sollozo. Por primera vez en su vida, una respuesta acababa de robarle el aliento.

—Pero... no entiendo —susurró, negando con la cabeza.

—¡Maldita sea, María! —Se volvió para alejarse hasta la otra punta del camarote mientras se pasaba las manos por el pelo—. ¿Por qué has tenido que curiosear?

No quería discutir. No iba a discutir. Porque nada en el mundo le importaba más que lo que acababa de decirle.

—Pero si te marchaste para no verme más —murmuró, tratando de ordenar sus pensamientos en voz alta—, si me echabas de menos, ¿por qué no regresaste?

Eric cubrió el espacio que los separaba en dos zancadas y la tomó por los brazos con firmeza.

—¡Porque te amaba y no podía!

Su mandíbula se contraía con furia mientras sus centelleantes ojos le recorrían el rostro. El corazón de María había enloquecido y sus pulmones trataban de tomar aire con desesperación. Sin embargo, su mente no dejaba de arrojarle preguntas que le impedían disfrutar del momento que había esperado toda la vida. Llevaba tanto tiempo sintiéndose culpable por ahuyentarlo con sus muestras de afecto... Había dicho que la amaba, en pasado. Si así era, ¿por qué continuaba dibujándola solo a ella? ¿Por qué nunca le correspondió cuando le había declarado su amor tantas veces? Si la amaba, ¿por qué la dejaba?

—¿Me amabas? —susurró atónita—. ¿Desde cuándo?

Él la observó con desesperación.

—Desde siempre, María. Te llevo tan dentro de mí como el monje más devoto lleva la Fe.

Seguía estrechándola con tanta fuerza que casi la levantaba del suelo, mientras su estremecida respiración le hacía cosquillas en las mejillas.

—Si me amabas, ¿por qué me abandonaste?

El gesto grave de su rostro se suavizó, como si intuyera sus pensamientos.

—Porque no podía, ¿es que no lo entiendes? Tus padres me acogieron como a un hijo; y no solo a mí, sino a todos los demás. ¿Cómo iba a hacerles eso?

María se revolvió para que la soltara, pero no lo consiguió.

—¿Hacerles qué? —preguntó exasperada.

—Profanar su confianza, María. ¿Cómo explicarles a las personas a quienes les debía todo que mi afecto por su única hija nunca había sido el casto sentimiento fraterno que debería? ¿Cómo decirles que deseaba tomarte para mí y llevarte lejos, donde nadie pudiera desairarte por estar con un delincuente callejero, un don nadie que jamás encontraría un lugar en tu mundo? Antes de romperles el corazón a tus padres, decidí marcharme.

—Y romper el mío —replicó ella, cada vez más angustiada. Había deseado escuchar aquellas palabras de sus labios toda la vida, y ahora se le clavaban en el corazón como ardientes puñales—. Tantos años en nuestra familia y no has entendido nada —continuó, derrotada—. ¿Crees que mis padres prefieren que haga un matrimonio de conveniencia a que me case por amor? ¿Piensas que no desean lo mismo que ellos tienen para todos nosotros?

Él inspiró con fuerza y achicó los ojos, sujetándola aún con más fuerza.

—Me devoraba la culpa, ¡maldita sea! ¿Es que no lo entiendes? —gruñó, zarandeándola ligeramente.

María levantó los ojos y le escrutó el rostro, a tan solo un palmo del suyo.

—Y la culpa venció al amor. Dios mío, te amaba tan fuerte que me dolía —susurró mirando al cielo cuando sintió que las lágrimas le empañaban la visión—. Enfermé cuando te fuiste, cuando creí que no iba a volver a verte... —La voz se le quebró.

Eric soltó una maldición antes de atraerla hacia sí y envolverla entre sus brazos.

El traidor de su cuerpo reaccionó a su proximidad, al calor que emanaba de él, a su olor a jabón y a mar. El deseo por ponerse de puntillas y pegarse a él por completo la hizo revolverse con violencia.

—¡Suéltame, me haces daño! —mintió.

Eric aflojó el abrazo y ella aprovechó para escabullirse. Estaba dolida y furiosa, y su cercanía le disipaba el dolor y la furia. Trastabillando, retrocedió hasta la otra punta del camarote.

—¡Yo jamás me hubiera marchado, aunque tus padres me odiaran y no me permitieran verte! —exclamó entre sollozos—. Y si supiera que me correspondías, nada ni nadie me habría alejado de ti. Me habría ido hasta el fin del mundo contigo.

—¿Al igual que hiciste por Montenegro? —refunfuñó Eric.

Ella inspiró con fuerza, deseando tomar uno de sus cuadernos de dibujo y arrojárselo a la cabeza. Estaba segura de que no era consciente de lo que decía y que si supiera el daño que le hacían sus palabras haría voto de silencio eterno. Se había ido y la había dejado, y ahora se creía con derecho a reprocharle haber intentado seguir con su vida. ¿Qué es lo que pretendía, que le guardara ausencias para siempre?

—Oh, sí, por Alejandro Montenegro me fui hasta el otro lado del mundo —respondió, con todo el sarcasmo que logró reunir antes de ponerse muy seria—. Pero por ti me hubiera ido hasta la luna.

Eric levantó los ojos, atravesándola con la mirada. A punto de echarse a llorar de nuevo, María sintió que necesitaba salir de allí cuanto antes y se encaminó a la puerta. Él se movió veloz para cortarle el paso. Agarró la puerta y la cerró antes de que lograra salir. Ella contempló el brazo con el que atrancaba la puerta sobre su hombro mientras sentía su proximidad a su espalda.

—Déjame ir —murmuró, observando sus largos dedos sobre la madera.

—No —respondió con voz ronca.

María se volvió despacio en el reducido espacio que quedaba entre la puerta y su cuerpo.

—No tienes ningún derecho a hacerme esto, ¿me oyes? Después de decirme que no pudiste amarme, no puedes recriminarme nada de lo que hice por Alejandro. Al menos él sí me quiere.

Los ojos de Eric resplandecieron peligrosamente.

—Oh, sí, te quiere mucho, aunque no tanto como a su revolución —espetó mordaz, bajando la cabeza hasta que su cara quedó muy cerca de la de ella.

María trató de esquivarle, pero él posó su otra mano sobre la puerta para impedírselo. Necesitaba pensar en todo lo que acababa de descubrir y no enzarzarse en una de sus absurdas discusiones. Ya no le afectaba nada de lo que pudiera decir sobre su relación con Alejandro. Pero tampoco pensaba decirle que había anulado su compromiso, porque no se merecía la verdad. Se agachó e intentó escabullirse bajo su brazo. Sin embargo, él demostró tener buenos reflejos cuando bajó las manos y la atrapó, tomándola con firmeza por la cintura.

—Ya no me afecta nada de lo que puedas decir sobre Alejandro. —Le agarró los antebrazos y trató de soltarse sin éxito—. Es mi novio y le quiero, y nos casaremos y tendremos hijos y...

Las palabras se perdieron cuando Eric la atrajo hacia sí para estrujarla entre sus brazos.

—No te casarás con Montenegro, ¿me oyes? —masculló irritado—. Ni con él ni con nadie.

El corazón de María inició otra frenética galopada que la hizo sentirse mareada. Se revolvió con violencia para tratar de soltarse, pero él la estrechó aún con más fuerza, de forma que entre sus cuerpos ya no quedaba una sola partícula de aire.

—Estás siendo injusto —gruñó por el esfuerzo—. ¡Suéltame!

La tomó de la nuca con una mano y hundió la boca entre sus cabellos.

—No luches, María.

Aquellas palabras evocaron el sueño que había tenido después de su última discusión, lo que la empujó a resistirse con mayor ímpetu. Él dio un paso al frente, apretándola del todo contra la pared. Bajó la cabeza hasta pegar su mejilla a la de ella. María sentía su respiración agitada muy cerca de su oreja. La incipiente barba le raspó el pómulo cuando bajó la cabeza buscando su boca. Tras un largo y entrecortado sollozo, en un acto que no logró controlar, ella levantó el rostro hasta que sus labios se encontraron.

El contacto comenzó como un leve roce después de un entrecortado jadeo. Pero todo cambió en un instante. Un ronco gruñido brotó de la garganta de Eric mientras su boca se tornaba ardiente, apretándola contra la suya e incitándola a abrirla. El corazón de María había enloquecido en su pecho y resonaba con violencia en sus sienes. Cerró los ojos y el mundo entero comenzó a girar muy deprisa. Levantando los brazos hasta sus hombros, se sujetó a él como si una ola gigante quisiera arrastrarla a las profundidades. Temblaba de pies a cabeza con toda la violencia del deseo que trataba de contener. Subió las manos por su cuello, donde su pulso latía acelerado, y las entrelazó tras su nuca. El cuerpo de Eric se estremeció intensamente antes de envolverla por completo entre los brazos y levantarla del suelo.

Ella jadeó al sentir cómo la alzaba. Su cuerpo colgaba a lo largo del suyo, tan estrechamente unidos que percibía sus fuertes latidos contra el pecho. Eric la besaba sin tregua, instándola a abrir la boca, saboreándola hasta el fondo. Una cálida emoción fue propagándose suavemente por su vientre, incitándola a pegarse más contra él, a corresponder a cada caricia con entusiasmo.

—¿Qué estás haciendo? —jadeó con los ojos cerrados cuando su cabeza descendió para besarla en el cuello.

—Lo que debí hacer hace cuatro años.

La bajó al suelo muy cerca del catre. María parpadeó y pudo ver sus resplandecientes ojos color miel nublados por la pasión. Dando un paso hacia ella, Eric volvió a reclamar su boca con hambre. Era como si no quisiera permitirle pensar. Y lo conseguía con creces, porque su mente parecía sumida en una espesa bruma donde ya apenas se percibían los motivos para odiarle.

El pulso de María se desbocó al notar cómo sus manos le recorrían la espalda hasta detenerse en los botones del vestido. Sus dedos, largos y hábiles, comenzaron a desabrocharlos uno a uno hasta aflojar el corpiño. Eric se separó, únicamente para dar un pequeño tirón y dejar que la prenda se le soltara de los hombros y cayese al suelo. Sus miradas se encontraron en un momento trascendental, un instante en el que ella notó que volvía a elevarse del suelo hasta un lugar en el que sus almas parecieron hablarse.

—Voy a amarte —dijo la de él.

Para lo cual solo había una respuesta.

—Ámame.

CAPÍTULO 30

Eric sabía que no tenía salvación, porque María lo enloquecía por completo. Respiraba agitada mientras el deseo se reflejaba en aquellos dos enormes ojos violetas. Era hermosa, total y conmovedoramente hermosa. Pero sobre todo era María. Su María. La única para él. Y estaba dispuesto a demostrarle que él era el único para ella. Su mirada descendió por aquel cuerpo tan amado. Sus hombros quedaron al descubierto cuando el corpiño cayó al suelo, solo cubiertos por la etérea tira de la camisola. El corsé ceñía su pequeña cintura, realzando la sensual curvatura de los pechos. Eric pestañeó y tragó con dificultad. Ella entreabrió los labios, húmedos e hinchados por sus besos, como si quisiera decir algo. Pero él no se lo permitió, cubrió la distancia que los separaba y reclamó de nuevo su boca.

El beso fue profundo y ardiente. María se sujetó a su cuello y abrió la boca, respondiendo a su envite. Al principio solo pudo imitar sus movimientos, pero una especie de instinto le indicó lo que debía hacer, lo que él quería que hiciera. La sedosa lengua de Eric buscó la suya y ambas se mecieron en un sensual vaivén que le incendió el cuerpo. Su aroma la envolvía, le enardecía los sentidos hasta el anhelo más profundo. Las manos recorrían frenéticas sus anchos hombros tratando de aproximarlo más. Le deseaba, deseaba sentir lo que Eric le hacía sentir. Lo amaba. Siempre le había amado, incluso cuando él se enfadaba y la rehuía, incluso cuando se marchó y la obligó a aceptar que tal vez no fueran el uno para el otro. Y aún así, lo amaba.

La mente de María se hundía en un resignado letargo mientras su corazón tomaba las riendas. Continuó arqueándose contra su cuerpo cuando sintió que sus dedos le desabrochaban la falda y esta caía a sus pies. Dispuesta a participar, tomó su chaleco y lo bajó por los hombros hasta que también cayó al suelo. Introdujo las manos en el cuello abierto de su camisa y posó los labios allí donde su pulso latía frenético. La punta de los dedos buscó el primer botón de la camisa y lo liberó, acariciando con las uñas el suave vello del pecho masculino, que subía y bajaba agitado. Continuó con el resto de botones dejando un rastro de tímidos besos en cada porción de la cálida y bronceada piel que descubría.

Eric jadeó, alzando el rostro hacia el techo.

—Oh, María —gimió, antes volver a besarla.

Reconquistando su boca con destreza, las manos descendieron hasta su cintura y la estrecharon con fuerza contra su cuerpo. María no supo si fue el sonido de su nombre o el contacto de su torso desnudo contra los pechos, únicamente separados por la fina tela de la camisola, pero de repente sintió calor en lugares en los que jamás creyó que se pudiera sentir calor. Una extraña sensación en el vientre le hacía contorsionarse contra él buscando una mayor proximidad, deseando que las capas de tela que aún les separaban desaparecieran por arte de magia.

Eric buscó con los dedos las cintas del corsé y trató de desatarlas con la mayor celeridad. Maldijo entre dientes cuando los nudos se enredaron en un par de ocasiones, fruto del repentino temblor que le afectaba a las manos. La prenda por fin se aflojó y se deslizó entre sus cuerpos. Los pechos se soltaron bajo la camisola, redondos, plenos y pesados. Eric tragó con dificultad mientras repetía, con la misma torpeza, el proceso con las enaguas y el polisón. María quedó frente a él únicamente con los zapatos y la ropa interior. Nerviosa, se mordió el labio inferior y, cuando creyó que no podía excitarse más, el cuerpo de Eric se sacudió con violencia. Con un ronco gruñido la tomó entre los brazos y devoró su boca, mordiéndola allí donde ella misma acababa de hacerlo. Con el ímpetu del abrazo los dos cayeron sobre el catre y sobre los cuadernos de dibujo, abiertos sobre la colcha. El rostro de María le observaba desde las láminas; desde tiempos distintos, desde diferentes lugares, pero siempre ella. Sus ojos regresaron al allí y al ahora, a la María que se retorcía debajo de él mientras le miraba expectante. Las suaves curvas de su cuerpo apretadas contra el suyo, buscándolo con la misma necesidad que él la buscaba a ella. De un par de manotazos tiró los dibujos al suelo y se concentró en la única María que le había interesado siempre, la única en el mundo a quien deseaba.

María sintió que caía en un abismo profundo y abrió los ojos. Al momento se encontró tumbada en el catre con el formidable cuerpo de Eric inmovilizándola contra el colchón. Fue dejando un rastro de ardientes besos por su clavícula, su cuello y la mandíbula, hasta que se alzó sobre ella para reclamar de nuevo su boca. Las palmas de sus manos la estrechaban por todas partes, apretándola aún más contra él. Sabía muy bien lo que hacía; cada movimiento, cada roce de sus dedos y de sus labios parecían sincronizarse a la perfección para provocarle sensaciones estremecedoras. Un ahogado jadeo brotó de su garganta cuando lo sintió subir la mano por su costado hasta ahuecarse sobre uno de sus senos. Encorvó la espalda y su pecho quedó aún más apretado en el espacio de la mano. Eric gimió antes de bajar la cabeza y cerrar su boca sobre la excitada cima, erguida para él bajo la delicada tela de la camisola. Al notar la humedad de su aliento y el ligero tirón de sus dientes, ella gritó y elevó instintivamente las caderas hacia arriba.

Sacudidas de excitación recorrían la espalda de Eric mientras le ahuecaba los dos pechos con las manos. Había deseado hacer aquello millones de veces. Acarició y jugueteó con los pulgares sobre los pezones hasta que ya no logró soportarlo más. Tiró de las mangas de la camisola y se la bajó hasta la cintura. Los senos se soltaron de su cautiverio y se esparcieron hacia los lados. Elevó la mano y la posó con devoción sobre su cálido vientre, que se contraía con cada respiración, con cada gemido. Sus ojos se encontraron con los de ella, que brillaban de expectación mientras trataba de controlar su convulso cuerpo. Eric subió la mano por su estómago sin dejar de mirarla a los ojos. Ella se mordía el labio inferior mientras gemía y arqueaba la espalda hacia él. No pudo esperar más, bajó la cabeza y la lamió. Tomó sus pechos entre las manos y los saboreó con deleite. Su lengua los recorrió con verdadero apetito en suaves círculos, hasta posar la boca sobre el pezón y tomarlo entre los labios.

María gritó cuando una intensa energía le quemó las entrañas. Su sangre se había convertido en lava y la abrasaba por dentro. Le agarró la cabeza con las manos mientras él seguía con la torturadora exploración de sus pechos con la boca.

—Eric, me voy a desmayar —gimió.

Las comisuras de Eric se elevaron sobre uno de sus pezones antes de alzar el rostro y mirarla.

—Espero que lo hagas —sonrió seductor—, aunque no todavía.

Se arrodilló sobre el colchón para quitarse la camisa. Temblando violentamente, ella observó su bronceado pecho surcado de músculos, el vello dorado que lo cubría, y deseó lamerlo y morderlo de la misma forma que él acababa de hacer. Eric le desató las botas y se las quitó, depositando una fila de besos a lo largo de sus tobillos y sus piernas. Enormes olas de placer la aturdían mientras sentía la humedad de su aliento a través de las medias. Entonces se vio sorprendida por otro tipo de humedad. Pero aquella en un lugar distinto, un lugar del que nunca se hablaba, y donde deseó hasta el dolor ser tocada.

—Eric... —jadeó, elevando frenéticamente los brazos hacia él.

Con una de sus piernas aún entre las manos él se volvió para mirarla.

—¿Qué quieres?

Gimiendo, María abrió los brazos hacia él, invitándolo. Eric le acarició las piernas a través de las medias hasta enredar los dedos en la liga. Las agarró y tiró de ellas hasta sacárselas por los pies y liberar sus piernas de cualquier barrera.

—Si no me dices lo que quieres, no podré dártelo —susurró, besándole la curvatura del gemelo.

Al sentir el contacto de sus labios directamente sobre la piel, María enterró la cabeza en la almohada y las uñas en el colchón.

—Te quiero a ti, maldita sea —gruñó, fulminándolo con la mirada.

Una carcajada brotó de la garganta de Eric.

—Pero mira que eres malhablada —rió meneando la cabeza—. Voy a tener que darte una lección que no olvides.

Subió las manos por sus muslos hasta la cinturilla de sus calzones. Desató el lazo que los sujetaba y los bajó, junto con la camisa, que se había quedado arrugada en la cintura. María alzó las caderas para facilitarle la tarea, y entonces se dio cuenta de que se estaba quedando completamente desnuda frente a él. No sintió vergüenza; de hecho, se sorprendió de no sentirla. No hubo pudor porque, simplemente, le pareció lo más natural que él la viera así, tal como era.

Eric la recorrió frenéticamente con la mirada, deseaba abarcar cada porción de piel, memorizarla entera. Se sentó en el borde de la cama para quitarse las botas sin dejar de mirarla. Temía que si perdía el contacto visual, ella desapareciera como lo hacía en sus sueños. Se puso de pie y se desabrochó el pantalón. Deseaba librarse de toda su ropa, desnudarse por completo para que ella viera lo que provocaba en su cuerpo. Pero se dejó la ropa interior porque, si no lo hacía, la tomaría en cuanto regresara a su lado.

María le observó con avidez. Las largas piernas, los firmes y musculosos muslos, las caderas... Su mirada se detuvo en el abultado volumen de sus calzones, y aquella visión le cortó la respiración.

—No sé si voy a poder —susurró, negando con la cabeza sin poder apartar los ojos de aquella considerable parte de su anatomía.

Eric no pudo reprimir una carcajada.

—Podrás —respondió con la voz cargada de promesas.

Se arrodilló a los pies del catre y le besó el empeine de los pies. Subió las manos abiertas por los muslos mientras dejaba una torturadora hilera de besos por sus piernas. Se alzó sobre ella y le lamió el vientre, los pechos y la garganta. Las manos de María recorrían frenéticas sus hombros y su pecho. Encorvaba la espalda y se alzaba hacia él buscando un mayor contacto. Hasta que, con una lenta y reverencial lentitud, Eric dobló los codos y se dejó caer sobre ella.

Al sentir su peso encima, María contuvo la respiración. Su piel ardía allí donde la tocaba. El vello del torso masculino le hizo cosquillas en los inflamados pezones, incitándola a arquearse hasta aplastarlos contra su dureza. Eric alzó el rostro y poseyó su boca con un beso húmedo y salvaje. María se acomodó debajo de él e instintivamente abrió las piernas. Eric gimió y empujó las caderas contra las suyas. El envite arrancó un ronco gemido de la garganta de ella. Volvió a besarla con ardor, mientras María comenzaba a mecerse contra él al ritmo de una sutil y primitiva coreografía.

—María, espera —murmuró tomándole la cara con una mano—. No te muevas así o no podré...

Ella dobló las rodillas y alzó de nuevo las caderas con una sensual lentitud, buscando el contacto de aquella palpitante dureza que se aplastaba contra su muslo.

—Ohhh... —gimió Eric con los ojos cerrados, posando su frente en la de ella.

Él introdujo una mano entre sus cuerpos y buscó el lugar donde ella anhelaba ser tocada. Buscó los pliegues íntimos de su cuerpo con el dedo y su humedad lo empujó al momento a aquel interior ardiente. María gritó sorprendida y le clavó las uñas en los hombros. Él sacó el dedo y le acarició el punto en el que sentía más placer. Ella gimió y se arqueó hacia atrás, lo que le dio acceso directo a su garganta para seguir besándola. Mientras tanto, con el dedo trazaba pequeños y ligeros círculos que la hacían retorcerse y elevar las caderas, enardecida.

—No, no... —susurró ella contra su boca, sujetándole la mano para detenerlo—. Te quiero a ti. Eric, por favor.

Él no supo si fue el tono de su voz o la suplicante mirada, pero en aquel momento era incapaz de negarle nada. Sabía que debía ir despacio, que así conseguiría darle más placer. Lo sabía, y aun así se desató los calzones antes de elevarse sobre ella y volver a acomodarse en el sensual nido que formaban sus piernas abiertas. Tragó con dificultad y al momento notó que entraba. Se concentró en respirar profundamente, tratando de refrenarse. María elevó las caderas instintivamente y un violento grito escapó de la garganta de ambos cuando se hundió en ella.

Levantó la cara para besarla y se topó con su ceño fruncido.

—¿Te hago daño? —preguntó, besándola con ternura entre las cejas.

—No —respondió ella negando enérgicamente con la cabeza—. No sé... —corrigió, mientras se revolvía debajo de él buscando una postura más cómoda.

Eric la agarró con firmeza por la cadera.

—Estate quieta, no te muevas —gruñó con los dientes apretados.

María le miró a los ojos parpadeando nerviosa. No tenía ni idea de lo que le estaba haciendo, y eso aún lo excitaba más. Eric introdujo una mano entre sus cuerpos y buscó la palpitante protuberancia donde residía su placer. Comenzó a trazar círculos como había hecho antes, hasta que sintió que la respiración de María se agitaba de nuevo y pequeños gemidos brotaban de su garganta. Ante la imposibilidad de seguir conteniéndose, Eric se alzó ligeramente y empujó. Ella gimió y meció las caderas buscando un mayor contacto. Lo rodeaba por completo, contrayéndose, reteniéndolo con fruición en su cálido interior. Eric supo que el dolor había pasado y se dejó llevar. Empezó a moverse sobre ella con un suave vaivén al principio, que pronto se convirtió en una coreografía acompasada y sensual.

María gemía y se retorcía debajo de él, lo sentía por todas partes, cada vez más dentro. Trataba de abrirse más con cada embestida mientras sus manos le recorrían los costados y la cintura para aproximarlo más. Las convulsiones subieron en intensidad hasta que un grito liberador le desgarró la garganta. Una enorme ola de placer, incomparable a nada de lo que hubiera sentido antes, fue creciendo en su interior hasta asolarle el cuerpo entero. Cada movimiento y cada pausa, cada gemido y cada caricia se habían unido para avivar el incendio que le abrasaba las entrañas. El mundo entero estalló en un violento éxtasis de sensaciones. Y en su último atisbo de pensamiento, María supo que se había muerto y acababa de llegar al cielo.

Al notar las contracciones de su cuerpo, Eric fue incapaz de detenerse. Tras un último y fuerte envite gritó su nombre, alcanzando la mayor liberación de toda su vida.

Completamente saciados, los dos respiraban agitados, todavía consumidos por las últimos espasmos del éxtasis. Eric se hizo a un lado para no aplastarla y la atrajo hacia sí. María se acurrucó contra su pecho mientras los latidos acompasados de su corazón la arrullaron hasta hacerla caer en un irremediable y placentero letargo.

CAPÍTULO 31

María se despertó sobresaltada, creyendo que todo había sido un sueño. Sin embargo, aquella leve molestia entre los muslos la devolvió a la realidad. Levantó la mejilla de su pecho y se topó con la intensa mirada de Eric clavada en ella.

—Buenos días, dormilona —ronroneó con una tierna sonrisa mientras le apartaba un mechón de la frente con el dedo.

Habría querido detener aquel momento para toda la eternidad, pero sus palabras la hicieron tomar conciencia de la situación. Se sentó sobre el catre, cubriéndose el pecho con la colcha.

—¿Buenos días? —murmuró ella, volviendo la cabeza para mirarle—. ¿Cuánto tiempo ha pasado? ¡Ay, Dios, tengo que volver a casa!

Estiró el brazo para tomar su camisola, pero él se sentó a su lado para detenerla.

—Apenas ha pasado una hora —respondió conciliador mientras le acariciaba el hombro con la punta de la nariz.

María arrugó el ceño ante la sofocante ternura que le produjo aquel gesto. Era tan fácil sentirse amada por él, tan fácil dejarse arrastrar a la fantasía de toda su vida. No obstante, después de lo que acababa de pasar, su corazón se hallaba más expuesto y vulnerable que nunca. Eric levantó la cabeza y la besó en los labios. Fue un beso dulce y ligero.

—¿Te encuentras bien?

María le observó confusa, lo que a él le arrancó una de aquellas sonrisas amplias y espectaculares que la dejaban sin respiración.

—Me refiero a si te he hecho daño.

Al comprender que aludía a lo que acababan de hacer se ruborizó.

—No —respondió, negando efusivamente con la cabeza—. ¿Es siempre así?

Eric la observó con curiosidad antes de volver a sonreír.

—No —dijo, otra vez muy serio—. Para mí nunca había sido igual.

Los celos la consumieron al pensar en todas las mujeres que habrían estado con él. Volvió el rostro y se metió la camisola por la cabeza. Tomó los calzones y también se los puso, poniéndose de pie.

—¿Qué haces? —preguntó Eric, que la contemplaba aún sentado en la cama.

—Me visto. Tengo que marcharme.

—Espera, espera, espera. —Él se envolvió la sábana a la cintura y se levantó del catre para detenerla, tomándola por el brazo—. No puedes marcharte así, sin que hablemos de esto.

Habían pasado tantas cosas en las últimas horas que María necesitaba poner un poco de orden en su caótica mente. Primero los dibujos, luego su confesión y después... después aquello que habían hecho que le iba a dejar el cuerpo dolorido durante días. Y el corazón destrozado cuando se marchara. María observó el movimiento de sus bíceps al ajustarse de nuevo la sábana a su estrecha cintura y a punto estuvo de gemir. Apartó los ojos y continuó peleándose con las cintas de su corsé para ceñírselo por delante.

—Lo diré yo antes de que lo hagas tú: esto no debía haber pasado —murmuró, cada vez más nerviosa con los lazos.

Eric frunció el ceño y se llevó las manos a la cintura.

—Espero que no lo digas por Montenegro —bufó.

María se detuvo y le clavó la mirada.

—Oh, Dios mío —musitó horrorizada—, ¿no me habrás seducido por eso?

Eric la observó desconcertado, pero su confusión apenas duró un segundo.

—¿Para que no te cases con otro? Sí, desde luego que es uno de los motivos —afirmó con ironía.

Inspirando con fuerza, ella continuó atándose el corsé. Sin embargo, las lágrimas le impidieron ver nada de lo que hacía. Al momento sintió las manos de Eric sobre las suyas.

—No me merezco nada de esto —sollozó—. ¿Es tan malo que haya querido continuar con mi vida? Te fuiste sin decirme nada de lo que sentías. Y ahora te aprovechas de mis sentimientos para manipularme y salirte con la tuya. —María sintió que se ahogaba—. Solo porque decidí casarme con otro y pensar que podría vivir sin pensar en ti a todas horas.

—¡No te casarás con Montenegro, maldita sea!

María se soltó las manos de las de él.

—¡No me casaré con Montenegro! —exclamó, pasando por alto su cara de sorpresa—. Le escribí una carta a Alejandro para anular nuestro compromiso y se la envié el mismo día que desembarcamos en Londres. ¿Contento?

Eric la observó pasmado. ¿Si estaba contento? No, en realidad estaba muy feliz. En ello pensaba, hasta que un ligero desasosiego lo asaltó.

—Pero entonces, ¿por qué me has hecho creer que seguías prometida?

—¡Porque no te mereces la verdad! —exclamó, limpiándose las mejillas con furia al notar las inoportunas lágrimas.

El desasosiego substituyó a la sorpresa del rostro de Eric. La fuerte ansiedad que sufría cuando la veía llorar le llevó hacia ella. La tomó con firmeza por los brazos y trató de atraerla hacia su pecho para calmarla.

—¡No, Eric! —gritó zafándose de su abrazo—. No quiero que me abraces, no quiero que me toques, ni que me consueles. No quiero quererte. Sufrí tanto cuando te marchaste que no resistiría pasar por lo mismo. Ya basta. —Sus hombros cayeron tras un largo suspiro—. Ahora ya sabes que no habrá boda con Montenegro. Te has salido con la tuya. Ya puedes marcharte tranquilo. Tal vez no me case nunca. —Su voz volvió a quebrarse al imaginarse un futuro sin amor—. A lo mejor me hago monja, o dedico el resto de mi vida al cuidado de mis sobrinos.

Eric dio un paso hacia ella, pero se detuvo al verla trastabillar hacia atrás para alejarse.

—¿Por qué piensas que me voy a marchar?

María contempló su intensa mirada. Tenía las manos en la cintura mientras las ventanas de su nariz se dilataban con cada inspiración. Parecía impaciente; impaciente y molesto.

—¿Acaso no es lo que haces siempre? —Se arrepintió de aquellas palabras en el mismo instante en que salieron de su boca, mucho antes de ver el dolor reflejado en sus ojos—. Lo siento, Eric. No quiero hacerte daño, solo me protejo. Me rompiste el corazón una vez, y no podría soportarlo de nuevo.

—Te amo —espetó—. Siempre te he amado y siempre te amaré. Y por la forma en que has respondido a mis caricias sé que aún me amas.

Aquellas palabras le aflojaron las rodillas. María inspiró con fuerza, tratando de controlar los violentos latidos de su débil corazón.

—Ya basta, Eric —musitó retrocediendo.

Sin apartar los ojos de los de ella ni por un instante, Eric dio un paso al frente e hincó la rodilla en el suelo.

—María Lezcano, ¿quieres casarte conmigo?

Ella se tambaleó hacia atrás como si la estuviera amenazando con una antorcha encendida en lugar de proponiéndole matrimonio. Los nervios de Eric se crisparon hasta cotas que jamás había experimentado. Los pequeños resoplidos de indignación y el pestañeo incesante de María distaban mucho de la reacción ideal frente a la pregunta que dejaba expuesto su corazón. «Por todos los demonios», pensó arrugando el ceño. Debería estar colgada de su cuello comiéndoselo a besos, y no observándolo como si fuera un maldito asno parlante.

María había soñado tantas veces oírle pronunciar aquellas palabras que era imposible contabilizarlas. Sin embargo, nunca, jamás, había imaginado que ocurriría en el pequeño camarote de un barco donde acababan de hacer el amor a plena luz del día, arrodillándose frente a ella. Bueno, aquello sí aparecía en alguna de sus fantasías, aunque en ellas nunca iba desnudo, cubierto únicamente con una sábana, ni sus pómulos estaban sonrojados hasta la adoración, ni su pelo tan encantadoramente revuelto que los dedos le hormigueaban de ganas de enredarse entre las hebras castañas.

—No —el tembloroso susurro brotó de entre sus labios aun cuando el cuerpo y el alma entera le gritaban «sí».

Eric parpadeó.

—No —repitió perplejo—. ¿No? ¡¿Cómo que no?! —exclamó, poniéndose de pie con tanto ímpetu que la sábana casi se le escurrió.

María apartó los ojos al momento.

—Pues no —refunfuñó, concentrada en atarse las enaguas y no volver a mirarle—. Es una de las palabras más cortas y sencillas de nuestro idioma.

Completa y absolutamente irritado por su falta de atención, Eric la tomó del brazo.

—Vamos a ver, definamos la situación: yo te amo, y sé que tú también me amas, porque me has amado siempre. He visto cómo me miras cuando crees que no me doy cuenta. Me deseas, al igual que yo te deseo.

María resopló indignada, a punto de poner los ojos en blanco por la presunción de aquel hombre insufrible que nunca hacía nada como debía.

—Eres un engreído y un manipulador —gruñó soltándose el brazo—, no me extraña que siempre te haya ido tan bien en los negocios.

Él inclinó la cabeza hasta que sus rostros quedaron a solo un palmo.

—Me amas —insistió, achicando los ojos con perspicacia—. Y sé que te casarás conmigo, aunque tenga que subirme a la maldita montaña más alta del mundo para conseguirte la luna.

María inspiró con fuerza y también achicó los ojos. Sabía que estaba jugando sucio, que utilizaba sus fantasías de adolescente soñadora para ablandarla. Se sostuvieron la mirada largo rato en silencio, con el único sonido de sus agitadas y acompasadas respiraciones. Su corazón luchaba por tomar el control, empujándola a lanzarse a sus brazos y a cerrarle aquella preciosa boca con el más contundente y apasionado de los besos. Pero iba a ser su mente, armada con el miedo a volver a sufrir, la que ganaría aquella batalla.

—Tal vez deberías reconsiderar los motivos que te hicieron huir hace cuatro años —dijo con toda la mordacidad que logró reunir—.

Los mismos que te impidieron corresponder a la mujer que, según tú, amabas. Deberías pensar también que, si no fuera por el azar, a lo mejor nunca nos habríamos vuelto a ver. Piensa en todo ello, Eric. Y cuando puedas intuir el terror que me producen todas esas ideas, quizá podamos comenzar a hablar del futuro —terminó, con unas lágrimas traidoras cosquilleando otra vez en sus pupilas.

Eric dio un paso al frente pero algo pareció detenerlo. Inspiró con fuerza y se quedó allí de pie, contemplándola vestirse. María se recogió el pelo en un sencillo moño y tomó su sombrero, olvidado sobre el escritorio.

Ella pasó junto a él, sintiendo intensamente su presencia, y atravesó el camarote. Tragó con dificultad y se obligó a girar el pomo de la puerta para abrirla. Sus pies cosquilleaban de ganas de correr hacia Eric, su cuerpo anhelaba ser envuelto por sus brazos y sus labios ardían en deseos de besar los suyos. Sin embargo, se limitó a cruzar el umbral.

—Adiós, Eric.

—¡Aún no hemos terminado! ¿Me oyes, María Lezcano? ¡No hemos terminado!

El grito furioso sonó a su espalda, amortiguado por la puerta al cerrarse. Sus palabras le provocaron un largo y hondo suspiro de alivio. Antes de dar un paso al frente, María posó la mano derecha sobre su corazón, donde un destello de esperanza resplandecía con el brillo de mil estrellas.

❀ ❀ ❀

—¿Estás bien? Te noto muy sofocada —dijo Ally, sentada en un sofá de estilo francés del salón.

María atravesó a toda prisa el recibidor de la *suite* que ella y Guill ocupaban en el San Telmo para lanzarse a los brazos de su mejor amiga. Como invitados de la familia, se les alojó en una de las mejores habitaciones del hotel, reservada para huéspedes importantes y amigos, que constaba de una alcoba con aseo y un amplio salón para recibir visitas. El alojamiento estaba separado del resto de *suites* para ofrecer una mayor privacidad a la pareja de recién casados. Como habían previsto, la familia de Ally no quería ni verla, aun cuando la noticia de su boda con el exótico extranjero se había extendido ya por toda la capital. Los rumores que circulaban sobre el marido de la hija de los Green eran variados: unos decían que era un príncipe hindú que había mandado construir un templo para ella; otros contaban que era un jeque árabe que la había convertido en la preferida de su harén, mientras que algunos aseguraban que se trataba de un esclavo que había logrado la libertad por sus actos heroicos y había hecho una fortuna con su plantación de algodón. Los comentarios eran variados e imaginativos, pero Guill salía bien parado en casi todos. María estaba segura de que eso se debía a la impresión que su aspecto causaba en las damas de la alta sociedad inglesa, fuente de casi todos los chismes de la ciudad. Guill se metía al público en el bolsillo con solo aparecer, únicamente por la admiración que producía su belleza masculina. Aquella distracción había servido para que el regreso de ellas dos a Londres quedara en un olvidado segundo plano. La versión de que la hija del gran magnate había decidido hacer un viaje de placer a Nueva York con su dama de compañía había resultado perfectamente creíble para la sociedad londinense. Además, si la historia se aderezaba con un romance entre la muchacha pobre y el singular y acaudalado forastero, el entretenimiento estaba asegurado.

—Bueno, esto contesta a mi pregunta de si estás bien —jadeó Ally, correspondiendo al impetuoso abrazado de María—. ¿Qué te ha pasado? —preguntó, arrullándola como a un bebé.

María agradeció el consuelo que le ofrecía su amiga. Había ido directamente a su encuentro porque necesitaba hablar de lo ocurrido con alguien. Además, sentía que si se quedaba a solas su cabeza estallaría de tanto darle vueltas al tema.

—Eric se me ha declarado —soltó sin preámbulos, levantando la cabeza para poder mirarle a la cara.

—Bueno, si me disculpáis, creo que iré a descubrir la estupenda sala de juegos del hotel.

La profunda voz de Guill sorprendió a María, que había entrado como una exhalación en la sala sin percatarse de que él se encontraba sentado en el sillón que había frente a su esposa.

—¡No, espera, Guill! —exclamó María, poniéndose de pie al instante—. Tal vez puedas ayudarme. ¿Podrías decirme, por favor, cuándo zarpará el *Audacious*? —Se aproximó a él observándolo con desesperación.

Guill suspiró impaciente antes de lanzar una rápida mirada a su esposa, todavía sentada en el sillón.

—En una semana, más o menos —respondió.

La noticia alcanzó a María como un disparo.

—Se va a marchar, se va a marchar otra vez —musitó, antes de tambalearse hacia atrás.

Sus piernas chocaron con el sillón y cayó sentada. Se cubrió el rostro con las manos mientras el llanto brotaba desde el centro de su pecho. Se mecía adelante y atrás como alguien a punto de volverse loco. Así se sentía exactamente: loca.

Visiblemente preocupada, Ally acudió a su lado para acariciarle el cabello.

—Guill, querido, este es un gran momento para que le digas a María lo que me estabas contando hace unos minutos.

—¿Te parece? —murmuró intranquilo—. ¿No será mejor que antes le traigan una infusión calmante?

—Ay, por el amor de Dios —protestó su esposa—, ninguna infusión en el mundo la tranquilizará más que eso que vas a contarle.

María apartó las manos y miró con curiosidad a Guill, que se había acuclillado frente a ellas.

—¿Qué ocurre? —sollozó, sorbiendo por la nariz mientras paseaba su mirada de uno a otro.

—El capitán me ha transferido el *Audacious* como regalo por nuestra boda —explicó Guill.

CAPÍTULO 32

María observó desconcertada al esposo de su mejor amiga.

—¿Y eso qué significa?

—Pues que yo soy el nuevo capitán del barco —expuso tranquilamente—, porque el antiguo ha decidido quedarse en Londres y regresar a sus antiguos negocios; solo que ahora va a hacerlo como socio, y no como empleado.

Aquella información tardó unos segundos en adquirir significado en la obtusa mente de María. ¿Que Eric había regalado el barco a Guill para regresar a las empresas de su familia?

—Pe... pero ¿por qué no ha mencionado nada de todo esto? —preguntó, más a sí misma que a sus dos interlocutores—. ¿Y mi padre? ¿Por qué mi padre tampoco ha comentado nada?

Guill levantó las cejas con un claro gesto de desconocimiento.

—Tal vez porque todo ha sido muy reciente —aventuró, encogiéndose de hombros con una media sonrisa dibujada en los labios.

Sorbiendo de nuevo por la nariz, María achicó los ojos con suspicacia.

—No me estarás diciendo todo esto solo para que me calme, ¿verdad?

Una ronca carcajada quedó atrapada en la garganta de Guill antes de negar enérgicamente con la cabeza.

—Es tan cierto como el día y la noche. —Rió—. ¡Incluso se ha cortado el pelo, por el amor de Dios! Dice que para que le tomen en serio.

Eso era cierto, ella misma lo había visto. Le había sorprendido mucho volver a verle con el pelo corto. «Oh, Dios mío, ¿será verdad? Por favor, por favor, que sea cierto», rogó en silencio.

—Es cierto —dijo Ally, que parecía haber leído sus caóticos pensamientos—. Según parece, tu Eric ha regresado para quedarse. Y yo voy a ser capitana consorte. —Sonrió ampliamente antes de acercarse y abrazarla.

Riendo de dicha, María enterró el rostro en el hombro de su amiga y se dejó envolver por la fuerza consoladora de su abrazo. Eric se iba a quedar en Londres y aquello les daba tiempo, tiempo para hablar y para solucionar su situación. ¿Y si todo lo que le había dicho fuese cierto? Oh, aquella era una idea tan maravillosa que solo el planteamiento la dejaba sin respiración. Pero ¿por qué Eric no le habría hablado de todos aquellos planes? ¿Por qué la había dejado reprocharle su próxima partida?

De repente se dio cuenta de algo que su caos mental le había hecho pasar por alto.

—Oh —murmuró, apartándose de Ally para mirarla a la cara—, todo eso quiere decir que te vas a marchar dentro de una semana.

Su amiga asintió deprisa con un brillo de nostalgia en los ojos.

—Oh, Ally, ¿qué voy a hacer yo sin nuestras charlas? —sollozó de nuevo, antes de volver a abrazarla.

—Tranquila, *milady* —bromeó para hacerla reír, pues sabía lo mucho que odiaba que la llamara así—, te enviaré una carta desde cada uno de los puertos en los que atraquemos. Y tú podrás escribirme a Nueva York, donde Guill tiene una casa en la que pasaremos algunas temporadas. Además, volveremos a Londres con asiduidad para visitaros a todos.

Contagiada por la felicidad de su amiga, María sonrió mientras contemplaba su bello rostro. Cuán lejos había quedado la miedosa Ally que se había embarcado con ella en su aventura de ultramar. Frente a ella tenía a una mujer valiente que iba a navegar por todo el mundo junto a su esposo, marcando sus propias reglas como matrimonio. Tal vez fuera cierto aquello que decían algunas novelas sobre que el amor de verdad nos vuelve invencibles.

—Y ahora, te suplico que me cuentes eso que me has dicho al entrar —dijo Ally, dándole una palmadita en la mano para animarla—. ¿Qué ha pasado entre tú y el señor Nash?

—Creo que ahora sí que iré a ver esa sala de juego —intervino Guill tras ponerse de pie—. Si me disculpan, señoras.

Las dos sonrieron mientras lo observaban abandonar la estancia. En cuanto la puerta se cerró, María se volvió hacia Ally para contarle todo lo ocurrido entre Eric y ella; bueno, no todo. Teniendo en cuenta que iba a ocupar el camarote del capitán junto a su esposo, decidió omitir algunos detalles de los sucesos allí acontecidos.

✷ ✷ ✷

Eric entró al hotel San Telmo a primera hora de la mañana y saludó con afecto a los recepcionistas, a quienes conocía de toda la vida. No se había mudado aún allí porque la interrupción de María en su camarote le había impedido terminar de hacer el equipaje. Después de todo lo sucedido, agradecía que ella hubiera llegado en pleno proceso de mudanza y hubiera descubierto sus dibujos. Sentir su corazón expuesto ante ella había sido algo extraño al principio, pero luego había resultado ser una buena excusa para declararle sus sentimientos. Si iba a quedarse en Londres para reconquistarla y que le aceptara como esposo, necesitaría de todas las armas a su alcance y, aunque no se consideraba ningún Da Vinci, sus dibujos habían servido para quebrar la coraza con la que María se protegía. Desde que se habían encontrado sabía que estaba enfadada, en muchas ocasiones se lo había hecho notar, aunque jamás había llegado a intuir el daño que le había ocasionado con su partida.

Cierto era que la decisión de permanecer en Londres estaba relacionada al principio con la necesidad de impedir la boda con Montenegro, mientras el resto de su plan de reconquista quedaba bastante difuso. No obstante, la maravillosa noticia de que ella había anulado el compromiso le hacía ganar confianza. Aquello demostraba que no había dejado de amarle por el error que había cometido cuatro años atrás; el amor no había desaparecido, ni menguado, solo se hallaba ensombrecido por su miedo a sufrir. «Y eso tiene una enmienda mucho más rápida y sencilla que lo otro», pensó con una sonrisa mientras atravesaba el recibidor del hotel.

Al pasar frente a uno de los espejos que ocupaban la pared, el reflejo le hizo detenerse para evaluar su aspecto. Todavía le costaba reconocerse tras haberse cortado el pelo, la única condición que el señor Lezcano le había puesto para acceder a su asociación. Ahora tan solo debía esperar a que el clima londinense eliminara su bronceado para dejar de parecer el contrabandista caribeño que había sido.

Alzó el mentón para comprobar que el lazo de su corbata nunca había estado mejor. Se había esmerado tanto que le dolían los dedos de tanto repetir el nudo, pero la ocasión bien merecía el esfuerzo. En menos de cinco minutos tenía una cita con el señor y la señora Lezcano para pedir formalmente la mano de su única hija. Algo que debía haber hecho cuatro años atrás. Sin embargo, meditando en sus motivos para haber sido tan estúpido, había llegado a la conclusión de que la distancia le había ayudado. Su afecto y gratitud hacia sus padres adoptivos seguían intactos, pero ahora poseía un arrojo que antes le faltaba. No sabía el motivo de aquel cambio, puede que la distancia hubiese aflojado los lazos familiares y eso debilitara su culpa por enamorarse de María; o puede que el hecho de presentarse como una persona acaudalada, cuya riqueza rivalizaba con la de su benefactor, le otorgara ahora el valor de un hombre con algo que ofrecer a una mujer. Porque el famoso tesoro de Eric *el Inglés* no era un cofre de joyas y monedas enterrado en alguna paradisíaca isla desierta, sino millones de dólares guardados en un banco de Nueva York.

Fuera como fuese, el caso era que había llegado el momento de presentarse frente a quienes lo habían rescatado de la calle, las dos personas que le habían salvado la vida, y el alma, para decirles que se había enamorado de su hija. Eric echó un último vistazo a su reflejo en el espejo y con gesto decidido giró sobre los talones para dirigirse a la salita privada donde le esperaban.

—Pasa, hijo —dijo *lady* Mary cuando le vio aparecer en la puerta—. Ven a desayunar con nosotros.

Eric estuvo a punto de declinar amablemente la invitación, pues su grado de nerviosismo, que había aumentado de forma considerable de camino hasta allí, le impedía probar bocado.

—¿A dónde vas tan elegante? —intervino de nuevo *lady* Mary, observándole de arriba abajo—. ¿Es que hay algún evento importante hoy?

Eric tragó con fuerza.

—El más importante —respondió, cerrando la puerta y acercándose a la mesita en la que ambos desayunaban juntos cada mañana.

El señor Lezcano bajó el periódico que estaba leyendo y también se sorprendió al verlo.

—¿Qué evento? —murmuró, antes de doblar el diario y tomar un panecillo de la bandeja.

Eric volvió a tragar con fuerza.

—Señor Lezcano, señora Lezcano...

—¿Por qué nunca nos llamas papá y mamá como hacen tus hermanos? —interrumpió *lady* Mary—. Recuerdo que cuando te adoptamos lo hacías todo el tiempo. Luego dejaste de hacerlo paulatinamente. ¿Hicimos algo que pudiera molestarte? —preguntó, con la cabeza ladeada y el semblante turbado.

—¡No, no! —aclaró—. Siempre me habéis hecho sentir como a un hijo, un hijo querido —dijo, con el recuerdo de su verdadero padre muy presente.

Lady Mary le contempló entristecida.

—Entonces, ¿qué es lo que pudo pasar?

—Me enamoré —respondió.

Ella inspiró con fuerza mientras sus ojos violetas centelleaban, repletos de lágrimas.

—De María —aseveró ella.

Eric asintió, sin que su mirada se apartara de la suya. Pero no dijo nada, pues temía que se le quebrara la voz si hablaba.

—De María —repitió el señor Lezcano—. ¿De qué...? ¡De María! —exclamó, clavando los ojos en él—. ¿Tu hermana?

—No son hermanos —respondió su esposa sin dejar de observar a Eric. Había un extraño brillo de sabiduría en su mirada. Era como si en realidad no estuviese descubriendo nada, sino más bien confirmándolo.

Por el contrario, el señor Lezcano parecía sorprendido y contrariado. Eric contempló su confusión y algo le impulsó a explicarse.

—Quise a mis amigos de la calle como se quiere a los hermanos, pero con María siempre fue distinto. No sé por qué, ni tampoco desde cuándo, pero mi corazón le pertenece. A pesar de que no era mi hermana de sangre, puse todos los medios para evitarlo.

—Y por eso te marchaste —interrumpió *lady* Mary asintiendo, con aquella mirada de sabia otra vez.

—La quería. La quiero —corrigió, y sus ojos volaron de nuevo hasta el señor Lezcano—. Pero ella es vuestra única hija, y vosotros lo habéis hecho todo por mí.

Lady Mary emitió un largo sollozo.

—Oh, Eric, ¿cómo se te ocurrió que podíamos pensar algo malo de ti?

Él se volvió hacia su madre sorprendido por su amabilidad, como si lo comprendiera todo desde mucho antes de que él comenzase a hablar.

—La amo. Con pasión —aclaró, para que entendiera la auténtica fuerza de sus sentimientos.

La sonrisa suavizó el rostro de *lady* Mary.

—El amor verdadero nunca puede ser de otra forma. Ni ser malo.

Desconcertado, Eric arrugó el ceño. Puede que ella llevara razón, pero su amor por María siempre había estado mal; al menos para él.

—Ella también te ama —continuó su madre—. Ay, Dios, espero que te lo haya dicho ya —exclamó.

Eric asintió. Nunca había dejado de decírselo, solo que él había tardado en aceptarlo.

—Disculpadme, ¿me he perdido algo? —intervino el señor Lezcano con sarcasmo—. ¿Tú sabías todo esto? —murmuró observando a su esposa.

Lady Mary asintió con una sonrisa radiante.

—Te dije que me enteraría, ¿no? De todas formas, una especie de premonición me hizo sospecharlo hace cuatro años. Sobre todo por la reacción de nuestra hija. ¿Por qué te marchaste sin despedirte? —preguntó, volviendo la atención hacia Eric.

Arrepentido, él bajó la cabeza.

—No podía —contestó—. Sé que no me hubierais dejado ir, y por aquel entonces yo no podía despedirme de ella.

—¿Por aquel entonces? —*Lady* Mary achicó los ojos con suspicacia—. Ahora que lo pienso, te marchaste tras el accidente de María con su yegua. ¿Pasó algo entre vosotros en aquella cabaña?

Eric estuvo a punto de resoplar. ¿Desde cuándo había desarrollado su madre aquellas dotes clarividentes? Lanzó una mirada inquieta al señor Lezcano, que se había puesto de pie tras la mesita, antes de asentir muy lentamente.

—La besé.

— ¡¿La besaste?! —bramó su padre.

Eric dio un paso atrás, pues conocía sus habilidades como boxeador.

—La besé y me marché —respondió con firmeza, mirándole directamente a los ojos.

—Diego, cariño, tan solo fue un beso. —La dulce voz de *lady* Mary hizo que el rostro de su esposo se suavizara al momento—. ¿Y qué piensas hacer ahora? —continuó, dirigiéndose de nuevo a él.

Eric lanzó otra mirada insegura a su padre, cuya presencia resultaba cada vez más intimidante.

—Le he pedido que se case conmigo.

Los ojos de *lady* Mary centellearon de pura emoción.

—¿Y qué te ha contestado?

—Aún es un poco reticente a la idea —respondió—. Me está castigando por haberme marchado de su lado. Pero creo que solo desea que insista.

—Oh, por el amor de Dios, hijo —resopló su madre—, ¿a qué estás esperando para humillarte?

Eric inspiró con fuerza.

—El permiso de sus padres.

Levantó la cabeza y lanzó otra insegura mirada al señor Lezcano, quien continuaba observándolo con dureza, aunque visiblemente más satisfecho. Hasta diría que una sonrisa había comenzado a tensar su boca.

—¿Y bien? —dijo su padre, aguardando la pregunta.

Eric carraspeó para aclararse la garganta. Jamás había estado tan nervioso. Dio un paso hacia él y la formuló.

—¿Me concede la mano de su hija, señor?

Lady Mary empujó su silla de ruedas hasta ellos y se apoyó en el brazo de Eric para levantarse. Él la sujetó de inmediato, de forma que los dos quedaron de pie frente al señor Lezcano.

—¿Qué dices, esposo mío? —preguntó con dulzura—. ¿Se te ocurre alguien mejor para nuestra hija?

Su rostro se iluminó al fin con una amplia sonrisa.

—No, ciertamente —respondió, dando un paso hacia ellos para estrecharlos con fuerza entre sus brazos—. Bienvenido a casa, hijo.

CAPÍTULO 33

María dio otra vuelta más en el colchón y apartó la colcha de un manotazo. Ya era un hecho: no podía dormir. Llevaba más de tres horas dando vueltas en su cama sin ningún resultado al respecto. Todo lo ocurrido durante las últimas veinticuatro horas le impedía conciliar el sueño. Por supuesto, la línea central de todos sus pensamientos era Eric: «Los dibujos, sus preciosos dibujos. Dios, era tan maravilloso comprobar que durante el tiempo que le amaba él sentía lo mismo». Una extraña congoja le cerró la garganta. Se colocó boca arriba y, con un largo suspiro, se llevó el antebrazo sobre la frente mientras miraba el transparente dosel de su cama. «Pero se fue. ¿Por qué tuviste que irte?... Y todo lo sucedido en el camarote... Oh, Dios, todo lo sucedido en el camarote...» Su mente continuó bombardeándola con pensamientos inquietantes. «Y por qué no me habrá dicho nada de la sociedad con mi padre, y lo del barco...»

Un ruido en el exterior del balcón la trajo violentamente al presente. Se sentó sobre el colchón y escuchó con atención; tal vez algún ave nocturna se había posado en la terraza. Trató de bajarse de la cama para ir a ver, pero una sombra en el exterior la paralizó al instante. En la puerta abierta del balcón se recortaba la silueta de un hombre alto que la observaba. Inspiró con fuerza para gritar.

—No te asustes, soy yo —dijo el desconocido.

El aire salió otra vez de su garganta en un largo suspiro de alivio. Reconocería aquella voz entre mil, aunque no pudiera verle el rostro.

—Eric, ¿qué estás haciendo aquí? —gimió, llevándose una mano al agitado pecho—. ¿Y cómo has entrado? —preguntó, teniendo en cuenta que su alcoba se hallaba en la azotea del hotel, a más de cuatro pisos de altura.

Él atravesó el cuarto para encender la lámpara de gas que había sobre la mesita.

—No hay demasiadas montañas altas en Londres para escalar, mi vida, tendrás que conformarte con la fachada del hotel.

María tardó unos segundos en comprender que se refería a lo que él le había dicho en el camarote sobre escalar las montañas más altas para alcanzarle la luna. Sin embargo, su preocupación por el modo en que había logrado llegar hasta allí se difuminó en cuanto reparó en que la había llamado «mi vida».

—Has podido romperte el cuello. Y no soy «tu vida» —refunfuñó, aunque no deseara nada más en el mundo que serlo.

Los reflejos dorados de la lámpara iluminaron la estancia de forma tenue. Sentada en mitad del colchón, María observó su imagen atenuada por el fino dosel. Llevaba su antiguo atuendo de capitán: la camisa remangada hasta los codos, el chaleco gris desabotonado y los pantalones de montar negros bajo las botas lustradas. Su cabello corto parecía ahora más oscuro, más similar al castaño original. Contempló su perfil, serio y concentrado, mientras se dirigía a su butaca de lectura frente a la cama.

—¿Sabes que fue en este cuarto donde comenzó todo?

Ella contempló perpleja su ancha espalda.

—Tu cuna estaba justo aquí —continuó Eric observando el sillón—. Aquella noche la chimenea estaba encendida y tú estabas despierta, asombrada por el movimiento de tus manitas. —Una ronca sonrisa afectó a su voz—. Por aquel entonces yo tenía ocho años y no entendía por qué tu nacimiento, unos días antes, había revolucionado a todo el mundo. Deseaba saber qué te hacía tan especial para mis padres, así que esperé a que todos se durmieran y me acerqué a conocerte.

Entonces giraste tu carita y me miraste por primera vez. Me sonreíste confiada, y tu sonrisa me cautivó el alma, María. —Su voz se hizo más ronca y profunda—. En aquel momento juré que nunca permitiría que nada en el mundo te hiciese daño, y que daría mi vida para que la fealdad del mundo no te tocara. Jamás dejaría que nadie te hiciera lo que nos habían hecho a todos nosotros.

María comprendió lo que trataba de decirle. El significado de aquellas palabras le agitó la respiración. El instinto de protección del niño Eric le colmó el pecho de una entrañable ternura. Sin embargo, su atención se concentró en la referencia a su pasado.

—¿Qué te habían hecho a ti, Eric? —preguntó suavemente.

Sus anchos hombros descendieron con un suspiro de resignación. Se volvió muy despacio hacia ella. La desolación que descubrió en su mirada la instó a acudir a su lado. Pero él la detuvo con un rápido gesto de la mano.

—¡Quédate donde estás! —Ella obedeció al momento—. Si te acercas más no podré evitar hacerte el amor de nuevo, y antes necesito que escuches lo que tengo que decirte. Quiero que me perdones por lo que hice hace cuatro años, y creo que si comprendes el motivo podrás hacerlo antes. —Con un gesto de cansancio tomó asiento en la butaca y apoyó los brazos en las piernas, entrelazando los dedos—. Mi madre murió cuando yo tenía tres años, y no guardo ningún recuerdo de ella. Mi padre se casó poco tiempo después con otra mujer. Él era carnicero en Cork, el más famoso de Irlanda, como él solía decir —continuó, sin pizca de afecto—. Su tienda era visitada por todas las personalidades de la ciudad: los únicos que podían pagar sus precios, aunque la carne no siempre fuera de la mejor calidad. Su existencia giraba en torno a la conservación de su estatus, y transmitirme el negocio familiar se convirtió en algo primordial para él; sobre todo cuando, después de varios años de matrimonio, se dio cuenta de que su nueva esposa no podría darle más hijos. Mi madrastra no era una mujer cariñosa. De ella solo obtuve desprecio. Creo que porque yo le recordaba todo el tiempo su incapacidad para la maternidad. Deseaba adoptarla como madre, pero ella no soportaba tenerme cerca. Ahora, después de tanto tiempo, pienso que la pobre mujer bastante tenía con ponerse a salvo de las brutales palizas que mi padre nos daba como para hacerse cargo de un niño llorón.

—Oh, Eric —susurró María, antes de ponerse de rodillas sobre el colchón y gatear hasta los pies de la cama. Ardía en deseos de ir hasta él y abrazarle.

—Quédate donde estás, por favor —suplicó, apretando los dientes—. Aún no he terminado —explicó, antes de inclinarse en el respaldo de la butaca. En aquella posición, su rostro quedaba oculto por las sombras—. Cuando cumplí seis años, mi padre ya había perdido toda esperanza de conseguir a alguien mejor que yo como heredero de su prestigiosa tienda. Así que se propuso hacer de mí un hombre de provecho para su negocio. Solo que jamás consiguió que degollara ni siquiera a una gallina. Pero él no dejaba de insistir: ponía el cuchillo en mis manos, tomaba al asustado animal y me gritaba para que lo hiciera: «Venga, hazlo ya, maldito cobarde, cuanto más esperes más sufrirá. Mira cómo grita, está sufriendo por tu culpa». —La crueldad en su voz heló la sangre a María—. Y como no lo conseguía, me molía a palos —continuó—. Sabía que no era necesaria toda aquella escenografía de muerte de la que él se rodeaba para ser un buen carnicero, y comprendí que mi padre utilizaba su profesión como excusa porque, en realidad, le encantaba el sufrimiento de cualquier otro ser vivo que no fuera él. Me azotaba casi a diario hasta que me dejaba sin conocimiento, aunque jamás tuve el arrojo para marcharme. No sabía a dónde ir ni qué hacer. —Inspiró con fuerza antes de continuar—. Hasta que un día apareció un perro en el callejón de atrás de la tienda. Era castaño, con una mancha blanca en el pecho. —Su voz se suavizó con aquel recuerdo—. Era demasiado pequeño y no alcanzaba los cubos de basura. Lo observé durante un par de días tratando de hacerse con los despojos y decidí ayudarle. El perro comenzó a esperarme para obtener su ración de comida diaria, y cada vez tardaba más tiempo en marcharse. Pronto me di cuenta de que no solo esperaba comida, sino también caricias y juegos. —Eric se detuvo e hizo una breve pausa—. Creo que fue el primer ser vivo que me dedicó una muestra de afecto. Nos hicimos amigos, y cada día contaba los minutos para ir a su encuentro en el callejón. Recuerdo aquellos momentos como los únicos en los que me sentía verdaderamente como un niño, y no como un animal asustado.

Sentada sobre las piernas en mitad de su cama, María observaba su silueta con un gran nudo de angustia oprimiéndole el pecho. Habría deseado abrazarle con fuerza y borrarle a besos la tristeza que parecía perturbarle.

—Un día, mi padre me descubrió jugando con él y montó en cólera —prosiguió en tono de rendición, vislumbrando un desenlace nada esperanzador—. Me agarró a mí y al perro y nos arrastró hasta el almacén. Recuerdo que cuando nos arrastraba hasta allí tuve tanto miedo que me meé en los pantalones. Sin embargo, solo sentía pánico por lo que fuera a hacerle al perro, y no a mí. —Calló durante unos segundos que a María le parecieron eternos antes de seguir—. En cuanto entramos al almacén me ató por el cuello en uno de los grilletes en los que sujetaba a los cerdos, tomó uno de los afilados ganchos del techo y colgó al perro de él, justo encima de mí. Le atravesó el espinazo. Sin embargo, no murió enseguida. Traté de levantarme y ayudarle, pero la cadena no me permitía ponerme de pie. —Se calló otra vez para tragar de forma audible—. Pasó más de una hora hasta que dejó de retorcerse, y más de dos hasta que murió. Mi amigo se desangró sobre mí, y yo sentí odio por primera vez en la vida. Pronto descubrí que aquella emoción aplacaba el miedo a mi padre. Era lo más fuerte que había sentido en toda mi vida, envolvía mi corazón y mi alma como un velo mortuorio, y me permitía actuar como si nada tuviera consecuencias. Un día, mientras mi padre cortaba carne en la tienda, antes de que llegaran los primeros clientes, tomé una de las machetas y me acerqué despacio a la gran mesa de madera cubierta de sangre. Levanté el enorme cuchillo sobre mi cabeza y lo dejé caer sobre su mano derecha. Sentí la resistencia al atravesar la carne y el grotesco chasquido de los huesos al partirse. Tras un alarido, mi padre se tambaleó hacia atrás, mirándome con horror. Levantó los brazos y volvió a gritar cuando descubrió que su mano derecha seguía en la mesa. El rostro se le puso lívido y se tambaleó hasta donde estaban los trapos para envolver la carne, tomó uno de ellos y lo envolvió en el brazo antes de salir de la tienda dando gritos.

Eric hizo una larga pausa en la que pareció estar observándola con atención, aunque las sombras no le permitían verle los ojos.

—Sabía que tenía que marcharme antes de que me detuvieran, o de que mi padre me matara —prosiguió, al comprobar que ella continuaba escuchándole—. Así que salí por el callejón y corrí lo más deprisa que pude hasta el puerto. Me escondí entre la carga de un barco y navegué durante varios días hasta que aquel barco atracó en Londres. No comí ni bebí nada durante ese tiempo, y cuando llegué aquí lo hice más muerto que vivo. Lo primero que robé fueron unas patatas del saco de un comerciante. Luego descubrí que las billeteras de los caballeros eran tan fáciles de sustraer como una patata cruda. —Rio con sarcasmo, sin el menor indicio de alegría—. Sin embargo, el odio tardó mucho más en apagarse que el hambre. Seguía en mí como una mancha indeleble, una ponzoña resistente que me impregnaba el alma. Pensaba en la mano inerte de mi padre sobre la mesa y en su mirada, sorprendida y horrorizada, y me gustaba. Disfrutaba al pensar que podría haber muerto, o que la pérdida de su mano iba a destrozar su fama como carnicero. Jamás usaría otra vez el cuchillo con la misma maestría con la otra mano. Aquello le mataría en vida, y eso todavía me daba más placer. El recuerdo de mi padre se atenuó después de conocer a los chicos, pero entonces regresó el miedo. Volvía a la fábrica cada día rezando para que a ninguno de ellos le hubiera pasado nada malo. Entonces aparecieron tus padres, y todos pudimos ser niños por primera vez en nuestras vidas. Y mi odio fue menguando como una montaña de nieve se derrite en primavera, hasta que un día descubrí que ya no podía recordar aquella sensación. Ellos me enseñaron todo lo que sé y me permitieron conocer la felicidad.

Para María ya había sido suficiente. Se lo había imaginado como un niño aterrado y desamparado al que le habían sucedido cosas horribles. Deseaba ir a su lado para abrazarle y borrarle la tristeza a besos. Apartó el delicado dosel con la mano y se bajó despacio de la cama. Fue hacia él con los pies descalzos y únicamente con el camisón.

—Quédate donde estabas, María —gruñó—. Aún no he terminado.

Sin embargo, María notó cómo contenía la respiración cuando ella se sentó en el brazo de la butaca.

—Creo que ya sé como sigue —contestó ella, cruzando las manos sobre su regazo para mantenerlas apartadas de él—. Ahora entiendo por qué sentías tanta culpa cuando nos enamoramos. Pero para mí, amarte fue siempre algo tan natural como respirar. —Volvió la cabeza para mirar su perfil medio en penumbras—. ¿Cuándo lo supiste tú?

—Aquella noche en que te conocí sabía que mis sentimientos por ti serían más fuertes que por cualquiera. Pero el infierno no empezó hasta que te hiciste una mujercita y empezaste a hablar del amor, de los pretendientes y de todas esas bobadas.

—¿Perdona? —protestó mientras se ponía de pie de inmediato.

Eric la tomó del antebrazo y tiró de ella, de tal forma que acabó sentada en su regazo.

—Luego empezaste con los besos —continuó, envolviéndola entre sus fuertes brazos—, y ahí sí supe que estaba perdido.

Ella forcejeó, tratando de ponerse de pie inútilmente.

—Eric, déjame.

—Nunca jamás.

Aquellas palabras entraron poco a poco en la mente de María, y en su corazón, que comenzó a latir desenfrenado. Sus puños se abrieron sobre el pecho masculino y entonces sintió los latidos de él, tan fuertes como los suyos. Subió las manos hasta su nuca y allí dejó que sus dedos se enredaran entre las suaves hebras de cabello.

—¿Por qué te has cortado el pelo?

Él pareció desconcertado.

—¿No te gusta?

—No es eso —murmuró, pues solo trataba de forzarlo a confesar que iba a quedarse en Londres, tal y como Ally y Guill le habían contado—. Solo es por curiosidad.

La enronquecida risa de Eric resonó en la penumbra de la estancia.

—Tu padre me lo «sugirió», si deseaba ser nombrado socio.

Iba a aparentar sorpresa, pero sintió que ya no tenía fuerzas para seguir fingiendo.

—Ya lo sabía —reconoció—. Pero ¿por qué no me lo dijiste el otro día y dejaste que te hablara de aquella forma tan horrible?

—Me lo merecía.

Las grandes manos de Eric la estrechaban con fuerza por la cintura. El camisón se le había subido durante el forcejeo y le dejaba las piernas al descubierto. La piel era perfectamente visible ahora que sus ojos se habían acostumbrado ya a la media luz del cuarto. Sentía los duros músculos de sus muslos debajo de ella y no pudo evitar que una ola de calor la inundara por dentro.

—Así que ya has hablado con tu padre —dedujo Eric—; y supongo que también te habrá contado que he pedido formalmente tu mano.

María se incorporó de inmediato.

—¿Que has hecho qué? —resopló, erguida frente a él.

—¿Es que no has hablado con tus padres?

—No.

—Entonces, ¿cómo sabías lo de nuestra sociedad?

—Ally y Guill me lo contaron. Pero no te distraigas del tema —dijo mientras agitaba la mano en el aire—. ¿Qué es eso de que has pedido mi mano? ¿Por qué lo has hecho? ¿Cuándo pensabas decírmelo?

Él pareció desconcertado ante tanta pregunta y también se puso de pie.

—He pedido tu mano formalmente a tus padres porque su opinión es muy importante para mí. Lo he hecho porque te amo más que nada en esta vida, y también en las siguientes. Te lo dije el otro día en el camarote y hoy he trepado hasta aquí para decírtelo de nuevo —terminó, con las manos en la cintura y bajando la cabeza hasta que la punta de sus narices casi se tocaban—. ¿Responde eso a todas tus preguntas?

«Lo he hecho porque te amo más que nada en esta vida, y también en las siguientes.» La mente de María se mecía de placer mientras repetía aquellas palabras como un mantra sagrado.

—Sí, contesta a mis preguntas —contestó con una mueca—. ¿Qué ha dicho mi padre?

El gesto de Eric se suavizó al momento.

—Que si tú estabas de acuerdo, la boda podría celebrarse mañana mismo —dijo con la voz cargada de expectación—. ¿Y tú? ¿Quieres?

El «sí» le quemaba en los labios, pero antes necesitaba dejar algo claro.

—Si vamos a ser marido y mujer tienes que dejar de hacer las cosas siempre por tu cuenta. Debes consultarme, y yo consultarte a ti, antes de tomar decisiones que nos afecten a los dos. Este barco tiene dos capitanes, ¿lo entiendes?

Los ojos color miel de Eric resplandecieron bajo la luz de la lámpara.

—¿Esa es tu original forma de decirme que sí? —murmuró, reprimiendo una enorme sonrisa de felicidad.

—Sí —contestó, apartándose hacia atrás cuando sintió que sus manos la ceñían por la cintura—, pero antes de fijar la fecha quiero esperar la respuesta de Alejandro. Necesito saber que ha leído mi carta y aceptado mis disculpas.

—¿En serio quieres eso? —refunfuñó, atrayéndola más hacia él.

María asintió y se dejó llevar. Poniéndose de puntillas, le rodeó el cuello con los brazos y guio su cabeza hacia abajo, hasta que sus bocas se encontraron en un beso ardiente que constataba todo el deseo reprimido durante años.

—Te amo, te amo, te amo —susurró ella contra sus labios mientras se dejaba empujar hacia la cama.

Sus manos la apretaban contra él y le recorrían frenéticas la espalda, subían hasta la nuca para hacer más profundos sus besos y descendían hasta las nalgas para sujetarla contra aquella parte de su cuerpo que constataba todo su deseo.

—¿Podrás perdonarme por haberme alejado?

María le tomó la cara entre las manos y acarició con los pulgares las ásperas mejillas.

—Te había perdonado mucho antes de que entraras por esa ventana.

Eric buscó su boca de nuevo y la besó profundamente. Ella volvió a engancharse a su cuello mientras continuaba retrocediendo hacia la cama.

—Te amo, María Lezcano —susurró, atrapando su cara entre las manos—. Dios, qué ganas de decirlo en voz alta.

Ella rio antes de volver a besarle con pasión. Justo en aquel momento, sus piernas tropezaron con la cama y los dos cayeron sobre el colchón.

Eric la cubrió con todo el cuerpo sin dejar de besarla por un instante. Le levantó el camisón sin llegar a quitárselo del todo y aprovechó la prenda para inmovilizarle los brazos sobre la cabeza. Se apoyó en un codo y bajó la mirada para contemplarla, abarcando con los ojos cada porción de piel. María gimió, tratando de liberar las manos del camisón y poder tocarle también. Pero él apretó más la prenda mientras le recorría el brazo, la mandíbula y el cuello con la yema de los dedos. Descendiendo hasta sus senos, completamente expuestos para él, tomó la excitada cima entre los dedos índice y corazón, y tiró ligeramente, haciéndola gemir y retorcerse debajo de él. María clavó los talones en el colchón y elevó la espalda para acercarse más.

—Eric, quiero tocarte —suplicó entre gemidos entrecortados.

—Te voy a hacer el amor de tantas formas distintas esta noche que tendrás tiempo de sobra para participar —susurró junto a su oreja; la voz ronca y aterciopelada de Eric prometía placeres desconocidos para ella—. ¿No querías la luna? Pues tengo toda la intención de dártela.

Eric bajó la cabeza y la besó lenta y profundamente, haciendo que las palabras cesaran durante las horas siguientes. Así, mientras el combustible de la lámpara se consumía, solo sus gemidos de placer y algún «te amo» acariciaron el silencio de la noche. Los rayos de luna se deslizaron a través del cristal para arrullar sus cuerpos desnudos, unidos sobre la cama al compás de una antigua danza.

EPÍLOGO

La carta de Alejandro tardó algo más de un mes en llegar, para desesperación de Eric, y de los demás miembros de la familia, que tuvieron que soportar su mal humor.

—No entiendo por qué toda mi vida debe girar en torno a las decisiones de un dandi revolucionario demasiado ocupado en intrigas como para escribir una maldita carta —solía refunfuñar cuando alguien de la familia mencionaba la boda.

—Yo he esperado por ti más de veinte años, así que no te quejes —respondía María, poco dispuesta a dejarle ganar aquella discusión.

La mañana en que la carta llegó, ella se encontraba en su salita privada en compañía de sus hermanas Martha y Lizzie cuando uno de los empleados del hotel les subió una bandejita con el correo. En aquel mismo instante entró Eric, como si hubiera dispuesto que alguien le avisara cuando llegara alguna misiva de Cuba.

María tomó el sobre con mucha calma. La reacción de Alejandro la mantenía expectante; sentiría mucho saber que le había hecho daño, y hasta podía entender que no le hablara bien. Sin embargo, nada podía decir en aquellas letras que fuera a impedir su unión con el único hombre al que amaba.

—Tal vez deberíamos dejarles solos —sugirió Lizzie a Martha.

Su hermana chasqueó la lengua y descartó rápidamente la idea con un movimiento de la mano.

—De eso nada —protestó—. Esa carta afecta a toda la familia. ¡Vamos, ábrela de una vez! Me muero por saber qué te dice.

María observó con una sonrisa a sus dos hermanas, sentadas frente a ella, y lanzó una rápida mirada a Eric, de pie al lado de la puerta con los brazos cruzados y el ceño fruncido. Acto seguido rompió el lacre y la abrió. Sus ojos recorrieron las pulcras líneas con avidez mientras su rostro se iba iluminando poco a poco con una deslumbrante sonrisa.

—¿Y bien, qué te dice? —preguntó Martha con impaciencia.

María bajó la hoja de papel hasta su regazo y miró a su hermana con una sonrisa.

—Se siente apenado por la noticia de la cancelación de nuestro compromiso, me libera de cualquier responsabilidad y dice sentirse... —Ella volvió a mirar la hoja para leer literalmente— «El ser más afortunado de la tierra porque me consideraras digno alguna vez de ser tu esposo».

—Oh —susurró su hermana—, me parece un hombre excepcional.

—Sí, excepcionalmente estúpido —refunfuñó Eric, que se había acercado avizor mientras leía la carta—. Dime una fecha dentro del próximo mes —indicó con la mirada fija en María.

—El domingo 23 —respondió de inmediato, porque la fecha ya existía incluso antes de que la carta llegara.

Eric pareció percatarse también de aquello, y su pecho se hinchó de aire y satisfacción. Pestañeó varias veces, como si ella irradiara algún brillo especial solo perceptible para sus ojos.

—Bien —asintió complacido antes de dirigirse a la puerta—, comenzaré a disponerlo todo. Ahora os dejo para que habléis de vuestras cosas.

—Espera un momento.

María se levantó del sillón en el que se hallaba sentada y atravesó la estancia hasta llegar junto a él.

—Quiero que sepas que comprendo que esto no te gustara y que te agradezco que no me presionaras. —Alzando la mirada hacia su rostro, posó delicadamente la mano en su antebrazo—. Y aunque era casi imposible, ahora te amo más.

Los ojos de Eric resplandecieron mientras se paseaban por su cara. Exhalando un entrecortado suspiro, le tomó la cara entre las manos y la besó apasionadamente.

No supieron cuánto había pasado, pues los dos perdían la noción del tiempo cuando se besaban. Pero las risas y gritos de alboroto de sus hermanas al otro lado de la sala les devolvieron al presente.

—¡Menudo espectáculo! —exclamó Martha, emocionada.

Lizzie sonrió ante su mirada desconcertada.

—Vuestro beso —explicó algo turbada, aunque también muy feliz.

—Esto es el colofón perfecto, la guinda del pastel para esta extraordinaria familia que Dios nos ha dado —continuó Martha mientras tomaba a su hermana de la mano y las dos se acercaban para abrazarles.

Sonriendo de oreja a oreja, Eric abrió los brazos para acoger a tres de las mujeres más importantes de su vida; solo faltaba su madre para que estuvieran todas. Pero *lady* Mary llevaba varios días encerrada en su taller, afanada en el diseño y la confección del vestido de novia de su hija, tarea de la que él no pensaba distraerla por nada del mundo.

✳ ✳ ✳

El día de la boda se presentó como un soleado y caluroso día de agosto. Eric esperaba frente al altar de la catedral de Saint Paul, donde sus padres se habían casado veintitrés años antes. Junto a él, Paul, Peter, Archie y Magpie ejercían de padrinos. Se tambaleó sobre los talones y observó con una sonrisa a todos los presentes. Las primeras filas las ocupaban su madre con sus hermanas y esposos, además de sus tíos, los condes de Rohard, y su familia. Ally y Guill, que habían decidido retrasar su partida para poder asistir a la boda, se sentaban a continuación, así como la heterogénea tripulación del *Audacious*, que le había acompañado en tantas aventuras y que combinaba de una forma bastante singular con los miembros de la nobleza y ricos empresarios que conformaban el resto de invitados al evento. Negando con la cabeza y con una gran sonrisa en los labios, Eric supo con una certeza tajante que toda su vida conducía inevitablemente a aquel momento.

La música del órgano sobrevoló el templo y la atención de todos se fijó en la puerta. María apareció bajo el umbral envuelta en un sencillo vestido de seda blanca que flotaba a su alrededor, confiriéndole el aspecto de un ángel. Recorrió el pasillo central de la catedral del brazo de su orgulloso padre, que sonreía y agradecía a todo el mundo la asistencia. Sus ojos violetas se prendieron en su mirada y los dos se contemplaron como si no existiera nada más en el mundo. Con una emoción incontenible aferrada a la garganta, Eric debió apretar los dientes y tragar con dificultad para evitar que la felicidad más pura hiciera rodar lágrimas por sus mejillas. Plenitud total, exactamente así definiría aquel momento.

—Jamás entregaría más tranquilo la mano de mi hija —dijo el señor Lezcano cuando llegó a su lado—. Únicamente tú la cuidarás como yo lo haría.

Eric estrechó su mano con una gran sonrisa de orgullo y de agradecimiento. Su atención se fijó otra vez en María, que también le sonreía.

—Estás guapísimo con chaqué —susurró, posando la mano en su antebrazo.

Los ojos de Eric recorrieron su bello rostro con avidez. Deseaba decirle que ella también lo estaba, que en realidad era la mujer más hermosa sobre la faz de la tierra, pero por alguna razón las palabras se negaban a salir. Por un instante pensó en cómo iba a pronunciar sus votos, y la idea de enmudecer en el altar le hizo gracia. Sin embargo, tan solo debió acercarse a ella para que las palabras brotaran desde su corazón con tanta fuerza que atravesaron el nudo de su garganta, deseosas de libertad.

—Te amo, y lo haré para el resto de la eternidad.

—Yo también te amo —susurró ella con una enorme y dichosa sonrisa, pues la eternidad le pareció un período de tiempo más que aceptable para compartir con Eric.

Minutos después, ambos se convertían en marido y mujer ante Dios y todas las almas amigas que les habían acompañado en aquel viaje, que nunca más tendrían que recorrer por separado.

❀ ❀ ❀

El tiempo agrandó la familia con más de veinte nietos, algunos biológicos y otros adoptados. Los Lezcano tuvieron una vida larga y muy feliz, permaneciendo siempre unidos por algo mucho más fuerte y consistente que los lazos de sangre: el amor. No en vano habían descubierto una de las más grandes verdades universales: que algunos hijos se tienen y otros, simplemente, te encuentran.

FIN

SALLY MACKENZIE

Nunca es tarde
si la dicha es buena

LOVES BRIDGE 0,5

Hace ya veinte años desde que lord William Wattles posó por primera vez sus ojos en Annabelle Frost. Sin embargo, sus rasgos permanecen fielmente en su memoria: su belleza etérea, su inteligencia aguda, lo moderno de su actitud ante el amor... y su sensualidad. Pero Belle fue señalada por resultar «ligera de cascos» y su padre la echó de casa. Después se instaló en la casa para solteras de Loves Bridge, un lugar donde alguien como ella puede vivir en paz y mantenerse a sí misma trabajando como bibliotecaria.

William no puede entender cómo una mujer como la que conoció un día acabe así. Cuando el destino le lleva a Loves Bridge, aquel amor que tanto añoraba vuelve a sus brazos. ¿Valdrá la pena dar rienda suelta a su inquebrantable deseo a pesar del terrible escándalo que les señalará? Desde luego.

SALLY MACKENZIE

NUNCA ES TARDE SI LA DICHA ES BUENA

LIBROS de
seda

Sally MacKenzie

El fruto prohibido es el más apetecido

LOVES BRIDGE 1

La señorita Isabelle Catherine Hutting es de las que prefieren sentarse a descansar un rato en la biblioteca antes que andar dando vueltas por el salón de baile en busca de un marido. Así que cuando se entera de que hay una plaza libre en la casa para solteras del pueblo, decide dejar atrás toda esa historia del matrimonio. Pero para ingresar, tiene que hablar antes con el propietario de la casa, Marcus, duque de Hart: el hombre más atractivo que nunca haya visto, y el único que ha conseguido impresionarla, al menos un poco...

Con su ingenio, su espíritu independiente y su belleza —eso también—, Marcus no puede evitar sentirse atraído por Cat. Lo triste es que no está pensando precisamente en casarse, y menos con la maldición que su familia arrastra desde hace siglos: «Ningún duque vivirá lo suficiente como para ver nacer a su heredero». Pero ¿habrá alguna posibilidad de romper dicha maldición —como pasa en los cuentos de hadas— con un acto de amor verdadero?

SALLY MACKENZIE

El fruto prohibido es el más apetecido

SEDA ROMÁNTICA

LIBROS de
seda

SALLY MACKENZIE

Quién siembra vientos, recoge tempestades

LOVES BRIDGE 2

La señorita Anne Davenport no tiene más que dos opciones de futuro: la primera, quedarse a vivir una vida triste y gris en casa de su padre junto a la que pronto será su madrastra; la segunda: irse a vivir a la casa para solteras de Loves Bridge... si su amiga Cat abandona sus principios y se casa con el duque de Hart, dejando su plaza libre. Para lograrlo, utilizará sus habilidades como cotilla y hará correr el rumor de una cita secreta entre ambos, puede que eso ayude... Pero el cabezota del primo del duque supone un obstáculo. Un obstáculo ridículo y muy persuasivo...

Nate, marqués de Haywood, se ha pasado la vida pendiente del duque, preocupado por la maldición familiar. Sabe que la única manera de mantenerlo con vida es que permanezca soltero. Lo que significa que debe convencer a la intrigante señorita Davenport de que puede usar los labios para algo mucho mejor que para difundir cotilleos. Para besar, por ejemplo. Y es que quien siembra vientos... La verdad, el marqués se está empezando a plantear que tiene un futuro mucho mejor para la señorita Davenport, un futuro que no tiene nada que ver con quedarse en la casa para solteras de Loves Bridge, sino... a su lado.

SALLY MACKENZIE

QUIEN SIEMBRA VIENTOS, RECOGE TEMPESTADES

LIBROS de seda